AF236670

1. Auflage Juni 2018
4. Auflage August 2021
© 2021 Marcel J. Paul
Herstellung und Verlag: BoD – Books on Demand, Norderstedt
ISBN: 9783752658774

Marcel J. Paul

Die Manifestation des Glücks
Eine Abhandlung unserer Glückseligkeit

Erzählungen und Gedichte

Gedichte (N? 57-148)

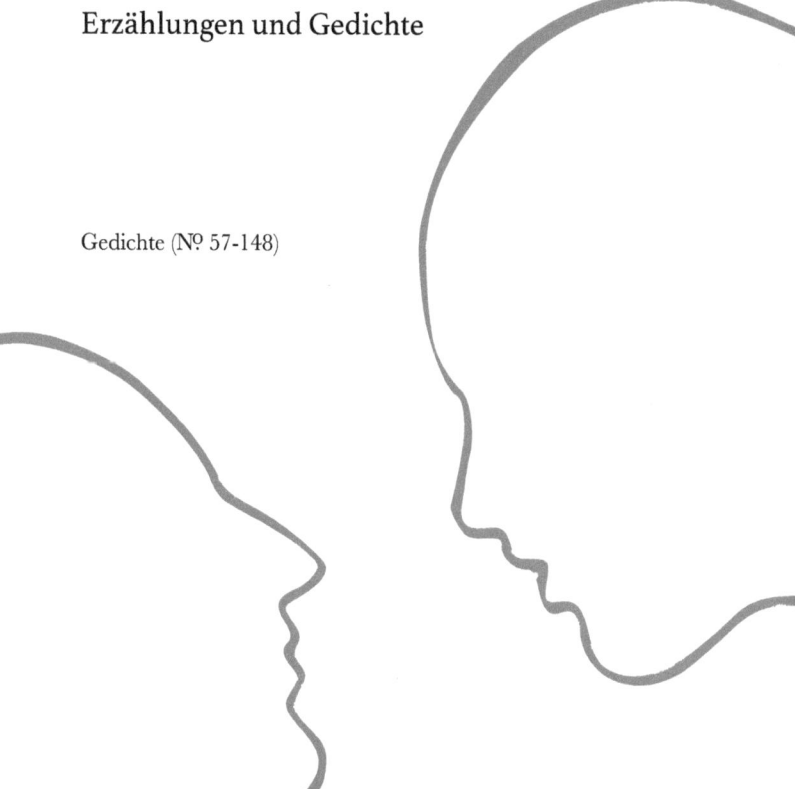

MARCEL J. PAUL, geb. 1998 in Berlin-Biesdorf, ist ein deutschsprachiger Schriftsteller der Lyrik und Prosa. Neben dem Charakteristikum, anders zu sein, ist es für ihn essentiell, die Welt zu verbessern. Sein Debütwerk » *Die Banalität der Andersartigkeit* « (2015) steht maßgeblich für sein Streben, steife Instanzen der Gesellschaft zu durchbrechen. Mit » *Die Manifestation des Glücks* « (2018) halten Sie nun das zweite Buch des jungen Schriftstellers in Ihrer Hand. Zur Zeit der Veröffentlichung studierte er an der Friedrich-Schiller-Universität in Jena. Seine Werke wurden bereits inszeniert und für die Bibliothek deutschsprachiger Gedichte sowie für die Frankfurter Bibliothek der Brentano-Gesellschaft ausgewählt und aufgenommen.

Gewidmet den Menschen,
die ihre Freiheit genießen

Gewidmet denen,
die ihr Glück suchen

Vorwort zur vierten Auflage

» Glück hängt nicht davon ab, wer du bist oder was du hast; es hängt nur davon ab, was du denkst. «
— Dale Carnegie

Liebe Leserinnen und Leser,

als dieses Buch geschrieben worden ist, war mein Handeln von der Vorstellung geprägt, dass das Wichtigste im Leben ›Glück‹ sei. Sicher, es verrät sich bereits im Titel: Dieses Buch beschreibt die Ergründung dessen, was ›Glück‹ genannt wird, das, was scheinbar im Leben eingefangen und festgehalten werden möchte. Wir streben nach Glück; nach dem, was scheinbar vor uns liegt, was die meisten erhalten, während wir noch darum kämpfen müssen. Zeitgleich ist es uns beinahe unmöglich, auf *das* zurückzublicken, was wir bereits erreicht haben, was uns glücklich werden lässt; wobei wir ›Glück gehabt‹ haben. Es wird uns nicht bewusst, dass wir das, wofür wir eigentlich dankbar sein könnten, (bereits) in unseren Händen halten. Wir ehren unser eigenes Glück nicht, weil wir uns darauf fokussieren, immer nach vorne zu schauen. Wir wollen nach vorne laufen, gar schreiten, berühmt, geschätzt, geehrt werden. Doch wir vergessen, wer wir sind: Wir vergessen, dass wir als Menschen ein Milieu erschaffen haben, das sich nicht auf Gefühle, sondern auf Rationalität beruft. Gesellschaftliche Praktiken verlangen, dass wir uns neuen Produkten, neuen Zielen hingeben; dass wir erst durch neuste Besitztümer glücklich werden, durch neue, persönliche Bestrebungen; dass wir erst dann zufrieden sein dürfen, wenn wir ein umfangreiches Vermögen haben, wenn wir wieder eine Stufe hinaufgeklettert sind, wenn wir unser Geld ausgeben können.

Ich bin fest davon überzeugt, dass ›Glücklich sein‹ nichts mit Besitz und Kapital zu tun haben muss, sondern damit, was ›Glück‹ für uns bedeutet, was wir über uns denken und was wir als ›*Glück*‹ betiteln wollen. Vermögen hat es zwar leicht, uns vorzugaukeln, dass wir zufrieden sein dürfen, wenn wir mehr als die meisten besitzen; doch sollte es erstrebenswert sein, das eigene Glück auf Grundlage der Armut anderer zu gründen? ›*Glücklich sein*‹ ist kein Faktum, keine Instanz, nichts Greifbares. Glück ist auch kein Momentum, etwas, das für Minuten und Stunden existieren kann; nein, Glück ist ein Zustand, eine Eigenschaft, eine Haltungsfrage. Denn obwohl wir in unserem Leben so viel Schmerz erfahren, ist es möglich, ›*glücklich*‹ zu sein. Glück hat nichts mit Besitz zu tun, sondern ist in all dem zu finden, was sich ›*menschlich*‹ nennt. Glück ist individuell. Glück ist, was jede einzelne Person ausmacht. Somit verwundert es auch nicht, wenn viele Menschen in einer Welt unglücklich sind, die danach schreit, gleich, nicht *anders*, zu sein. Es lässt uns nicht erstaunt zurück, wenn sich Menschen dem sozialen Druck hingeben und im Endeffekt ihrem eigenen Glück, ihrer Individualität, entsagen. Diese Welt hat dadurch bereits so vieles verloren; viele Gesichter, viele Erzählungen, die diesem Druck nicht standhalten konnten. Dieses Werk ist folglich der Versuch, die Geschichten, die verschwunden sind, zurückzuholen. Es versucht, Klarheit zu schaffen, kann aber keine Antwort darauf geben, was das individuelle Glück für jeden einzelnen bedeutet. Dieses Buch ist verfasst worden, um zu verdeutlichen, dass ›*Glück*‹ verschieden sein kann, dass wir die Welt verändern können und dass der Wunsch, ›*Mensch zu sein*‹, noch immer vorhanden ist. Dieses Buch soll zeigen, dass Glück kein Faktum ist; es ist kein Ziel, das erreicht wird, wenn man normierte Stufen überwindet. Glück entwickelt sich daraus, was ›*Glück*‹ für uns bedeutet. Jeder hat ein Recht darauf, ›*glücklich*‹ werden zu dürfen. Nutzen Sie es.

Ihr

Marcel J. Paul

Von der Schwierigkeit, ein Lyriker zu sein

Lasset hören, was ihr habt zu sagen
von den Ängsten und den Qualen, die euch plagen
Teilt die Worte voller Leid!
Teilt die Worte eurer Einsamkeit!

Wenn ich darf nun reden
nach Problemen eines jeden
sagen, was mich nun betrifft
diese Problematik ist's:

Dieser Tage Autor sein?
Diese Chance ist nicht sehr klein!
Freilich ist's die Richtung
Hört nun dieser Dichtung:

Schreibst du gleiches richtig
nicht den Geist der nichtig
kleinen kurzen Zeile:
ist's geschafft die längste Meile

Wer noch liest die schönen Worte
derer, dieser tiefen Sorte?
Wer will lesen, was sie nennen
diese Scheinwelt, wer will's kennen?

All die Wörter, sie sind frei
doch die Lyrik ist vorbei
Richtung in die Ewigkeit:
Lyrik in den Köpfen bleibt

24. April 2016

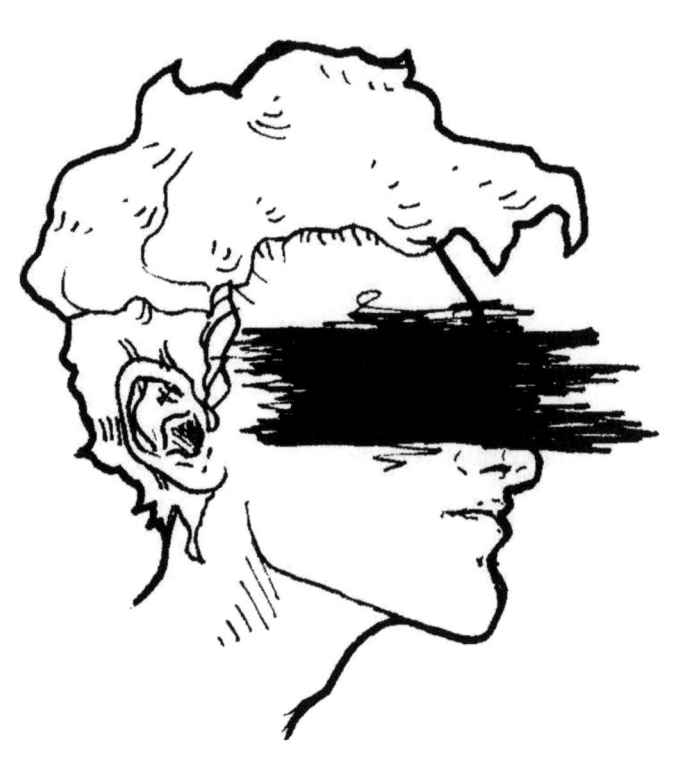

Briefe eines Anderen
Gewidmet meiner ehemaligen Deutschlehrerin

Mme. **Geraldine**
134 Rue de Wilhelm de Siemens
75016 Paris (Île - de - France)

Meine liebste Madame Geraldine,

es ist so schön, dass wir nach all der Zeit noch miteinander schreiben. Das ist mir letztens wieder aufgefallen, als ich den ersten Brief unserer Unterhaltung fand. Mit ihm erhielt ich Ihre erste Antwort. Er war der Beginn all meiner Fragen.

Sagen Sie, was treibt Sie um in diesen Tagen? Ich habe gehört, Sie haben jetzt einige Katzen bei sich aufgenommen. Das würde mir auch gefallen. Ich hätte gerne jemanden, mit dem ich reden kann, der mir zuhört. Sie wissen schon.

Madame Geraldine, ich habe Ihnen so vieles zu erzählen! Es ist so viel geschehen! Die Welt verändert sich stets. Aber so, wie es gerade ist, kann es doch niemanden glücklich machen, oder? Sehen Sie nach draußen! Spüren Sie diesen Hass? Er streift durch die kleinen Gassen meiner Stadt und vergiftet alle, auf die er trifft. Es ist eine beängstigende Entwicklung.

Wie sieht es bei Ihnen aus?

Und doch sehe ich auch Gutes! Ich spüre, dass es sich wieder bessern wird. In nächster Zeit wird es sich wieder lohnen, zu hoffen. Daran glaube ich ganz fest. Wir werden das Glück spüren, das verspreche ich Ihnen!

Ach, wir müssten uns wieder einmal persönlich treffen! Ich kann in diesem Brief gar nicht so viel schreiben. Wer weiß, wer diese Zeilen alles lesen wird; zufällig oder auch nicht, und meine Gedanken dann mit bösen Zungen verbreitet? Alles, was ich sage, kann mir später einmal, in welcher Weise auch immer, zur Last gelegt werden. Aber im Endeffekt meine ich doch alles nur gut. Ich versuche, ein guter Mensch zu sein!

Manchmal habe ich das Gefühl, dass uns unser Bewusstsein genommen wird. Wir werden von tausenden Ereignissen betäubt, die uns vermitteln wollen, dass all die schrecklichen Taten, die aktuell geschehen, einen annehmbaren Zustand verkörpern. Sie wollen, dass wir uns daran gewöhnen. Die Menschen sprechen weniger. Sie reden, aber hören nicht zu. Sie fragen nicht mehr, sondern geben Antworten auf Aussagen, die keine Diskussion anstreben.

Leben fällt heute schwerer, als es sonst schon ist. Wir müssen wohl wieder in einer Welt ›Atmen‹ lernen, in der unser Sauerstoff wie Gift erscheint. Doch es hat den Anschein, dass niemand etwas dafür tun will! Sind wir wirklich schon so sehr betäubt von den Einflüssen, die uns von außen erreichen? Sind wir so handlungsunfähig geworden, dass wir das Gift, das unser Innerstes durchdringt, nur noch hinnehmen, ohne dagegen aufzustehen? Alleine Weihnachten, Madame, wie war Ihr Fest? Es war so anders. Es war so unglaublich anders. Früher sagten wir immer, wie sehr wir uns Frieden für diese Welt wünschen würden. Erinnern Sie sich? Wir sagten, dass Frieden das schönste Geschenk für uns sei. Wir sprachen diese Floskel aus, als wäre sie bloß eine Notwendigkeit für unser Gewissen. Es ist, als säßen wir auf einem Berg voller Gold, von dem wir zu den Armen hinabblicken. Doch erst jetzt wissen wir, was wir eigentlich gemeint haben. Der Krieg steht vor der Tür und wir verstehen nicht, was er bedeutet. Plötzlich sind wir nicht vorbereitet. Wir erkennen erst dann, wie wichtig etwas für unser Leben ist, wenn wir es nicht mehr haben. Wissen Sie, wir spüren jetzt, jetzt, wo es zu spät ist, mal wieder, um das hervorzuheben, wie sehr wir uns doch nach friedlichen Zeiten sehnen.

Madame, ich stehe Ihnen bei. Wir müssen alle zusammenhalten. Wir müssen unsere Hände ergreifen und dürfen sie nicht mehr loslassen. Es ist so furchtbar, nicht? Bin ich nur ein kleiner Träumer? Ich weiß es nicht. Ich würde mir so sehr wünschen, dass diese Hoffnung in Erfüllung geht. Ich hoffe, dass alles wieder besser wird. Madame, Sie und ich, die ganze Welt soll meinen Traum erleben!

Aber ich habe auch gute Neuigkeiten zu berichten, Madame. Die Rezensionen meiner ersten Abhandlung waren durchaus positiv. Ich habe unter anderem unseren zweiten Brief eingearbeitet, verschiedene Facetten eingebracht und weggelassen. Wissen Sie, was mir dabei aufgefallen ist? Ich habe so viele Gedanken, die ich erst nach reiflicher Überlegung formulieren kann. Es ist schön, dass es möglich ist, dennoch habe ich unbeschreibliche Angst. Was ist mit meinem Geist? Wird er eines Tages aufhören zu existieren? Werde ich mich so jung von meinem Traum verabschieden müssen? Muss ich irgendwann einsehen, dass meine Hoffnungen und Wünsche, die Welt zu verbessern, irgendwann schwinden werden? Nietzsche hat lange Zeit über einen starken Geist philosophiert, von einem, der denken kann, doch wissen Sie, was dann geschehen ist, nach herausragenden Werken wie Zarathustra und Antichrist? Er verfiel. Ist es nicht ironisch? Scheinbar wirkt es so, als wäre es Gott selbst gewesen, der es ihm angetan hat. Ist es wirklich so lächerlich, so lachhaft, wie es in meinem Kopf erscheint, dass auch ich Angst davor habe?

Wir sollten nicht in Ängsten, nicht in unseren Sorgen schwelgen; noch nicht, vielleicht nie. Meine Abhandlung über die Andersartigkeit unserer heutigen Gesellschaft und ihren Bezug zur Wirklichkeit war, wie erwähnt, ein Erfolg! Ja, Madame, ich habe mich entschlossen, eine zweite zu schreiben. Es soll eine zweite Abhandlung entstehen, eine, die unser Glück zusammenfasst. Sie werden sehen, Madame. Sie werden es sehen! Es soll eine Art Manuskript, ein Leitfaden zum ›*Glücklich sein*‹ werden. Ich will versuchen, das Glück greifbar zu machen, zu fassen und auf einem Silbertablett zu servieren. Wir sollen sehen können, was Glück ist; nicht indem wir das Glück vor Augen haben, sondern indem wir das wahrnehmen, was Glück eben nicht bedeutet, was Glück für andere ist. Wir sollen verstehen, wie individuell ›*Glück*‹ sein kann.

Ich habe Ihnen einmal geschrieben, dass ich die Welt nicht verändern, aber ihre Probleme benennen kann. Erinnern Sie sich? Ich glaube, das möchte ich revidieren. Ich kann die Welt verändern und ich werde es tun. Sie können es auch. Wir alle sind dazu fähig. Wenn wir mit einem Lächeln in diese Welt hinausgehen und uns an unserem Leben erfreuen, dann verändern wir die Realität schon alleine dadurch. Ich zumindest mache das, das ist meine Aufgabe in diesem Leben. Die Welt verändert sich und wir verändern uns.

Durch unser Verhalten verändern wir die Welt.

Aber es fällt mir auch so oft unglaublich schwer, Madame. Das werden Sie sicherlich nicht wissen von mir. Es geht mir oft so schlecht und ich kann es nicht zeigen. Es ist wie eine Barriere, die ich mir selbst geschaffen habe. Ich bin wie der Seefahrer, der zu den Wellen spricht: » *Es ist so schwer zu vergeben* «, während das Meer mit einem Sturm antwortet. Ich kann mich nicht zeigen, wie ich bin. Ich will es auch nicht. So wäre ich nicht selbst, oder? Ich bin ein Mensch mit einer Maske; einer lächelnden Maske vor einem traurigen Gesicht. Es scheint mir, als würden viele Menschen so leben. Viele sagen es und beleidigen damit diejenigen, die wirklich so leben müssen. Sie haben richtig gelesen, Madame. Es gibt Menschen, die haben ihre Last in Form eines zweiten Gesichts, einer zweiten Identität, die sie nicht ablegen können und auch nie darüber reden. Sie können nicht. Ich selbst zähle vielleicht dazu. Ich wünschte, es wäre anders. Aber wissen Sie, diese Maske beschützt mich. Ich schätze, sie beschützt jeden, der so lebt wie ich; in seiner eigenen kleinen Welt, mit eigenen Gedanken und dem Körnchen an Hoffnung, aus jeder Situation das Beste zu machen. Wir müssen uns schützen, Madame. Nur deshalb trägt man diese Maske. Wenn man das alles hört, dann lächelt man, obwohl man weinen sollte. Man lächelt in Momenten, in denen man eigentlich vor lauter Wut den Raum verlassen müsste. Es scheint, als würde diese Krankheit derzeit die gesamte Gesellschaft befallen.

Die Zeiten sind schwierig, Madame. Ich habe so oft Angst, auf Menschen zuzugehen. Ich weiß nämlich, wie sie von mir halten oder male mir zumindest aus, es zu wissen. Darüber will ich aber eigentlich gar nicht nachdenken. Ich will mir meinen Kopf damit nicht zustopfen, aber ich kann nicht anders. Ich kann nicht anders sein. Ich kann es einfach nicht. Ich muss mir immer wieder vorstellen, wie sie mich auslachen, wie sie es schon immer getan haben. Und warum? Weil ich bin, wie ich bin. Und das ist nichts Gutes. Es ist ein Kraftakt, den ich nicht bewältigen kann. Maria Callas sagte: » Es gibt Leute, die zum ›*Glücklich sein*‹ geboren werden, und andere, die zum ›*Unglücklich sein*‹ bestimmt sind. Ich habe einfach Pech gehabt. « Ich finde, das trifft es gut, nicht? Man hat einfach Pech gehabt. Nun muss man nur noch lernen, damit umzugehen und das Unglück abmildern. Man muss das Leben besser sehen, als es eigentlich erscheint.

Ja, das ist schwierig. Ich weiß das.

Vielleicht ist das ist meine Manifestation des Glücks, wissen Sie? Das ist vielleicht meine Offenbarung der Glückseligkeit. Es ist: das Leben zu leben, das Leben für andere schöner zu machen. Das, das allein ist mein

Glück in einer so fürchterlichen Welt.

Einigen wir uns darauf, dass wir die Welt besser machen wollen, dass wir es können, dass wir die Hoffnung haben, etwas zu bewirken, jeder für sich; Sie und ich, so soll es sein. Wir schaffen es mit den Mitteln, die wir zur Verfügung haben, mit den Mitteln, die uns zustehen, daran glaube ich. Und ich glaube daran, dass Sie auch daran glauben.

Für die Verbesserung der Welt, Madame. Schaffen wir uns eine Erde, auf der wir gerne leben.

Herzlichst,

Ihr

Jim Jiminy

Das erste Licht
Gewidmet meinen Großeltern aus Guben

Nebelschwaden streifen durch die Welt
Wo ist das Licht, das uns erhellt?
Wo bleibt es denn nur? Wir warten so sehr!
Wir warten auf des Lichtes Wiederkehr!

Alte Menschen neue Wege geh'n
sich sehr nach jungen Seelen sehn'n
Neue Sätze sich nun finden
Neue Herzen sich nun binden

Es prasselt nieder dieses Zelt
auf die so sorgenlose Welt
Es kommt auf uns hinunter
und die Gedanken, sie sind munter

Licht durchflutet uns're Körper
Da! Ein neues tritt empor!
Es sind so viele Wörter
die dieser Anblick verlor

Oh Licht, so bleib!
entdeck', was wir nicht sehen
Oh Licht, vertreib!
das Böse. Wir danach so flehen

01. Januar 2016

Starr wie ein Stein

Man sagte zu mir:
Ich wär' nicht genug
Zusammen steh'n wir
dann vor einem Zug

Wir stehen zusammen
doch ich bin allein
Die Themen, sie flammen
bin starr wie ein Stein

Ich weiß nichts zu sagen
Ich fühl' mich so leer
Hab' tausende Fragen!
Trotz Stille: ein Meer

22. Juni 2017

Kunstkritiker
Gewidmet dir, Paul, dir und deiner Kunst

Zwischen weißen Wänden
und zu hohen Decken
gehen sie zum Schänden
Sie die Hälse recken

Ihre Augen blitzen
drehen Köpfe noch
Ohne Wert sie ritzen
Eigensinn in Gogh

Dort sind sie und fragen:
» Was soll das nur sein? «
Sie den Künstler schlagen:
» Du passt nicht hier rein! «

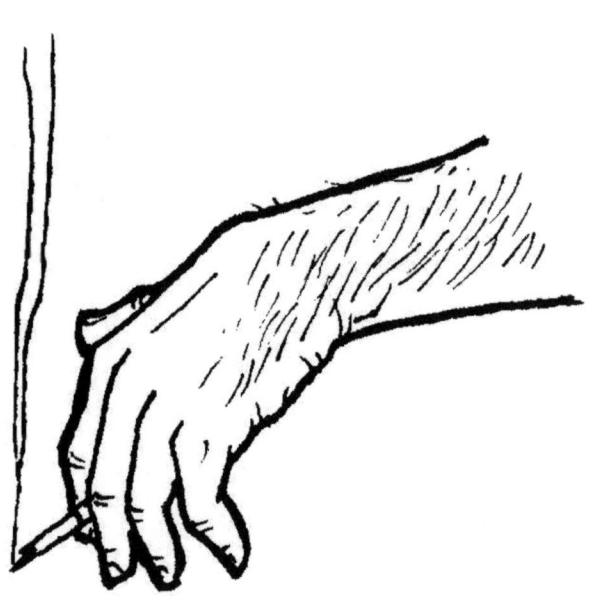

Ersehnte Worte
Gewidmet denen, die es nicht verstanden haben

Ton an
Kamera läuft!

Einige Menschen rennen durch das ausgeschmückte Zimmer, treten und fallen beinahe über die endlosen Kabel. Hektische Blicke treffen aufeinander. Einer schreit: *» Sind wir auf Sendung? «* Ein weiterer erscheint und sieht mich aufgeregt an.

» Drei, Zwei, Eins «, zählt er dann lautstark herunter.

Das Hallen der schwarzen abgenutzten Filmklappe schallt durch den Raum.

» Action! «

Plötzlich erkalten die Gespräche. Die nervösen Menschen scheinen verschwunden. Ein Licht flackert über der Tür. Ein weißes ›On Air‹ steht auf grünem Untergrund. Es wirkt beinahe wie ein Notausgang. Die Scheinwerfer bestrahlen nun das Gesicht des Moderators und das meinige. Während ich im Licht einen Platz gefunden habe, umgibt mich eine unheimliche Ruhe.
» Mister Lavoisier, schön, dass Sie es geschafft haben «, sagt der Sprecher, der einen gemusterten Anzug trägt und mir schräg gegenübersitzt. Unsere Sessel blicken in ein vorgetäuschtes Publikum.
» Die Freude ist ganz meinerseits «, antworte ich gespannt und schenke ihm ein Lächeln, ehe ich die Beine überschlage.
» Meine lieben Zuschauer, mein Name ist John Smith und ich bin heute ihr Gastgeber! «, sagt er und wartet, als würden die Leute im Fernsehen klatschen. Unverändert lächelt er weiter, während ich nur meinen

21

Kopf verdrehe. » Ist er nicht immer der Moderator? «, frage ich mich selbst.

» Vor mir befindet sich der ehrenwerte Autor Julien Lavoisier, der heute vor genau sechs Jahren zu uns immigrierte. « Freudig blickt er mich an und ich erhalte den Eindruck, dass *seine Heimat zu verlassen und in einem fremden Staat Asyl zu beantragen* eine ruhmreiche Handlung sei. Mit seinem Ausdruck vermittelt er, dass meine Anwesenheit sein ganz persönlicher Sieg wäre. Ich bin seine Trophäe, die seines Senders. Vielleicht geht es ihm aber auch nur um sein hilfsbereites Land, um die Quote oder um persönliche Interessen. Fakt ist: Ich bin lediglich eine Marionette, ein Objekt, mit dem er spielt.

Es ist Sonntag, der zweiundzwanzigste Oktober des Jahres 1944. Das Wetter ist noch ungewöhnlich warm und ich befinde mich in einem schicken Filmstudio in Los Angeles; in einem Filmstudio mit schickem Mann im schicken Anzug, während meine alte Heimat immer hässlicher wird. An der Ostfront wird die Rote Armee heute die Deutschen weiter zurückdrängen, sodass sich eine 137 Kilometer lange Frontlinie gegenübersteht. Ebenfalls wird die provisorische Regierung Frankreichs unter de Gaulle anerkannt. In Italien werden die Truppen der 5. US Armee den Monte Salvador besteigen und in der kommenden Nacht Brandbomben die Krupp-Werke in Essen zerstören.

» Lange haben wir, wohl auch mit Bedacht, gewartet, um endlich mit Ihnen ein Gespräch zu führen. « Ich schüttle meinen Kopf und realisiere, wo ich immer noch bin. Während der Moderator so tut, als wäre er aufrichtig, er aber gleichzeitig von seinen Karteikarten abliest, denke ich daran, wie oft ich eine Einladung, schon vor Jahren, erhalten hatte. Ich falte gespannt meine Hände. » Uns erreichten einige Fragen zu Ihrer Person. Sie halten sich ja recht bedeckt, wie wir mitbekommen haben. « Der freundliche Mister Smith spielt mit den Überleitungen und Informationen, die er in seinen Händen hält, während mir die Technik ein Glas Wasser reicht.

» Ja, «, entgegne ich kurz, » ich denke, man sollte in gewisser Weise eine bestimmte Distanz zwischen Privatleben und Beruflichem einhalten. « Ich setze ein Lächeln auf, ohne es ernst zu meinen, weil ich weiß, dass das alles eine Farce ist. ›*Probiere es doch einfach*‹, sagte meine Familie. ›*Was soll schon geschehen?*‹, entgegnete man mir damals unverständlich, bevor ich mich dazu überreden ließ, die Einladung dann doch anzunehmen. Ich hatte ein gutes Herz und oftmals verstand man sich darauf, es gegen mich auszuspielen. Einige wären vielleicht verärgert gewesen, aber ich musste über diese Eigenschaft meinerseits doch immer etwas schmunzeln. Vielleicht war es richtig gewesen, dass ich mich nun der Welt öffnete, dass ich ein Signal sendete. Vielleicht konnte ich tatsächlich etwas bewirken.

» Das stimmt wohl! «, Mister Smith lächelt. » Mister Lavoisier, Sie machen ein ziemliches ›*Trara*‹ um Ihr Geburtsdatum. Nicht einmal uns wollten Sie es verraten, bis wir es in Ihrem Buch gelesen haben. Aber wie wir hörten, haben Sie einen ganz bestimmten Grund, allen Ihren Ehrentag zu verheimlichen. «

» Ach, ich verheimliche gar nichts. Man kann es wissen, wenn es einen erfreut. Ich bin nur nicht erpicht darauf, dass mir Leute gratulieren, die es nicht wirklich so meinen. Ich kann genauso ›*Entschuldigung*‹ sagen, wenn ich etwas nicht getan habe. Zumal mir die Sorge vor einer eventuellen explosiven Überraschungsfeier mit meinen folglich vorgetäuschten Emotionen den Tag verdirbt. «

Er lacht, sagt kurz » Ja «, ehe sein Lacheln verschwindet und er seine Oberlippe anspannt, als hätte er etwas anderes erwartet. Er rückt sich einmal die Krawatte zurecht und schluckt. Er sieht in die Kamera. Mit seinem aufgesetzten Lächeln führt er die Show nun weiter, wie er es geprobt haben muss. » Mister Lavoisier, wir sollten nun etwas ernster werden «, sagt der Moderator nachfolgend mit einem gewissen Unterton, als würde er mich zurechtweisen müssen. Abschließend blickt er missbilligend zu mir herüber. Wieder war ich verwundert. War es nicht er, der über Geburtstage sprach?

» Als Sie am zweiundzwanzigsten Oktober 1938 zu uns in die Vereinigten Staaten immigrierten, was ging Ihnen da durch den Kopf? Was hatte Sie dazu motiviert? « Lechzend nach einer unpassenden Antwort und bis dato unveröffentlichten Informationen rückt Mister Smith ein wenig zu mir heran. Der Abstand zwischen ihm und mir wird kleiner. Es ist eine unangenehme Nähe. In diesem Moment erscheint wieder eine Marionette, eine Schachfigur, die das tut, was ihr befohlen wird. Diesmal ist es er. Vielleicht war es der Fernsehsender gewesen, vielleicht der Vorgesetzte des Moderators, der von ihm verlangte, eine sensationelle Show mit einem tragischen Überlebenden zu inszenieren.

» Versuchen Sie es gar nicht erst, Mister Smith. Sie haben mich hierher eingeladen und ich werde Ihnen die Antworten geben, die ich für richtig erachte. Denn, auch wenn Sie es nicht glauben mögen: Ich spiele mit meinen Worten wie die Gesellschaft mit ihren Marionetten. Merken Sie sich das. « Die Antwort trifft ihn überraschend. Verwundet weicht er nun wieder etwas zurück und hebt die linke Augenbraue, erstaunt über die so offene, wenngleich etwas irritierende, Rückmeldung. Er schluckt kurz, versucht stammelnd seine Position zu rechtfertigen, lächelt unverfroren in die Kamera, ehe ich fortfahre und ihn der Peinlichkeit entziehe. » Ich bin erst aus Deutschland, Dresden, geflohen und später aus Frankreich. Deutschland hat sich sehr verändert, wissen Sie. Ich hatte damals einen kleinen Laden in der Comeniusstraße und besaß eine zweite Stütze durch meine Tätigkeit als Autor. Heute ist in meinem Geschäft ein parteitreuer Bäcker beheimatet, der Vorzüge erhält, die mir damals verwehrt blieben. « Ich trinke einen Schluck, um mich auf die kommenden Aussagen vorzubereiten, schließe für einen kurzen Moment die Augen, bevor ich das Glas wieder zurückstelle. » Als Hitler an die Macht kam, dreiunddreißig, da dachten meine Mitmenschen und ich, dass das alles bald wieder von alleine weggehen würde. Das, das waren Dinge, die dieser Mann sagte, die schienen gar nicht möglich. Ich meine: in Russland einmarschieren, die jüdische Bevölkerung verschleppen; das war alles unvorstellbar gewesen. Denn Russen, Juden, Polen, sie alle waren unter uns gewesen, man konnte ihre Andersartigkeit objektiv gar nicht feststellen, ihr ›nicht deutsch sein‹ im Gesicht erkennen. Alle sprechen stets über Ausländer, doch woher soll ich wissen, welche Staatsangehörigkeit jemand besitzt? Woher soll ich wissen, ob jemand den jüdischen Glauben praktiziert? Alle Menschen, alle Erdenbürger, sind unentwegt ein Teil unserer Gesellschaft, unserer deutschen Gesellschaft. Sie waren alle ein Teil von unserem Leben, Nachbarn, Freunde. Die Olympiade 1936 zeigte es: Wir alle waren eine Gemeinschaft gewesen. Vielleicht hörten sich seine Reden gerade deshalb so lächerlich an. Vielleicht habe ich deshalb ebenfalls nicht daran geglaubt, dass das alles einmal wahr werden würde. Doch heute sitze ich hier; ohne meine Freunde und Familie. Sie alle waren ein Teil von meinem, unseren Leben gewesen, bis sich der Großteil ihrer deutschen Nachbarn und Freunde dazu entschloss, besser als die anderen sein zu wollen. « Wieder trinke ich einen Schluck, atme tief ein, sehe auf den Boden und blicke in die Kamera. » Bis in alle Ewigkeit werde ich mich dafür schämen, dass ich dachte, das Worte lediglich Phrasen seien, die sowieso nicht umgesetzt werden wurden; dass das alles nur Polemik wäre. Ich glaube, ja, darin lag vermutlich ein weiterer Fehler; der Fehlschluss lag darin, dass wir dachten, dass sich das von alleine regelt, dass ein Hitler mit demokratischen Parteien zur Vernunft kommen würde. Das war unser Irrtum, unsere eigene Dummheit. Wir dachten, ein Tumor gehe von alleine weg. Aber auch das würde diese Situation nicht passend beschreiben. Hitler war kein Sonderling, kein Betriebsunfall. Hitler war niemand besonderes, ganz im Gegenteil: Hitler war genauso wie die, die ihn wählten. Weil er ihnen so ähnlich war, er das aussprach, was sie dachten, hat die deutsche Bevölkerung ihn und seine Partei in den Reichstagswahlen 1933 zum Wahlsieger erklärt. Es war keine Machtergreifung. Ihm wurde in einem demokratischen Prozess die Verantwortung übertragen. 89% aller Wahlberechtigten des Deutschen Reiches stimmten ab, davon 44% für die Nationalsozialistische Deutsche Arbeiterpartei unter der Führung von Adolf Hitler. « Ich nicke vielsagend und sehe auf den Boden, ehe ich mit meinen Blick wieder zum Moderator schweife. » 55% aller Menschen meines Heimatlandes gingen konform mit einer Ideologie, die von ›Wir‹ gegen ›Die‹ sprach, die vom ›Lebensraum im Osten‹ träumte und jeden Widerstand vernichten wollte. In einer ›Leitfigur‹ mit kurzem Bart vereinte sich das neue Lebensmotto der deutschen Bevölkerung, alles, was ihnen wichtig gewesen war. 44% wählten Hitler. 11% war es gleichgültig, wer sie in schwierigen Zeit leiten würde. 11% fanden es in Ordnung, wenn eine Partei an der Macht sei, die einen Unterschied zwischen ›Deutschen‹ und ›Juden‹ sieht. Sagen Sie mir nicht, dass die NSDAP eine Alternative gewesen wäre. Das war sie nicht. Das wird sie nie sein. Nur allzu oft sind Personen und Parteien, die sich selbst als ›alternativ‹ bezeichnen, diejenigen, deren Lösungen am feindlichsten für die Gesellschaft sind. Sie sagen ›alternativ‹, meinen aber ›rücksichtslos‹. Sie bejubeln ihre scheinbar einfachen Ideen, die von Demokraten wegen ihrer Kurzsichtigkeit abgelehnt werden. Denn nur die, die sich für alle einsetzen wollen, wissen, dass rückständige Entscheidungen längerfristig niemals eine Lösung für die komplette Gesellschaft bieten können. Man hat immer eine Wahl, immer. « Meine Gedanken sind bei den vielen Menschen, die gerade auf der anderen Seite der Welt sterben müssen. Meine Gedanken sind bei denen, die in diesem Moment in einen der überfüllten Züge steigen und in die Todeslager geschickt werden. Wann wird dieses Sterben enden? Wo bleibt die Gerechtigkeit? Gott?

Mister Smith lächelt. » Mister Lavoisier, das sind wahre Worte. Ich widerspreche Ihnen nicht und kann dem nur zustimmen. « Er wirkt etwas verunsichert und überfordert. Wir waren vielleicht an einem Tiefpunkt der Konversation angekommen, mit dem er nicht gerechnet hatte. » Aber bitte beantworten Sie mir eine Frage «, fährt er nun fort. » Weshalb wissen Sie, dass es falsch ist, was der deutsche Diktator gerade unternimmt? Ich meine, warum ist es denn richtig, was wir tun? Vielleicht sind ja wir im Unrecht? Vielleicht sind Juden, Sinti und Roma, Homosexuelle, Sozialdemokraten, Asoziale, die Zeugen Jehovas, Kommunisten und Sozialisten tatsächlich eine Gefahr für die Welt? « Der Moderator schluckt und in seinem Blick erkenne ich zum ersten Mal Interesse. Langsam zeichnen sich erste Schweißperlen auf seinem roten Gesicht ab. Ob das geplant war?

» Wissen Sie, Mister Smith, das ist die erste Frage, die Ihnen wirklich gelungen ist «, sage ich, bevor ich mit einer längeren Ausführung beginne. » Aber ja, es ist eine sehr gute Frage. Über ›Gut‹ und ›Böse‹ urteilen kann ich nicht; zumindest nicht zu diesem Zeitpunkt meines Lebens. Persönlich bin ich jedoch zur Überzeugung gekommen, dass es immer falsch ist, wenn man gegen Menschen hetzt; wenn man sie pauschalisierend Gruppen und Kategorisierungen zuordnet, ihnen Eigenschaften andichtet, ohne den Menschen, der hinter dieser ausgedachten Zusammenstellung stehen muss, wirklich zu kennen. Das trifft auf alle zu, die durch Zufall, sei es Geschlecht, Herkunft, Sexualität oder Religion, in eine Position gekommen sind, die sie in eine Lage bringt, ausgeschlossen zu werden. Das gilt aber niemals für jemanden, der sich aktiv dazu entscheidet, andere vergasen zu wollen. Leider muss ich jedoch davon ausgehen, dass irgendwo da draußen, vielleicht sogar in

Deutschland selbst, Menschen zu sich sagen werden, wenn das alles vorbei sein wird, dass es auch erfreuliche Taten, monumentale für die Geschichte, durch Hitler gegeben hat. Während andere an einen Gott glauben, glaube jedoch stets an den Untergang einer rassistischen und menschenverachtenden Diktatur. Adorno hat mir letztens Teile seines Manuskript von ›*Minima Moralia*‹ gesendet. Er spricht in einem Absatz davon, dass im Falschen nichts Richtiges existieren kann. Damit hat er vollkommen recht. Ich kann mich dem nur anschließen. «

» Also ist Hitler trotz seiner Autobahnen und Verbesserungen im Sozialwesen schlichtweg schlecht? «

» Nur weil ein Fakt nicht zwingend für eine Tatsache steht, heißt es nicht, dass die Tatsache nicht existiert. Wir sollten aufhören, immer alles zwanghaft abwägen zu wollen. Wir sollten aufhören, alles zu relativieren; aber kurz gefasst: ja «, sage ich eindringlich. » Ganz davon abzusehen, dass es nicht Hitler gewesen ist, der die erste Autobahn gebaut hat, sondern Adenauer, seinerzeit Oberbürgermeister der Stadt Köln, und sich eine Verbesserung der Arbeitslosenquote nur deshalb verzeichnen ließ, weil sich die Weltwirtschaft erholte und anschließend Arbeitsplätze geschaffen wurden, indem die einstigen Angestellten noch heute in Auschwitz, Treblinka, Sobibor und weiteren Vernichtungslagern industriell vergast werden. Im Falschen gibt es nichts Richtiges, ganz gleich, wie ›*gut*‹ die Tat verklärt werden kann: Sie folgt immer einer abgrundtief ›*bösen*‹ und schlechten Intention. Das habe ich heute schon einmal gesagt.

» Danke für diese guten Worte, Mister Lavoisier. Vielen Dank! «, sagt der Moderator anschließend.

» Zeit kommt und Zeit geht, Mister Smith, glauben Sie mir. Die Zeit nimmt und die Zeit gibt. Sie hinterlässt uns Erkenntnisse und trennt uns von der Unsicherheit. Sie bringt uns voran und stellt uns vor unsere Vergangenheit. Denken Sie nur daran, was wir alles durchlebt haben, Sie und ich, denken Sie daran, was wir überstanden haben, wenn Hitler endlich verschwunden ist und ihm der Prozess gemacht werden kann. Glauben Sie mir: Die größten Übel der Zeit werden eines Tages wieder vorbei sein. Stellen Sie sich vor, was wir alles gelernt, welches Wissen wir erlangt haben, wenn wir die gesellschaftlichen Prozesse reflektieren können, die zu solchen Entwicklungen führen; wenn wir Täter bestrafen können, wenn unsere größten Alleen die Namen der Opfer des Nationalsozialismus' tragen werden. Eines Tages wird es soweit sein. Vielleicht ist es heute noch nicht so, aber irgendwann werden wir verstehen, was wir angerichtet haben und wofür es sich zu kämpfen lohnt. « Eines Tages werden wir Deutschen mit unserer Geschichte richtig umgehen, uns der Verantwortung stellen. Eines Tages wird es soweit sein. In meiner Fantasie wird die Welt irgendwann gerechter und die Menschen, die dem zustimmten, denen es nur darum ging, akzeptiert zu werden, die Gewinner, die sich selbst dafür aufgaben, um auf den Straßen als Teil einer Gemeinschaft gegen die jüdische Bevölkerung zu hetzen, werden eines Tages dafür belangt, welche Schande, welches Leid sie verursacht haben. Eines Tages werden die Gewinner, die zu schwach sind, um für sich selbst, die Moral und ihr Gewissen einzustehen, dafür bestraft werden, dass es ihnen in ihrem Leben nur um Anerkennung ging, darum, in die Masse zu passen.

» Und wie, Mister Lavoisier, wie können Sie die deutsche Bevölkerung rechtfertigen? Wie können Sie es akzeptieren, als gebürtiger Deutscher, dass Hitler gewählt wurde? Dass Rassismus über Nächstenliebe, mehr noch, über Verstand gesiegt hat; dass Sie heute neben mir sitzen dürfen? « Die Stimme meines Gegenübers füllt sich mit Sorge, mit einem leichten Vorwurf und mit Gier nach Antworten.

» Ich kann diese Frage nicht ohne Bedenken beantworten. Ich sehe mich eigentlich nicht imstande, über eine Bevölkerung zu urteilen, der ich nicht mehr

29

angehöre. « Ich überlege kurz. » Man sieht mir meine Staatsangehörigkeit nicht an, richtig? «, schmunzle ich dann. » Ich bin kein Deutscher mehr und das werde ich auch nach diesen Ereignissen nie wieder sein können. Es klingt ein wenig überlegen, urteilend und vielleicht auch arrogant, aber diese Freiheit nehme ich mir. Ich weiß, aus welchem Grund ich es tue: nicht weil ich besser bin oder auf alle mit dem Finger zeigen möchte. « Ich schlucke. » In diesem Krieg gibt es keinen Verstand, Mister Smith. die Menschen sind geblendet! Die Menschen neigen eher dazu, auf das ›Böse‹ anstatt auf das ›Gute‹ zu hören. Ich zähle mich selbstverständlich auch dazu. Das Böse hat es einfach: Es muss nichts beweisen, wenn es lügen kann. Das ›Böse‹ nutzt die Unwahrheit. Hören Sie: Das ›Böse‹ hat es leichter als das ›Gute‹, weil das ›Gute‹ die Einfachheit nicht kennt. Das ›Gute‹ benötigt immer Wahrheit und bringt Vertrauen. Das ›Gute‹ braucht Zeit, bevor es entstehen kann. Das ›Böse‹ achtet darauf nicht. Für das ›Böse‹ ist jede Tat richtig, solange es selbst davon profitiert. «

» Ich glaube, das war erstmal genug Politik für heute. Vielen Dank erneut, Mister Lavoisier, Sie haben uns sicher geholfen. « Der Moderator blickt in die Kamera, nimmt die nächste Karteikarte und nippt an seinem Glas. Er fällt in sein altes Schema zurück. Seine erprobte Schauspielerei erhält er aufrecht. Vielleicht darf er nicht mehr so ehrlich agieren. Seine Augen treffen mein Gesicht und ich verschränke meine Finger; *schade.* » Mister Lavoisier, Sie haben als Autor ja bereits einige Bücher veröffentlicht. Besonders in Ihrem letzten sprechen Sie von Ihrer Einstellung zur Banalität der Freiheit. Sie stützen sich mit Ihren Aussagen unter anderem auf Robert Blum. Aber wie können Sie es ertragen, dass ihr Verlag keine standardisierten Bücher veröffentlicht und breitflächig auslegen lässt? Wofür schreiben Sie, wenn es niemand liest, wenn ihr Verlag jeden Schriftsteller nimmt, der sich bewirbt? « Mein Gegenüber verdreht wieder den Kopf und wartet nur darauf, dass ich antworte. Eben war das Gespräch noch ehrlich und authentisch gewesen.

» Wissen Sie, wie soll man von der Freiheit des Menschen und seiner Andersartigkeit sprechen, wenn man sich nicht traut, selbst anders zu sein; sich nicht traut, etwas zu machen, dass die meisten als unwürdig betiteln würden? Mister Smith, wie kann ich die Welt verändern, wenn ich wie die anderen sein soll? Individualität macht uns doch erst menschlich, richtig? Eine Revolution startet im Kopf, Mister Smith. « Ich ziehe meinen Mund ein Stück zur Seite und bin mir sicher, ich wirke ein wenig arrogant.

» Denken Sie denn, dass Sie so überhaupt berühmt und geachtet werden? « Der Moderator wirkt eher wie eine Schlange, als dass er einem Menschen ähnelt. Seine Augen gieren wieder nach doppeldeutigen Antworten, die er auf bestimmte Art und Weise auslegen kann.

» Mister Smith, ich glaube, Sie haben meine Bücher leider nicht verstanden. Es geht mir nicht darum, dass ich von Ihnen und allen mit Lobgesängen überschüttet werde. Es geht mir auch nicht darum, Preise überreicht zu bekommen, die ich heute in meinen Händen halten darf. Der einzige Sinn meiner Bücher besteht darin, dass meine Mitmenschen die Welt verstehen, ergänzen und erkennen sollen. Dazu muss man nicht in Verlagen veröffentlichen, deren primäres Interesse die eigenen Einnahmen sind. «

» Vielen Dank für die eindringlichen Worte, Mister Lavoisier. Sie haben uns alle zum Nachdenken gebracht. Die Zeit ist jetzt leider vorbei. «

Mister Smith steht auf und gibt mir die Hand. Ich bleibe sitzen, er dreht sich um und lächelt zufrieden in die Kamera. Der Ton wird ausgeschaltet. Die Kamera zeigt kein Bild mehr. Das Licht verdunkelt. Die Kulisse zerfällt.

Lasst uns lachen

Leute, Menschen, Männer, Frauen
ich kann mich nun endlich trauen!
Was ich euch zu sagen habe?
Es scheint mir als gute Gabe

endlich Freude zu empfinden
nicht durch Trauer zu verschwinden!
Dieses Glück, mein neues Leben
ich will's zeigen, etwas geben!

Lasst uns tanzen, lasst uns singen!
Töne lasset laut erklingen!
Lasst uns fühlen, lasst uns sehen
wie die bunten Blumen drehen

sich im schönsten Morgenlicht
Denn es schenkt mir Zuversicht
wenn ich sehe: Dort sind Tage
ohne angsterfüllte Klage

Männer, Frauen, guter Segen
lasst uns diese Zeiten leben:
Wo wir lachen, wo wir scherzen
wenn wir zeigen uns're Herzen

Schleier in Grau

Die Menschen, sie stehen
vor der Kirche und gehen
hintereinander her
Doch sie erwarten viel mehr

Sie wollen Leben, wollen Lücken
wollen die anderen alle entzücken
In ihren Worten ist es leer
Doch in den Köpfen rauscht ein tosendes Meer

von Gedanken. Es ist ein wütender Sturm!
Sie sitzen alleine im hilflosen Turm
der bei manchen wird immer nur kleiner
Nun kommt die Braut und ein feiner

Mann im Anzug daneben
Es ist das gefertigte Leben
Doch niemand es sieht
die Braut, wie sie flieht

Zurück bleibt nur der Schleier in grau
denn der war das Herz der so guten Frau

Mauersegler

Über meinem Kopfe fliegen
Vögelchen gar froh entlang
Seh' mich unter ihnen liegen
lausche Mauerseglers Klang

Lausche Melodie vom Glück
lausche anmutigem Siegen
Seht, sie gucken nie zurück
wünschte mir, ich könnte fliegen

Lady Heather
Gewidmet dem Kind im Stuhl, Gina-Mourena Zurlo

Graue Nebelschwaden ziehen durch die Straßen des industriezeitlichen Londons. Es ist kurz nach Mitternacht und die meisten backsteinernen Häuser hüllen sich bereits in Finsternis. Was nicht gesehen werden will, wird auch nicht erblickt. Das Rauschen der Themse ertönt. In einigen Hinterhöfen wühlen Katzen und Ratten nach Essensresten. Nur noch wenige Menschen durchstreifen die verschiedenen Gassen. Sie ziehen ihre Kragen hoch und verdunkeln ihre Gesichter. Irgendwo sieht man einen Mann eine Frau bezahlen. Sie verschwinden anschließend in der verdunkelten Straße. In den Bäumen sitzen Raben, die ihre Melodie der Nimmerwiederkehr krähen. Aus den Abflüssen der Kanalisation steigt der modrige Geruch verwester Tierkadaver und Exkremente in die Nasen der Städter. Der einsame Mond bestrahlt die leeren Straßen und umgibt die erloschenen Laternen mit einer unantastbaren Kälte.

In den Kneipen, den sogenannten Pubs, herrscht um diese Uhrzeit Hochbetrieb. Die hart arbeitenden Männer, oftmals der unteren sozialen Schicht angehörig, finden sich hier zusammen, um die miserablen Bedingungen der Industrialisierung in Alkohol zu ertränken. Sie verspielen ihr mühsam erarbeitetes Geld, fallen vor Trunkenheit vom Hocker und schlagen sich gegenseitig die Köpfe ein. In der Ferne zerbricht ein Bierglas. Ein weiteres trifft die Wandvertäfelung hinter der Theke. Ohne es zu wissen, sagen sie uns:

Prost auf die guten neuen Zeiten!

Lachende Männerstimmen mischen sich unter verbale und physische Auseinandersetzungen. Lautstarke Ermahnungen unbezahlter Rechnungen vermengen sich mit schallendem Gelächter. Die Leuchter schaukeln, der

Alkohol fließt, spritzt auf Bar und Dielen. Die Scheiben beschlagen.

Aus den ausgebeuteten Arbeitern des 18. Jahrhunderts kristallisiert sich ein rothaariger Mann am Ende des Raumes heraus, der etwas betrübt auf seinen gefüllten Krug sieht. Seine roten Haare stechen im Pub hervor. Er säuselt vor sich hin und ist kurz davor, eine seiner alten Kamellen zu erzählen, bei der seine Worte über die Lippen fließen wie der Alkohol aus den Fässern im Keller. Die ausgeschmückten Verfeinerungen seiner Geschichte werden sich wie die Ratten und Köter der Kneipe ergänzen, die unter den Bänken nach herabgefallenem Essen suchen. Plötzlich schreit er lauthals auf und die Biergläser stellen sich wie von selbst auf den Tischen ab. Die Menge setzt sich, nimmt die Köpfe aus den Schwitzkästen und starrt auf den selbstbewussten Mann im zerfransten Sakko.

» Der muss Mumm haben «, sagt einer mit Narbe im Gesicht.

» Was ist denn nu'? Willst was aufs Maul oder wie? «, ergänzt ein anderer, der gerade imstande ist, seinem Kameraden mit der in Alkohol getränkten Hand eine zu verpassen.

» Was seid ihr nur für armselige Kreaturen «, beginnt der Mann, dessen irischer Akzent ihn verrät, wieder und schlägt mit seiner Faust so heftig auf den Tisch, dass die gesamte Spelunke zu beben beginnt. » Lasst die Fäuste nieder. Setzt euch, ich geb' ein'n aus «, sagt er beschwichtigend und die Menge folgt. Der Mann hinter dem Tresen beginnt, die Gläser zu füllen.

» Lasst mich nu' 'ne Geschicht' erzähl'n. « Die Worte des in die Jahre gekommenen Mannes ertönen im Raum und erklingen ohne jeglichen Akzent der Trunkenheit. Langsam sieht er alle an und prüft gedanklich, ob sie bereit dazu sind. Dann trinkt er einen Schluck, wischt sich den Schaum von seinen Lippen, atmet aus und beginnt zu erzählen.

» Als ich damals, das war vor etwa dreißig

Jahren, noch gearbeitet habe, war ich als Bediensteter in der englischen Grafschaft Yorkshire angestellt. Über den großen Wiesen und Bergen erhob sich eine kleine Villa mit blauem Dach. Die war wirklich schön. Das waren gute Zeiten. Den genauen Ort weiß ich nicht mehr, aber es müsste etwa dreißig Minuten von Leeds entfernt gewesen sein. Wisst ihr, ich kann mich noch genau an den ersten Arbeitstag damals erinnern. Ich befand mich an einem Bahnhof, der klein und schmutzig war. Heute ist das ja alles anders. Jedenfalls stand ich dort nun mit anderen irischen Einwanderern und hoffte darauf, eine Arbeit zu finden. Ich fluchte über die verdammten Engländer, die mich … «

Einer der Männer schreit » He! «, will aufstehen, doch die restlichen, die auch in ein undefinierbares Gemurmel verfallen waren, stoppen ihn.

Unbeeindruckt fährt der Ire fort: » Und als ich da nun stand, als einer von vielen, wartete ich den ganzen Tag auf jemand'n der mir Arbeit gab und sich meiner annahm. Ich war so verarmt, dass ich wirklich alles gemacht hätte. « Der Mann blickt kurz um sich, zieht die linke Augenbraue hoch und schüttelt den Kopf. » Und eines Tages dann, da fuhr eine geöffnete, prachtvolle Kutsche vor. « Er hebt sein Bierglas. Die mal mehr mal weniger starken Männer erstaunten. » Sie war nun nicht mit Gold geschmückt, aber eben auch nicht frevelhaft oder wie von einem simplen Städter. « Wieder beruhigte sich die Menge. » Demzufolge, ja, demzufolge hatte also nun jeder kleine Herumtreiber neben mir das innige Bedürfnis, seine Hände soweit in die Höhe zu strecken, dass er mit Nichtigkeit alle anderen über trumpfen würde. Jeder war plötzlich der Beste geworden. Ich hatte mich jedoch schon mit meinem Schicksal abgefunden und fand kein Interesse daran, mich durch eine jubelnde Menge der arbeitstüchtigsten irischen Männern zu drängen, die alle direkt neben mir auf eine Anstellung hofften. Ich nehme an, meinen Sarkasmus versteht hier jeder. « Der Ire guckt kurz durch die

Menge, verdreht die Augen und nimmt einen Schluck, donnert das Glas wieder auf den Tisch, zeigt mit seinem Finger auf den leeren Krug vor ihm und ordert einen weiteren. Mit großem Luftzug beginnt er erneut, von seinen Gedanken zu erzählen: » Und jetzt dürft ihr natürlich raten, vor wem die weiße Kutsche mit der Frau und dem Sonnenschirm hielt? Genau, «, er schmunzelt und sieht in das immer noch leere Bierglas vor ihm, » sie kam vor meinen Füßen zu stehen. Irgendwie verstand ich es selbst nicht. Ich wartete an diesem Bahnhof schon gut eine Woche, bekam jeden Tag einen Brotlaib mit Wasser, trug nur ein zerfleddertes Sakko und hatte eigentlich jede Zuversicht auf bessere Tage aufgegeben. Dann kam plötzlich diese prachtvolle Kutsche daher, hielt vor meiner Person. Ich weiß es noch, als sei es gestern gewesen, wie die Holzräder quietschend über die schmutzigen Pflastersteine rollten und mit einem heftigen Ruck schließlich vor mir zum Stehen kamen.

›Sie da!‹, sagte die Frau dann plötzlich und zeigte mit dem Finger, der sich in seidenen Stoff hüllte, genau auf mich. Ich trat dann hervor, sah sie etwas verwirrt an und fragte sie, womit ich dienen könnte.

›Na ich möchte, dass Sie für mich arbeiten‹, erwiderte sie und schenkte mir ein Lächeln. Freudig wollte ich also auf das Fuhrwerk steigen, ehe sie mich mit ihrem Schirm davon abhielt. In ihren Augen dürfte ich sicher nur ein schmutziger Flegel gewesen sein.

›Nicht so eilig, junges Fohlen. Beantwortet mir erst eine Frage!‹ Sie kräuselte ihre Lippen und schmunzelte schelmisch. ›Warum tragen Sie keinen Hut so wie die anderen?‹ Die Frau in der Kutsche zog ihre Augenbrauen hoch und erwartete eine wohl gut überlegte Antwort. Damals verstand ich ihre Frage nicht. Ich sah mich um und erkannte, dass alle anderen einen Hut trugen. Ich meine, die alle hatten einen, nur nicht ich! Ich musste mir also etwas Gescheites einfallen lassen und sprach, dass Hüte eben nur für Leute mit begrenztem Verstande

40

seien. Es war eine Antwort, die mich zumindest ein wenig gebildet erscheinen lassen sollte. Im selben Moment erblickte ich jedoch die Kopfbedeckung der Dame vor mir und erwartete eine entsprechende Reaktion.

›*Sehr gut, sehr gut, steigt ein*‹, hastig winkte sie mich in den Wagen, als würde ich von jemand anderem weggenommen werden können, lachte, und ich platzierte mich gegenüber der hübschen Ladyschaft. Für mich war es eine angespannte Situation. Eben hatte ich sie noch, «, er überlegt kurz, » sozusagen, unglimpflich behandelt und dann saß ich ihr genau gegenüber und wir fuhren davon. Die Pferde begannen zu laufen und ich sah, wie die anderen mir einen letzten bösen Blick zuwarfen, ehe wir um die Kurve bogen und den Bahnhof auf dem Viadukt verließen. Während der halbstündigen Fahrt zur Villa wechselten wir kaum ein Wort. Manchmal sah sie mich an und dann fragte sie, woher ich denn käme und was ich alles gemacht hätte. Ausführlich beantwortete ich ihre Fragen, weshalb sie anschließend lächelte. Manchmal wirkte es etwas überlegen, ihr wisst schon, etwas herablassend. Ich war nun wirklich kein Mensch ihrer Klasse, beziehungsweise jemand, der sich mit ihr messen könnte. Nach einer Weile kamen wir dann auf dem Gut an. Es war ein großes Haus mit einer Treppe davor, genau genommen waren es eigentlich zwei. Die linke erhob sich nach Westen, es folgte eine Parterre, und ging dann Richtung Osten zu einem Vorbau. Die rechte hingegen erstreckte sich zuerst nach Osten und führte dann zum Altan. Kennt einer von euch Schönbrunn? Also das Schloss? So war das dort auch. Abschließend waren dann Säulen aus Mamor oder Sandstein aufgebaut, demnach ein mächtiges Haus. Und es sah teuer aus, sehr teuer. «

Im Nachhinein glaubte er wirklich, dass das Anwesen tatsächlich ein wenig wie das kleine Schloss im Herzen Wiens war; zumindest für ihn persönlich. In seinen Gedanken war er ein kleiner Mann im Wiener Palais seiner Träume.

41

» Ich betrat zusammen mit der Dame und dem Kutscher das Entrée und schritt über die geputzten Marmorfliesen. Es zeigten sich beachtliche Bilder von längst verstorbenen Personen, die die Lady während ihres anmutigen Voranschreitens genauestens erläuterte. Es mussten wohl ihre Vorfahren gewesen sein, die dort auf Leinwänden an den Wänden hingen. Abschließend folgte ein Rundgang durch das Haus, das aus zwei Etagen bestand. Unten waren die Salons, die Veranda, die Küche, etliche Arbeitszimmer, eine große und eine kleine Galerie sowie die Kapelle. Jeden Sonntag kam ein Pfarrer extra zum Anwesen gefahren und hielt eine seiner Predigten. Ich weiß nicht wirklich, ob die Ladyschaft seine Dienste brauchte oder diese nur vernahm, um nicht aufzufallen. Im zweiten Stock, zu dem man nur über die blaue Stiege gelangen konnte, befand sich die Badestube, das Schlafzimmer der Ladyschaft, das des Kutschers, der Magd und das meine. Ich muss sagen, die Lady hat immer vortrefflich für uns gesorgt und wir vier wuchsen gut zusammen. Wir waren schon fast wie eine Familie. Es war ein kleines Idyll. Sie zeigte mir noch einige Deckenfresken, ehe sie mit mir mein künftiges Zimmer besichtigte.

›*Ihr Name war nochmal?*‹, fragte sie dann.

›*Jack O'Kelly*‹, antwortete ich und betrachtete währenddessen den Raum, in dem wir uns platzierten. Ich bewunderte das ausgesuchte Mobiliar, das geputzt in Reih und Glied geordnet in den Schränken stand.

›*Genau, genau, Jack, ich möchte Ihnen dann noch den Garten zeigen. Neben Ihren Aufgaben als Page werden Sie sich auch um unseren Park kümmern. Im Gegenzug versichere ich Ihnen natürlich Speis und Trank, diese Unterkunft und einige Spielereien, aber dazu kommen wir später.*‹ Ich nickte und wir verließen das schöne Zimmer mit den großen Fenstern, den dunkelbraunen Möbeln mit den goldenen Griffen und dem Lüster, der von der weißen Decke mit dem verzierten Stuck über uns herabhing. Wir schritten die Stiege hinab und durchliefen die Galerie mit Veranda, als wir uns plötzlich vor einer scheinbar unendlichen Landschaft befanden. Ich erspähte riesige Berge und Täler. Flüsse und Bäche bahnten sich ihren Weg durch das gezeichnete Terrain. Unzählige Blumen und Bäume zierten das Bild, das sich in meinen Kopf bis heute eingebrannt hat. Doch ungeachtet der schönen Szenerie erhob sich ein weiteres Gebäude, ein winziges im Vergleich zu den Räumlichkeiten des Schlosses, vor meinen Augen. Es war eine Voliere, ein Taubenhaus, das für die vielen Zuchtvögel der Lady Heather erbaut worden war. Die Seitenwände wurden aus beigem Sandstein errichtet, daraus ergab sich ein metallenes Gitter mit Kuppel. Durch einen Schalter konnte man das Dach öffnen, wenn man denn wollte. Lady Heather tat es nie, insofern ich mich noch richtig erinnere. Aber dennoch erzählte sie mir, dass sie ihre Vögel liebte. Sie zeigte mir dann alle, die sie sich aus Amerika und Afrika beschaffen ließ. Es waren unzählige gewesen; exotische wie bunte. Sie sangen ihre immerwährenden Lieder, ihre Melodien der Freiheit, während sie im Taubenhaus eingesperrt wurden. « Die Menge sitzt gespannt vor ihm und lauscht seinen Worten. Im Hintergrund fliegen einige Raben vorbei und der Mond scheint durch die ungeputzten Fenster. Erst jetzt realisieren sie das eigentliche Geschehen.

» Dass die Lady die Vögel liebte, hatte ich ja bereits erwähnt, nicht? Kaum begann der Tag, da schnürte die Magd, sie hieß Hazel, schon das Korsett, legte ihr das Collier an und steckte die Frisur. Lady Heather ging dann immer hinunter, aß das gemachte Frühstück und setzte sich für den Rest des Tages zu ihren Tieren. Ich glaube, die Ladyschaft war etwas eigen. Ich meine, sie unterhielt sich mit den Vögeln! Ist es das, was vornehme Leute ausmacht? Andererseits dachte ich auch, dass die Tiere wohl die einzigen wären, die der Lady hätten widersprechen können, wenn ihr versteht, was ich damit andeuten will. Die Vögel waren, glaube ich, die einzigen, die Lady Heather vollkommen respektierte. Starb nach Jahren dann einer von ihnen, ganz besonders schlimm war es bei ihrem Pfau Emmett, gab es beinahe ein Staatsbegräbnis. Es folgte eine Trauerwoche und jeder durfte nur in Schwarz erscheinen. Die Kadaver wurden hinter Bäumen und Büschen an ganz bestimmten Plätzen niedergelegt. Das übernahm dann selbstverständlich ich.

Es war der erste Oktober 1793 gewesen, als Lady Heather wie immer die Haare gemacht bekam, sich das Korsett anzog, das Collier um ihren grazilen Hals legte und die Stiege hinablief «, beginnt er und wird etwas bleich, trinkt einen Schluck und sieht zu Boden, bevor er weiterredet. » Es waren keine zwei Minuten vergangen, da schrak ich in der Küche auf, als ein fürchterliches Gepolter ertönte. Ich eilte sofort und hoffte darauf, dass es nicht die Ladyschaft gewesen war. Aber mein Erwarten bestätigte sich. Die Lady lag auf dem Boden und war nicht ansprechbar. Zuerst nahm ich das Riechsalz, das sie immer bei sich trug, und wedelte ein wenig vor ihr her, doch kein Muskel zuckte. Sofort kamen dann der Kutscher und die Magd angelaufen. Ich solle doch den Arzt rufen, schrie Hazel beinahe.

Es vergingen einige Tage, bis Lady Heather wieder zu uns zurückkam. Sie überlebte den Vorfall, doch saß nun in einem Rollstuhl und musste demnach mehr betreut werden, als es sonst schon üblich gewesen war. Zu meinem Erstaunen hatte sich die Lady aber nicht wirklich verändert. Es schien, als hätte sie schon immer einen Rollstuhl besessen. Ihr Lachen und ihre Angewohnheiten, ihr Verhalten und ihre Stärke waren gleich geblieben. Ich glaube, bei mir wäre das anders gewesen. Sie verteidigte ihr Leben und ihre Herkunft, so, wie sie es immer tat. Es war wirklich erstaunlich, dass sich ihr Ruf, der sie wie ein unsichtbarer Schatten umgab, durch den Rollstuhl nicht verschlechterte, sondern nur verbesserte. Ich dachte sogar, dass sie von diesem

Zeitpunkt an mehr Besuch bekam als sonst. Die Menschen entgegneten ihr mehr Freude. Das lag vielleicht daran, dass die anderen nunmehr auf ihren Charakter sahen als auf die Person an sich. Oder es lag daran, dass man nun selbst darüber nachdachte, was das eigene Leben einem antun, womit man konfrontiert werden kann. Lady Heather war ein wunderbarer Mensch gewesen; nicht erst seitdem sie an die Räder gefesselt war, ihren Rollstuhl nannte sie liebevoll Fred, sondern auch schon vor diesem tragischen Ereignis. Sie erkannte und würdigte Ehrlichkeit, zeigte ihre Abneigungen mit allen Konsequenzen, ihren Frohsinn. Sie war die Offenherzigkeit in Person und versuchte immer, aus allem das Beste zu machen. So war sie, so war meine Lady Heather. « Wieder sieht er betrübt über seinen Krug, der inzwischen gefüllt ist. Die anderen Männer sehen sich verunsichert an, während sie bemerken, wie ruhig es geworden war. Das Schaben des Schankwirts, der den Dreck von den Holztischen abkratzt, wird erst in diesem Moment wirklich wahrgenommen.

» An einem meiner letzten Arbeitstage setzte ich mich zu ihr. Wir kamen auf die Endlichkeit der Zeit zu sprechen. Vielleicht war es, weil sie spürte, dass sie schon bald nicht mehr unter den Lebenden weilen würde oder sich die Welt rasant veränderte: ›*Wissen Sie, Jack, was ist schon Zeit? Ich lebe jetzt schon so viele Jahre, so viele Tage. Ich habe vielleicht einiges erreicht, einiges sicherlich auch verspielt. Aber im Endeffekt ist meine und auch Ihre Zeit nur eine kleine Sekunde in Anbetracht des Großen und Ganzen. Verstehen Sie mich bitte nicht falsch‹*, sagte sie, als würde sie mich beleidigen. ›*Die Zeit, die mich Fred jetzt schon begleitet, ist für mich dieselbe. Sie sehen das vielleicht anders, ich weiß ja nicht, wie Sie mich erleben. Die Gegenwart würde vielleicht normativer aussehen, wenn ich nicht an den Stuhl gefesselt wäre. Aber ist Ihnen nicht auch aufgefallen, was mir alles ermöglicht wird durch dieses Schicksal? Ich meine, so viele Menschen kommen mich besuchen und zeigen mir Hoffnung. Erinnern Sie sich doch an den guten Lord Thynne, der mir in dieser schweren Zeit gezeigt hat, was bedeutsam ist. Bis heute stehen wir im engen Briefkontakt zum Longleat House und ich bin dankbar, dass es nicht anders ist. Das macht mich alles glücklich, Jack. Es macht mich so unendlich stark. Sie brauchen mit mir kein Mitleid haben‹*, sagte sie, während sie träumend in die Landschaft blickte und mir anschließend über meine Wange streichelte.

›Ich glaube, Jack, Sie sehen vor lauter schlechten Dingen nicht die guten. Natürlich bin ich eingeschränkt, natürlich werden mir Tätigkeiten und eventuell auch Respekt verwehrt, weil ich ein einschneidendes Ereignis erlebt habe. Aber Sie dürfen nicht vergessen, was ich alles dafür bekomme. Ich bekomme Ihre Stärke, ich habe meine Vögel und ich habe jeden Tag das Gefühl, dass es der schönste meines Lebens ist. Veränderungen sind nicht immer schlecht, Jack, nur weil es im ersten Moment so erscheinen mag‹, sie seufzte einmal und sah mich mitleidig an. *›Ich bin nicht anders, nur weil ich jetzt im Rollstuhl sitze und die Gesellschaft das folglich erwartet. Viele können ihre Einschränkungen vielleicht nicht offen zeigen, weil sie sich dafür schämen, aber so bin ich nicht, Jack. Ich bin so glücklich, dass ich mich unterscheide und mich so präsentieren kann, wie ich bin. Wer hat schon einen Rollstuhl mit dem Namen Fred? Niemand, Jack. Wir sehen eben aus, wie uns die Gesellschaft formt. Es sind die kleinen Dinge, die uns aus- und fröhlich machen. Sie sehen Treppen, deren Stufen ich nicht überwinden kann; ich erblicke Herausforderungen, die mir neue Möglichkeiten eröffnen. Ich kann in eine Oper gehen, ohne dass ich einen Sitzplatz brauche. Ich wünschte, Sie würden die Welt mit meinen Augen betrachten. Das wünsche ich mir vom ganzen Herzen.‹* Ich blickte nach unten und spielte ungeniert mit meinen Fingern. *›Aber kommen Sie, nehmen Sie sich noch einen Tee und bestaunen Sie mit mir den Untergang der Sonne.‹* Sie fasste auf meinen Oberschenkel und nahm meine Hand. Lächelnd und etwas überheblich, so würden es zumindest einige meinen, sah sie mich dann für einen kurzen Augenblick an, bevor wir gemeinsam in die unvergessliche Landschaft, auf den rot verfärbten Horizont blickten. «

Schwarze Frau

Die Frau mit schwarzem Hut
und Schleier, ihrem Mut
sitzt vor dem tiefen Grabe
mit traurig schwarzer Farbe

Sitzt sie mit ihrem Kleid
in ihrer Einsamkeit
bedeckt das Leid das Leben
Was soll die Frau noch geben?

Der Herbst,
der dem Schneesturm glich
Gewidmet den Menschen aus Bethel

Ich stand in diesem Raum
und sah zu dieser Frau
In ihren Händen: Saum

Ich blickte nur auf sie
und auf die vielen Schnipsel
Sie zeigte stolz auf die

Auf einmal, dort, da sah ich
bei Fenster, hinter Glas
den Herbst, der Schneesturm glich

29. Oktober 2016

Ich finde dich früher

Nach so langer Zeit
da kamst du zu mir
Wir lieben zu zweit
im Jetzt und im Hier

So lang' hat's gebraucht
und ich bin bei dir
Moment gar verhaucht
›Gemeinsam wie einsam‹ sind wir

Das Schicksal wir binden
Es wird sich ergeben
dass im nächsten Leben
wir früher uns finden

Verwunderlich

Ist es nicht erstaunlich
wie ein einz'ges Wort sich
in der viel gesagten Wertigkeit
findet zwischen Freud' und Leid?

›Liebe‹ ist das viel Genannte!
Und die Wörter, die man sandte
sind so schön, das schrecklich Elend
sind von Herz gemacht; getrennt

So verwunderlich
wie ein einz'ges Wort sich
so sehr selbst gar hassen kann
Ich werd' es verstehen

Doch wann?

Hochzeit in Moll

Der letzte Gast des Café California sollte mit Fedora und grauem Mantel das Geschäft um achtzehn Uhr sechsundvierzig verlassen. Die Zeitung, die er las, legte er beiseite, die Verkäuferin sah er nicht an und bezahlte den genauen Preis seines Cappuccino Caramel. Es waren drei Dollar und zehn Penny, die auf Tisch acht des Etablissements im Lincoln Boulevard vierundzwanzig fielen und noch einige Sekunden den Raum durch ihr Geklimper erschallen ließen. Keiner wusste, dass der Geiz des Mannes ohne Namen mit dem Verlust seiner Anstellung zusammenhing. Er bemühte sich aufrichtig, aber erfolglos um eine neue Arbeitsstelle, wobei sich dennoch Absagen über etwaige Überlegungen und Mutmachungen häuften, die zu keinem Zeitpunkt eingehalten und wahrgenommen wurden.

Als er aus der Tür hinaustrat, umschlang ihn die Melodie des Cafés ein letztes Mal. Er wippte leicht mit seinem Fuß, schloss für einen Moment die Augen und murmelte gedankenversunken den Refrain. Er dachte an sie, an seine Fehler, an die Zeit, die niemals aufgehört hatte zu existieren. Erinnerungen und Gefühle längst vergangener Augenblicke erfüllten ihn für eine kurze Sekunde. In diesem Moment fühlte er sich beschützt und geliebt. Das vermisste er, das vermisste er sehr. Alles, was ihm möglich gewesen war, hatte er versucht. War es falsch, wie er handelte? Obwohl er sich doch ganz anders als die meisten zeigte und damit seinem ›Ich‹ näher als der Rest gewesen war, stand er nun alleine im Türrahmen. Er war der Mensch mit seiner Freiheit geblieben. Er war der Mensch, der er immer sein wollte. Er verleugnete sich nicht und war dennoch nicht glücklich geworden. Oder deshalb? Vielleicht hätte er zu Margerie zurückgehen sollen. Was sie wohl in diesem Moment tun würde? Sie säße doch sicher in ihrem Café in Paris, würde ihre Bitterschokolade genießen, in der frischgedruckten Tageszeitung lesen und sich vielleicht in diesem Augenblick ebenfalls an die Momente erinnern, die er doch gerade vor sich sah. Wie liebte er die Gedanken an sie, sie selbst. Wie ließ er sie im Stich. Wie ließ er sich selbst im Stich. Wie ließ ihr Schicksal das alles zu? Sein Herz schlug ein letztes Mal für seine Liebe mit der schönen Perlenkette und dem Lächeln voller Herzlichkeit. Ein letztes Mal erinnerte er sich an ihren Abschiedskuss, an das Bild in seinem ledernen und vor allem alten Portemonnaie, bevor er einen endlichen Entschluss fasste. Für die Bedienung, die ihn beobachtet hatte, verschwand er schließlich nur durch die Tür und ließ noch einmal die kleine Glocke erschallen. Er warf einen letzten Blick in das Lokal, schenkte dem Raum ein Lächeln und zog den Hut daraufhin tief in sein Gesicht. Es sollte das letzte Mal gewesen sein, dass man ihn in dieser Stadt erblicken konnte. Es sollte das letzte Mal gewesen sein, dass sein Körper ein vertrautes Gefühl erfuhr.

Das Geschäft würde in dreiundzwanzig Minuten schließen. Die Verkäuferin begann bereits zu diesem Zeitpunkt, die ersten Stühle auf die Tische zu stellen. Im Gegensatz zum Mann mit Fedora sang sie den Text und scheute sich nicht vor etwaigen Reaktionen. Ihre Liebelei war Geschichte gewesen und damit auch vergangen. Es war nur eine kleine Erzählung; eine Erzählung, die so sehr zwischen Liebe und Hass schwankte, dass sie keiner von beiden beschreiben konnte. Es war ihr Fehler, es war der Fehler von beiden, ganz klar. Man verschenkt nicht einfach sein Herz. Man ist nicht so dumm und denkt, jemand anderes würde einen lieben. Man verliert sich nicht grundlos selbst. Sowas macht man nicht.

Was war alles geschehen? Sie liebten sich doch; zumindest war sie es, die diese Gefühle voller Leidenschaft in sich trug. Hatte er nur mit ihr gespielt? Es war ihre erste Liebe, sie war erst fünfzehn und er schon dreiundzwanzig gewesen. Vielleicht war sie es, die diese

Liebe gewollt und sich alles viel zu schön ausgemalt hatte, während er nur eine Liaison, vielleicht eine Ablenkung suchte. Was wusste sie überhaupt von ihm? Sie kannte ihn nicht. Es war so kindisch und sie schüttelte den Kopf. Warum schenkte sie ihm immer noch einen Gedanken? Er war es doch gar nicht wert gewesen. Was erlaubte er sich überhaupt, in ihren Träumen zu erscheinen? Es war wie in dieser einen Erzählung, die sie mal geschrieben hatte: Sie waren ein Pärchen gewesen, bei dem jeder von beiden unterschiedliche Definitionen von Liebe kannte.

Sie ging zu Tisch acht und sammelte sein Geld ein. Wo er wohl heute hinwollte? Wortlos kassierte sie ihn ab. Vielleicht suchte er sich bereits ein neues Mädchen aus der Stadt; vielleicht spielte er sein altes Spiel erneut? Konnte er überhaupt lieben und eine Person für ›die Seine‹ erklären? Vielleicht war er auch ein Verbrecher, ein schäbiger alter Dieb oder Mörder; jemand mit tief versifftem Blut, mit kriminellen Eigenschaften. Vielleicht war sein Inneres so schwarz wie verkohltes Holz. Er bestand aus den Überresten eines Lebens voller Liebe, aus Überresten einer Seele, die er aufgegeben hatte. Ja, so musste es gewesen sein! Es war gar nicht anders möglich; so schlecht war dieser Mann ohne Namen. Zum Glück würde sie niemals wieder auf ihn und seine Spielchen hereinfallen. Aber sie wusste auch, dass das Schicksal seine Fäden zog, als wäre es ein Marionettenspieler. Als sie aus ihren Gedanken zurückkehrte, ergriff sie das Bild, das auf seinem Tisch lag und er zurückgelassen hatte. Eine schöne Frau zierte es.

» Margerie «

Es war seine Schrift gewesen. Das erkannte sie sofort. Sie sah es an den geschwungenen Linien, die von unbeschreiblicher Leidenschaft zeugten; von so vielen Lügen. Das musste er geschrieben haben. Zwangsläufig erinnerte sie sich an die Briefe, die er ihr schrieb, an die

Worte, die sie im Nachhinein zerstörten. Augenblicklich griff sie nach ihrem neuen Feuerzeug, zündete die verblichene Fotographie an, erblickte, wie das Lächeln der Dame im Sepiaton verbrannte und in kleinen, weißen Stücken auf Tisch acht hinunterrieselte. Ein graues Häufchen blieb von der schönen Frau übrig, die auf der Fotographie noch so unerreichbar gewirkt hatte. Margerie, die so schön gewesen war, verschwand letztlich als Asche in den Tiefen eines metallenen Mülleimers. Sie war abgebrannt. Margerie hatte ihn ihr weggenommen und nun musste sie dafür bezahlen. Es war Margeries Schuld gewesen, dass die Verkäuferin leiden und sich tausende ungeklärte Fragen stellen musste, die nie beantwortet werden konnten. Margeries Existenz endete durch die Flamme eines silbernen Feuerzeugs, das einer enttäuschten Verkäuferin gehörte, die in diesem Augenblick nur noch mit Hass erfüllt gewesen war: » Margerie, Margerie! Man schreibt es ›Marjorie‹! Was bildet sich diese Person überhaupt ein! « Zitternd wischte sich die Verkäuferin ihre heißen Tränen, die von unvorstellbarer Eifersucht und unerträglichem Schmerz berichteten, mit ihrem Handrücken ab. Sie hasste sie. Sie hasste Margerie. Sie hasste ihr Bild. Sie hasste ihren Namen. Sie hasste den Mann ohne Namen. Sie hasste alles, was sie daran erinnern ließ, nicht genug zu sein. Schließlich nahm sie das Buch, das sie bis dahin unberührt ließ. Die Silhouette einer Frau zierte die Front. Sie schlug es auf und sah ihre Schrift:

Gewidmet dir, dem Mann ohne Namen, meiner Liebe; für den Mann mit Fedora und Mantel

Dann klappte sie es wieder zu, lächelte, tat so, als würde es sie nicht interessieren und stellte das ihr so fremde Buch in die Reihe unzähliger Liebesgeschichten, die sie nie gelesen hatte. In ihrem Herzen hatte die Liebe fremder Personen keinen Platz mehr gefunden; zu tief waren die Erinnerungen an einen Mann, von dem sie überzeugt gewesen war, dass er sie nie geliebt hatte. Doch der Name Margerie brannte sich in ihren Kopf wie der Gedanke ihrer eigenen Wertlosigkeit. Der Moment, und das realisierte sie erst später, war eine bleibende Erinnerung gewesen, bei dem ihr Spiegel, ihre Glasscheibe, vor ihren Augen zersprang. Doch anstatt zu weinen, wie sie es sich vielleicht von ihr selbst gewünscht hätte, hatte sie das Bild nur verbrannt und die Reste, ohne ihr Gesicht zu verziehen, in den metallenen Mülleimer gekippt. Sie war stolz darauf, erwachsen genug zu sein, um über den Dingen zu stehen. Es gab nichts, was sie verletzen konnte; nichts, worauf sie nicht vorbereitet gewesen war.

Die Anstellung als Verkäuferin im Café California war eine einfältige Berufung für die inzwischen Einundzwanzigjährige gewesen. Aber sie fühlte sich wohl und, ja, vermutlich auch ganz sicher. Es taten ja alle, dieses klassische Arbeiten im Café. Sie lebte in ruhigen Zeiten. Sie hatte ihren strukturierten Tagesablauf, sah die Sonne und den Mond aufgehen, begegnete netten und abweisenden Personen und konnte die Menschen in ihrer Ganzheit beäugen. Es waren die Gäste, die interessant waren, nicht die Arbeit an sich. Sie hätte alles aufgeben und Model werden können, aber das war ihr erstmal zu viel. Sie hatte ja noch so viel Zeit. Wahrscheinlich hatte sie die meiste Zeit ihres Lebens noch vor sich.

Sie schloß das Geschäft und rüttelte noch einmal am vergoldeten alten Türknauf. Sie sah durch das Fenster mit den Blumen und der kurzen Gardine, ehe sie sich verwundert umdrehte und im Zeitungsständer die heutige Schlagzeile las: » TIMOTHY PARKER ERNEUT FREIGESPROCHEN! « Für einen Moment blieb sie stehen, atmete tief ein, bevor sie dann weiterlief und sich eine Zigarette anzündete. Ihre Haare saßen perfekt unter ihrem roten Tuch. Sie sah ganz modisch aus, lebte das Leben eines typischen Mädchens in den Vereinigten Staaten. Den Stil der Zeit hatte sie offensichtlich inne: Charlotte lebte wie die anderen und ihr ging es gut dabei. Sie wurde akzeptiert, insofern man nicht unter ihre Fassade blickte; symbolisch ihre schwarz umrahmte Sonnenbrille, die sie sich immer dann aufsetzte, wenn sie sichere Umgebungen verließ.

Charlotte Rodin wollte Tänzerin werden. Sie wollte die Bühnen Paris', Londons und New Yorks bereisen wie erobern. Man sollte ihren Namen schreien, sie bejubeln und als Symbol der Schönheit erachten. Sie wollte die neue Marilyn Monroe werden. Es war Charlotte Rodin, die danach strebte. ›CHARLOTTE RODIN‹ in großer roter Schrift! ›CHARLOTTE RODIN‹ umrahmt von gelben Neonlampen! Wie sehr sie diesen Traum doch liebte! Wie begehrte sie den Geruch von warmem Kaffee, blühenden Rosen und starken Neuanfängen.

Harte Schritte ertönten auf dem kalten Boden aus Beton. Die Sonne beleuchtete die verschiedenen Gesichter. Es erschien Charlotte im kurzen Rock, schwarze Punkte auf rotem Untergrund. Nylonstrümpfe zierten ihre Beine. Sie ging zum grauen Geländer. Ein Mann wartete dort auf sie, auch er trug einen Fedora. Er war einer von vielen mit Hut, einer von vielen mit Mantel und einer von vielen mit schwarzen Lackschuhen. Er war genau wie der letzte Gast des Cafés gewesen, beinahe schon zum Verwechseln ähnlich. Aber ein winziges Detail sorgte dann doch dafür, dass er unverkennbar blieb. So hatte dieser junge Mann doch tatsächlich eine blaue Blume, die er unter das Band seines Fedoras steckte. Er lächelte, als er Charlotte sah. Die beiden passten ausgezeichnet zueinander. Charlotte und Paul waren wie die meisten; zumindest erweckten beide den Anschein. Sie erweckten beide den Anschein, normal zu sein, sich genauso wie die restlichen auf der Brücke zu verhalten.

Sie lernten sich damals am Strand kennen. Zusammen mit ihren ›Mädels‹, wie Charlotte ihre Gruppe von Freundinnen nannte, ging sie damals immer zum Ort, der versprach, bestätigen zu können, wer zu den Schönen und wer zu den Hässlichen gehörte; wer ein Gewinner und wer ein Verlierer gewesen war. Der Wert eines Menschen hängt schließlich an dessen Gewicht. Wer bewundert werden will, muss gut aussehen. Am Strand ging es nicht um Spaß, zumindest für die meisten; am Strand ging es darum, mit neidischen und anbetenden Blicken gewürdigt zu werden, den Schönheitsidealen am erfolgreichsten zu entsprechen. Es ging darum, Bestätigung zu erfahren, wenn man sich langsam entblößte und seinen makellosen Körper präsentierte wie auf einem Silbertablett. Wie viele schöne Jungs hatten versucht, die bezaubernde Charlotte zu bezirzen, wie viele waren kläglich daran gescheitert. Wie viele hatten sich darauf etwas eingebildet? Charlotte ließ niemanden an sich heran. Das war für jeden offensichtlich und dennoch, oder gerade deswegen, versuchte man eben erst recht, sie zu umwerben. Man wollte den anderen zeigen, wie besonders man war. Man maß sich an Charlotte. Sie war für jeden das geheime Symbol der Schönheit geworden. Nackte Körper, die im Endeffekt alle gleich ausgesehen hatten, traten zu ihr und wollten sie wie eine Trophäe besitzen; eine Frau insgeheim als ihr Eigentum behandeln. Während andere Mädchen das noch hinnahmen, sich gar in der Vorstellung eines starken Retters verloren, der sie erobern und muskulös sein sollte, hatte Charlotte dafür keine Zeit gehabt.

Daher kam es, dass alle danach strebten, bewundert zu werden. Sie strebten danach, sich wertvoll zu fühlen, durch Charlottes Aufmerksamkeit in ihrem Wert, in ihrer Schönheit bestätigt zu werden. Aber im Endeffekt waren sie doch alle ein und dieselbe Masse gewesen. Wo war da der Unterschied? Sie hätte Marty haben können, Jonny, es gäbe keine Diskrepanz; gleiche Haare, gleicher Körper und gleiches Gesicht. Doch das war nicht das Schlimmste. Das Schlimmste war der Charakter gewesen; durchtrieben, böse und schlussendlich strebten sie alle die gleichen Ideale an. Es gab eine Zeit, da war Charlotte nur noch angewidert und gelangweilt, diese Menschen ansehen zu müssen. Dabei ging auch Charlotte nur an den Strand, um nicht ausgelacht zu werden.

Ebenso verlief sich auch Paul an die Küste. Ihn verschlug es an den Ort, wo die hohen Wellen die steilen Felsen trafen und gebrochen wurden. Daher saß er oftmals mehrere Stunden dort. In der Öffentlichkeit las er dann auch mal ein Buch, aber es durfte nicht zu häufig sein. Wie hätten sie ihn betitelt? Wie sehr hätten sie ihn ausgegrenzt? Es blieben ihm unzählige Bezeichnungen, die er von anderen aufgeschnappt hatte. Sie reihten sich in ein großflächiges Konstrukt, das ihm vor allem Zweifel, aber auch Unsicherheit über seine eigene Identität brachte. Wie froh konnte er sein, dass sie ihn niemals mit seinen Befürchtungen konfrontierten. Aber wie oft bezeichnete er andere derart? Es tat ihm so leid, aber er musste sich schützen.

Es gingen fast alle ihrer Schule, der Joseph Pulitzer High, hinunter zum Ufer. Es musste wohl die Lieblingsbeschäftigung der beliebten Kinder gewesen sein. Charlotte Rodin und Paul Roux verstanden das nicht. Warum auch? In ihren Herzen waren sie nicht die Beliebten, von denen alle sprachen. Innerlich waren sie ganz anders. Paul mochte es zu lesen und zu stricken, Charlotte konnte und wollte nicht kochen. Ach, wie interessant war dieses Paar aus San Francisco. Sie waren einzigartig und doch wie die anderen. Sie waren die vollkommene Verkörperung dessen, was die Gesellschaft verlangte: Zwang und Individualität mussten sich die Waage halten, wenn man überleben wollte.

Charlotte war damals sechzehn geworden, er siebzehn, als sie sich am Strand kennenlernten. Es war ganz zufällig gewesen. Jonny hatte sie wieder einmal verführen wollen und dann rannte sie weg. Weinend lief sie zu den Felsen und beachtete Paul in diesem Moment nicht. Erst als sie sein Buch sah, erst als sie ihr Ebenbild fand, begann die herzzerreißende Liebesgeschichte von Charlotte und Paul. An diesem Tag waren sie nun beide fünf Jahre älter und heute war ihr Jahrestag gewesen. Es war der 30. August 1954. Vor vier Jahren lernten sie sich kennen.

» Wie war die Arbeit? «, fragte Paul, der ihr gegenüberstand. Er lächelte, sie sah ihn an und schaute dann wieder weg. Er schien nervös zu sein. Mehrmals blickte er zu ihr und betrachtete dann wieder die Weiten des Ozeans, die sich vor beiden erhoben.

» Ganz gut «, antwortete sie ihm dann. Unter ihren kleinen Füßen ertönten mächtige Wellen. Wassermassen brachen sich an den Pfeilern der Golden Gate Bridge im August 1954.

Für einen Moment sahen sie sich an und schlossen ihre Augen. Dann geschah es. Pauls Lippen vereinigten sich mit denen von Charlotte. Wie erfüllt waren beide in diesem Moment. Wie viel Überwindung kostete es sie? Aber sie liebten ihn, sie liebten den Moment. Sie bereuten nichts und hätten damit nie wieder aufgehört. Die anderen fingen an zu gucken. Es schien beschämend.

Als sie sich schließlich lösen konnten und Charlotte von einem Lächeln geziert war, ging Paul plötzlich auf die Knie. Es war der Moment eines Mannes, der seine gesamte Zukunft bestimmen sollte. War sie die richtige? Wollte er Kinder mit ihr bekommen? Wollte er zusammen mit ihr die Welt bereisen und für immer glücklich sein? Konnte er sich endlich den anderen öffnen und der sein, der er sein wollte? Konnte er sich auf Charlotte stützen; für immer?

Ja, die Antwort war ›Ja‹ gewesen. Sie küssten sich noch einmal, doch plötzlich herrschte Stille. Charlotte senkte ihren Kopf: » Warum willst du das? Wir haben doch beide keine Lust mehr auf das klägliche Erfüllen von gesellschaftlichen Normen, oder? Habe ich mich schon verpflichtet, dich zu heiraten? Wenn ja, so will ich nicht. Ich muss nichts müssen und ich würde es auch nicht wollen. « Charlotte war bestürzt. War er dann doch nicht der Richtige? Würde er sie verstehen? Sie kannten sich doch so gut. Hatte sie ihn nach so vielen Jahren immer noch falsch eingeschätzt? Würde sie jetzt nochmal enttäuscht werden? Womit hatte sie, womit hatten beide das verdient?

Da begann Paul zu lachen und küsste sie voller Freude erneut. Welch ein Leben durchströmte ihre Körper: » Oh, Charlotte Rodin, ich bitte drum, bitte verändere dich nie! Lass uns unsere Hochzeit feiern, weil wir es wollen, nicht weil es erwartet wird. Lass sie uns feiern in Moll! Lass uns die Lieder selbst aussuchen! Lass uns schwarze Blumen bestellen! Lass uns so sein, wie wir sind! Feiern wir uns, nicht die anderen! Was hältst du davon? « Er hob sie hoch und sie sah ihn an.

Nachwort

Die Sonne schien durch die glasklaren Fenster der Kapelle in Camaret-sur-Mer, als eine Braut im weißen Kleid und ein Mann im schwarzen Frack sich erhoben und mit ihren Gästen anstießen. Sie stießen auf die Menge von zwanzig Personen an, die alle ihrer Einladung gefolgt waren. Sie stießen auf den Tag ihrer Hochzeit an. Beide lächelten und küssten sich. Ihre Körper glänzten wie Juwelen, ihre Charaktere strahlten wie Brillanten.

Die Musik begann zu spielen. Zweifelsfrei musste es ein Stück in Moll gewesen sein, denn das in Dur war in Manpupunjor längst abgespielt. Paul bat Charlotte auf das Parkett. Er reichte ihr seine Hand und gerade als sich ihre Fingerkuppen berührten, zog er sie ganz nah an seinen Körper und sie schmiegte sich an seine Brust. Den Walzer eröffneten beide zusammen und nur wenig später kamen die anderen hinzu. Wie sehr verloren sie sich in der wiegenden Musik; wie sehr sprach die Musik für sich, für alles, was sie erlebt hatten. Jetzt konnten sie alles hinter sich lassen. Nun konnten sie sich für jeden öffnen und zeigen, wie sie wirklich waren. Langsam streichelte Paul über die Haare seiner Auserwählten und küsste ihre Stirn.

Der Platz von Margerie und ihrem Mann war leer geblieben, doch das Brautpaar war sichtlich nicht verärgert. Vielmehr waren sie froh darüber, froh, von beiden etwas gehört zu haben, bevor sie, und das ist wohl das wichtigste, zusammen für immer von beiden gingen. Kleine Tränen rannten über die Wangen von Charlotte, ehe sie von Paul verwischt wurden und er sie in seine Arme nahm.

Sie freuten sich aber über das Kommen von Holly und Monsieur Lavoisier, der extra aus dem entfernten Deutschland anreiste. Auch Klara war erschienen! Wie schön konnten sie alle zusammen tanzen. Ihre Vielfalt strahlte in die Finsternis.

Und wie es so üblich war, wie es sich jeder wünschte, warf, die nun genannte, Charlotte Roux ihren Brautstrauß auf die hinter ihr stehende kleine Menge. Aber niemand fing ihn, im Gegenteil, als alle den Raum verließen, fand man ihn auf dem Platz von Margerie. Eine einzelne Narzisse löste sich und fiel zu Boden.

Die gelbe Farbe blitzte vom schwarzen Boden auf.

Und so tanzten die anderen immer weiter zum Lied, das sie befreite. Und das Lied erlöste nicht nur die einzelnen Personen, es erlöste auch die Welt mit einem Wind, der das Herz jedes einzelnen Menschen küssen sollte.

Windesstille

Windesstille
Lichter blitzen
Kalter Wille
in den Schlitzen

dieser Augen
Voll mit Grauen
Wirst du taugen?
Da, ein Mauen!

Stille Wasser
kurze Zeit
Manche Messer
in Verborgenheit

Tick und Tack
Zeit vergeht
Ist's ein Wrack
das vor dir steht?

Windesstille
Die Augen dazu
dort sind Grillen

…

Verschwunden bist du!

13. April 2016

Schweres Erbe

Schweres Erbe liegt auf ihm
Nieder geht er dort auf Knien
Großes Schwert, es steigt empor
segnet ihn mit Gottes Ohr

Jetzt ist er der neue Kaiser
Seine Stimme wird gar leiser
Ganzes Land hat tiefe Kerben
Eines Tages wird er sterben

Ich breche nicht das Siegel

Wer ist es, sag
der vor mir steht
den ich schon lange frag'
ob er mir Schmerz ins Auge weht

Wer ist es, den ich dort erblicke
und wütend in die Seite zwicke?
Ich sage ihm: » *Verschwinde hier!* «
will nur alleine sein mit mir

Ich frag' mich, wer dort vor mir steht
im Leben seine Runden dreht
Da steh' ich also vor dem Spiegel
und breche nicht mein schweres Siegel

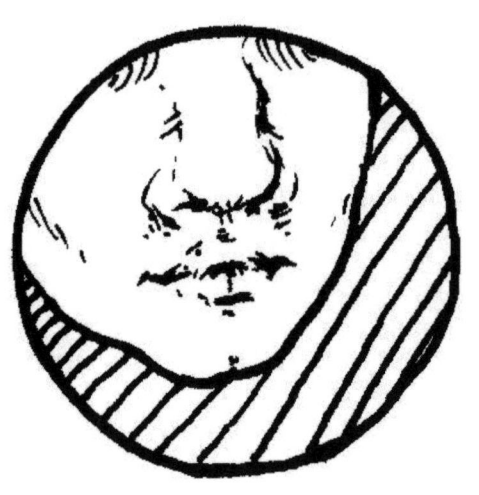

Nathanaels Beerdigung

Es ist der siebzehnte August 1816, als eine kleine Menge, begleitet von einem Pfarrer in weißer Robe, den Friedhof von Schenkenberg betritt. Es ist der erste Samstag nach dem Ableben von Nathanael, der erste Samstag nach jenem tragischen Ereignis. Die grauen Wolken hatten sich am Morgen zu einer schwarzen Decke verdichtet und lassen den Versammelten nun ein Gefühl geben, nicht entkommen zu können. Erdrückend wirken die Himmelsformationen auf die Menge, ihr Gang ist unter der schwarzen Kulisse träge und verunsichert. Einzelne Krähen, deren Erscheinen nicht ganz geklärt ist, fliegen über die Menschen. Ihre leeren Augen streifen die der verängstigten Gesichter.

Das kniehohe Gras ist mit Tau bedeckt, als die vereinzelten Personen an den unterschiedlichen Gräbern vorbeilaufen. Keine Menschenseele ist anwesend, um einen seiner Angehörigen zu betrauern. Keine Farbe nimmt der Friedhof von Schenkenberg in sich auf. Alles ist kalt und die Nadelhölzer, die hinter der Friedhofsmauer gen Himmel ragen, umzingeln sämtliche Besucher. Wenn man genau hinsieht, erkennt man deutlich, wer es verdient hat, vermisst zu werden. Einerseits gibt es Gräber, die vergessen werden, die schlichtweg von durch und durch schlechten Menschen sind; die es eben nicht verdient haben, vermisst zu werden. Andererseits kann man Gräber erblicken, die zwar einsam und alleine stehen, dem Verfall trotzen wollen, aber dennoch verwelkte Blumen zieren, die verdeutlichen, dass die Verstorbenen alles in ihrem Leben erreicht und bewerkstelligt haben und für ihre Güte und Selbstlosigkeit verehrt zu werden.

So ist das in Schenkenberg; dort auf diesem einsamen Friedhof, auf den man kommt, wenn man die lange Landstraße hinunterläuft.

Aber was schreibe ich. Das gibt es nicht nur in diesem kleinen, unbedeutenden Örtchen. Schlimmer noch, überall kann man solche Friedhöfe erblicken. Da denken diese Irren, es würde etwas bedeuten, wenn man in seinem Leben den anderen gefallen hat. Sie sind manchmal schon witzig, diese Menschen, bemitleidenswert. Sie arbeiten auf ein Leben hin, das sie selbst nicht mehr wahrnehmen werden. Sie arbeiten für einen Ruf, der erst dann in Kraft tritt, wenn sie von der Welt verschwunden sind.

Der Ort wirkt sehr kahl und trist. Es singt kein Vogel, es blüht keine Blume und es gibt nichts, das einem Hoffnung spendet. Inmitten dieser Leere läuft die Trauergemeinde über einen schmalen Kiesweg, der zwischen den Friedhofsmauern versucht, beständig zu bleiben. Sie gehen an Mausoleen und Gräbern vorbei, deren steinerne Engelsfiguren sie allesamt verfolgen. Von den meisten Monumenten kann man die Inschrift nicht mehr erkennen; viel zu sehr sind die Buchstaben über die Jahre verblasst. In diesem Moment wird mir wieder bewusst, dass an uns allen der Zahn der Zeit nagt und nichts, nicht mal ein einziger von uns, unsterblich ist. Egal, was wir getan haben, egal, wie wir uns verändern: niemand wird und kann jemals dem Tode entrinnen. Jeder wird daran scheitern, die Unmöglichkeit vorauszusetzen, auf ewig vermisst zu werden.

Die steinernen Engel erheben sich neben Totentafeln und zeigen mit ihren grazilen Fingern auf die nicht identifizierbaren Namen der Verstorbenen. Die göttlichen Figuren bilden eine Art unwirkliche Gemeinschaft mit denen, die der Natur entsprungen sind, den Pilzen und Flechten, die mitsamt dem Verfall unweigerlich Einzug erhalten. Während das Moos über die Gräber wächst und auch die letzten Namen in sich einzunehmen versucht, der Efeu alles unter einer dicken Laubkrone verstecken will, leben die Menschen jedoch in ihren eigenen, kleinen Mauern und entfernen alles, was ihre Spähre übertritt. Sie leben ihr eigenes, kleines und wohlbehütetes Leben in einer Schachtel, die sie nicht versuchen zu öffnen. Vor der Gruppe baut sich schließlich, als sie stehen bleibt, eine Vertiefung auf; ein Loch, das nicht zu enden scheint.

Der Tod Nathanaels war zweifelsfrei sein eigener Wunsch gewesen. Es war auch zweifelsfrei das größte Geschenk, das er jemals hätte bekommen können. Er schenkte es sich selbst. Er war mutig. Er lebte in einer Welt, in der eine Erzählung entstand, die für ihn zum bitteren Ernst geworden war. Der kleine Nathanael hatte es nicht leicht, das bezweifle ich nicht. Im Endeffekt war sein Tod eine Erlösung; mehr für ihn als für die anderen.

Vielleicht hätte ich es nicht so enden lassen müssen. Tragische Erzählungen ziehen aber immer mehr Lesende an. Nun, entschuldige, Nathanael, ich habe dich nur benutzt.

Der Pfarrer schreitet vor das ausgehöhlte Grab, die Menge versammelt sich und er klappt das alte Buch in seinen Händen auf, ehe er es zu zitieren beginnt. Wie dem Sand einer Sanduhr gleichen seine Zeilen, die er auf Latein vorträgt und so nur einige von vielen werden. Sie sind irrelevant. Sie sind nur einige von vielen. Sie haben keine Bedeutung. Sie sind nicht wichtig. Es sind viel gesagte Worte, die keinen Platz für Individualität bieten. Vor seinem weißen Gewand hält er die Bibel, als wäre sie ein Schild. Er rückt seine schwarzumrahmte Brille ein Stück nach unten.

Die Minuten und Worte vergehen, doch nichts hinterlässt etwas, das mir helfen würde, die tiefe Wunde in meinem Herzen zu verstehen, gar heilen zu können. Alles wirkt ironisch und irreal: Da springt der gottgläubige, wahnsinnige, Nathanael von diesem unendlich hohen Turm und wird vom Pfarrer nun als ›*Teufelsbesessen*‹ betitelt. Ein entbranntes Zischen dringt aus meinem ungezügelten Mund, ehe ich den Mann mit der

Heiligen Schrift wütend ansehe. Wo war dieser Gott, von dem er so weltverloren, gar schwärmerisch erzählt? Warum hat uns der Allmächtige verlassen? Was soll Nathanael für dieses Schicksal verbrochen haben? Es ist für mich nur ein weiterer Beweis, dass eine höhere Macht nicht existieren kann. Welcher Gott hätte so ein Leben zugelassen? Wie kann jemand so sein?

Mittlerweile langweilt mich der Pfarrer mit seinem Gerede darüber, was alles getan werden muss, um nicht in einer angeblichen Hölle zu landen und dort für den Rest des Lebens, obwohl man doch tot ist, im Fegefeuer hinwegzuvegetieren. Er sagt es zu Leuten, die einen anderen Menschen in den Freitod getrieben haben.

Als der Priester mit seiner Lesung fertig ist, tritt er einen Schritt zurück und beäugt diejenigen, die sich vor ihm dort versammelt haben. Mit seinen Augen fordert er alle heraus. Es scheint, als würde man nur ungern unter der Scharfsichtigkeit des Pfarrers hervortreten und dem Verstorbenen die letzte Ehre erweisen. Es war dabei vollkommen gleichgültig, ob man nun Jüngling oder Greis war, ob es sich um Frau oder Bruder handelte; alles war banal geworden.

Als letzter trete ich vor das Grab und werfe einen mitleidigen Blick hinein. Ich war eher eine unbedeutende Rolle im Leben des kleinen Nathanael gewesen und doch lenkte ich sein Leben wie der Spieler seine Puppen. Ich kontrollierte die Wendung. Manchmal ist das Leben ungerecht. Niemand hält einen auf.

Ich atme einmal tief.

Die Trauergemeinde geht nach vorne und beschenkt den Leichnam Natha-naels mit Worten, die sie niemals wirklich so meinen würden und die für sie nur Standard gewesen waren. Ich streife mit meinen kühlen Augen die verhaltene Menge und räuspere mich. » Ach, Nathanael «, sage ich, als ich die weiße Rose in das dunkle Loch werfe. Sie fällt, als würde sie niemals aufkommen und sich in der Stille der Unendlichkeit ihrem Schicksal hingeben müssen. Anschließend trete ich hinter das Grab und laufe am Sarg, der im tiefen Loch verschwunden scheint, vorbei. Ich erschrecke, als ich mir vorstelle, wie Nathanael mit zurechtgemachten Körper in einem zurechtgemachten Bettchen liegt und dort wohl für den Rest seines Daseins liegen bleiben wird. Weder Sarg noch Körper werden je wieder das Licht der Sonne erblicken. Das ›Oben‹ und ›Unten‹ hat keine Bedeutung mehr, wenn man tot ist.

Wie ich in diesem Moment sehe, komme ich genau richtig, um mit meiner Rede anzufangen. Eine weißliche Gestalt betritt den bedrückenden Ort und sieht mich zufrieden an. Ich lächle zurück und muss mich konzentrieren, nicht aus der Rolle zu fallen. Ich stelle mich vor die Menge und huste nochmal, etwas deutlicher als vorhin. Wie viele Grabreden hatte ich schon miterlebt, wie viele hatte ich schreiben müssen? Die erste war von Frau Wagner. Ich erinnere mich noch an den Mann, der damals gesprochen hatte. Es war in dieser schönen Kirche. Die Sonne schien. Viele Menschen weinten und kein einziger ließ es unberührt zurück. Ja, dachte ich mir, wer kann sich schon vom Tod erholen; wer kann ihn überleben?

Ich komme aus meinen Gedanken zurück.

» Verehrte Trauergemeinde, geehrter Pfarrer «, sage ich als vorsichtigen Einstieg, als sei es eine der Reden, die die Menschen immer und immer wieder über sich ergehen lassen müssten; als sei sie die verachtende Rede, die jeder kennen würde; als wäre ich Priester. In ihren Köpfen spreche ich bereits darüber, wie mitleidig ich, wie der arme Nathanael doch Opfer seiner selbst geworden war. Was erhofft man, was wünscht man sich zu hören? Wie gut es Nathanael jetzt hat? Was für ein ›toller‹ Mensch unter uns lebte? Nein, nein, dazu habe ich nicht die Kraft und auch nicht die Zeit. Mir geht es um die Wahrheit, nicht um die Beschreibung eines schönen Lebens, das niemals in dieser Art und Weise stattgefunden hat. » Ich fange mit einer Frage an, wenn Sie mir erlauben:

Warum beten wir?

Verstehen Sie bitte, ich habe mein ganzes Leben lang für Nathanael gebetet; seit er in seiner Kinderwiege lag und erste Träume einer besseren Welt kennenlernte. Aber mein Beten hat scheinbar nichts bewirkt. Er ist ja trotzdem, einfach so, gestorben. Bin ich ein schlechter Mensch? Bin ich nicht gut genug, dass mir das, was ich von ganzem Herzen wollte, verwehrt blieb? Ich habe mich in guten wie in schlechten Zeiten an Gott gewandt, dennoch hat es scheinbar nichts gebracht. Also, nun, warum beten wir, wenn unsere Gebete nicht erhört werden? Beten wir nur, um uns ein gutes Gewissen zu schaffen? Beten wir, weil wir damit unsere Hoffnung ausdrücken möchten? Sind Gebete Träume, sind sie Wünsche? Wir alle haben Hoffnungen und beten, dass sie in Erfüllung gehen. « Es ist ein merkwürdiger Anblick, als ich von meinem Blatt wieder hochsehe. Die Personen stehen nun dicht an dicht mit schwarzen Schleiern und schwarzen Fracks. Die Leute bauen sich auf wie eine Mauer, die scheinbar nichts durchdringen kann. Eine einzige fällt aus der Reihe. Sie spielt mit roten Hagebutten. Die Farbe zerstört die Menschen, das Bild. Ihr Schicksal ist ungewiss.

» Ich beneide die Menschen, die ihre Hoffnung in ein Gebet legen. Das mache ich wirklich. Es verdient Respekt und Anerkennung, diese Zuversicht, diesen Mut und die Kraft, die hinter einem Gebet steht, zu würdigen. Gläubige legen ihre Worte in einen Satz und hoffen, dass ihr Wunsch, ihr Gebet, in Erfüllung geht. Sie ziehen sich die Kraft aus ihrem Glauben und bewerkstelligen Großartiges. Aber es gibt anscheinend Ereignisse, die einem aufzeigen, dass Glaube auch zu Irrwegen führen kann. Denn im Glauben kann sich niemand jemals wirklich sicher sein. « Einige Menschen spielen ungeniert mit ihren Händen und sehen verbittert nach unten. Der Pfarrer will eingreifen. » Jetzt nicht, Herr Pfarrer, das ist meine Rede! « Der Mann im Umhang betrachtet mich abfällig. Meine Stimme war dann wohl doch ungewollt erbost.

» Nathanael war ein weiser Mensch. Eher litt er unter dem Unrecht der anderen, als dass er es ihnen gleichgetan hätte. Es erfordert viel Moral, einen guten Glauben, um diese Einstellung zu seinem Lebenswerk zu machen. Auch dafür beneide ich ihn, diese so wunderbare Person.
   Begehen wir Unrecht, müssen wir uns vor uns selbst rechtfertigen, wenn wir die Reaktionen ansehen müssen und sie für unser ›moralisches Ich‹ nicht entsprechend sind. Die Normalität unseres Seins liegt darin, dass wir nach einer handgreiflichen Diskussion Schuldgefühle zeigen, da wir augenscheinlich begreifen, was wir mit unseren Händen getan haben. Wir könnten unsere Gelenke durchtrennen, uns aber nicht vom Schuldgefühl lösen. Wir können Schuld und Schande nicht von uns abwerfen, sie mit Gebeten von uns entfernen. Merken Sie sich meine Worte, meine Damen, meine Herren. Wir können uns unsere Schuld nicht absprechen, ohne uns damit auseinanderzusetzen, was wir falsch gemacht haben. Es mag sein, dass eine nicht sichtbare Gestalt uns dabei hilft oder uns sogar unsere Moral vorschreibt. Sie legitimiert aber keine Sünden, die wir verbrochen haben. Unsere Hände sollten rein sein, bevor wir damit auf andere zeigen und sie mit unserem eigenen Schmutz besudeln. « Eine leichte Brise empfängt die Trauernden, die Bäume neigen sich leicht und Blätter wehen im Wind. Es ist mittlerweile eine Stunde vergangen, die wir auf dem Friedhof verbrachten, der uns die Endlichkeit des Lebens vermittelt. Ich habe es geschafft, dass meine

Worte Ausdruck durch die Ewigkeit der Zeit bekommen; dass meine Worte die Trauergemeinde lehren, was es bedeutet, andere Leben zu beurteilen.

» Ich weiß, dass Sie jetzt alle gehen werden «, sage ich in einer ruhigen Stimmlage. » Sie werden gehen und hoffen, dass Sie über meine Worte nicht nachdenken müssen. Aber das werden Sie. Ich habe Sie erschaffen und ich werde Sie auch das machen lassen, was ich mir vorstelle. Ich weiß, ich spiele ein wenig mit Ihnen. Doch wer von Ihnen hat etwas anderes gemacht? Menschen möchten doch immer nur das hören, was sie verstehen wollen. Das war wohl schon immer so und wird wahrscheinlich auch leider immer so bleiben. « Wehleidig schüttle ich den Kopf. Die Frau mit dem schwarzen Schleier und dem Hagebuttenzweig in der Hand schmeißt die roten Beeren letztlich weg und sieht mich nur irritiert an. Mitleidig ziehe ich die Oberlippe hoch und sehe zum Pfarrer.

» Herr Pastor, ohne Sie beschämen zu wollen, aber wissen Sie, wer der beste Theologe wäre, weitaus besser, als Sie einer sind? Aufgrund seines Wissen über das vermeintlich Böse ist doch der Teufel der geeignetste, oder etwa nicht? Könnte denn nicht nur das Übel selbst uns alle belehren und ist deshalb nicht in der Gesellschaft geachtet; jemand, der über uns allen steht, ob Gott, der Satan erschuf, oder Teufel, wird doch nur zurückgewiesen und wegen seiner schlechten Taten diskreditiert, ohne dass seine eigentlichen Erfahrungen für ihn sprechen könnten und uns allen helfen würden. « Die Menge winkt ab und läuft davon. Ein junger Mann verdeckt einer Frau die Ohren, auch der Pastor wirft mir nur einen verachtenswerten Blick zu.

» Manchmal wünschte ich mir, ich hätte diese Menschen anders gezeichnet, mir anders vorgestellt. Aber dann wären sie nicht so, wie sie eben sind. Sie wären keine Menschen. Sie wären nicht so, wie die Menschheit uns allen begegnet. Sie hätten ohne ihre sichtlichen Fehler anders gehandelt, wären komplett uninteressant geworden. Ich habe versucht, etwas zu verändern und doch war ich nicht erfolgreich. Vielleicht ist es das Schicksal, das mir gerade das Leben von Nathanael zeigt «, denke ich. Langsam gehe ich von den Leuten weg und schaue nochmal auf das schwarze Grab. » Oftmals sind eben nicht die Menschen verrückt, die Verrücktes tun, sondern diejenigen, die ihr Leben so leben, als sei es ihr erstes «, sage ich zu Nathanael und es scheint mir, dass die weißliche Gestalt ein Lächeln ziert. » Menschen sind schon komische Wesen, Nathanael «, merke ich an, als ob ich die Handlung ungeschehen machen könnte. Mein aufrichtiges Mitleid kann Nathanael nun auch nicht mehr helfen. Und doch, so war es mir, umhüllt mich ein warmer Schleier, der mir Geborgenheit, Schutz und Trost spendet. » Wir sollten nun die Menschen weiterleben lassen, Nathanael. Irgendwann werde ich dich vielleicht auch zu mir holen, mal sehen. « Abschließend schnippe ich mit meinem Finger und die Welt erstarrt.

Ich trete aus der Szenerie und finde mich in meinem Kämmerchen wieder: » Ich bin doch nur der Sprecher. Was hätte ich schon verändern können? Hätte ich die Erzählung umschreiben, das Schicksal anders modellieren sollen? «, frage ich mich und verfolge noch einmal den Verlauf der Handlung: » Da stirbt zweifelsfrei eine Person mit Namen Nathanael, scheinbar unbeliebt und vielleicht, ja, das dürfte es treffen «, murmele ich und fange an zu schreiben. » Er war eben verrückt und anders, aber nicht schlecht oder böse, sondern gut und faszinierend, nicht? Irgendwie war das Jesus ebenfalls in seinem, nun ja, Märchenbuch: anders und ausdrucksstark. Ja, ja, das ist es, ein passender Vergleich, nicht, Cassiopeia? « Ich streichle die kleine Schildkröte mit dem umgeschnürten Luftballon, die ins Zimmer gekommen war. » Meine Rede war doch auch genial, oder? Das Foto, das ich im Kopf habe, muss ich mir unbedingt einrahmen lassen. Das wäre dann das, lass mich kurz nachdenken, es wäre das dreiundzwanzigste. Ja, das wäre es. Hast du eigentlich meine Anspielungen gemerkt, die Charakterisierung seiner Schwester? Und der Geist, ... etwas, einfach etwas so Fremdes, Überirdisches? Mal etwas Extravagantes, dachte ich, nicht? Diese Phantastik ist eigentlich nicht meins, an dieser Stelle war sie aber vielleicht ganz gut. Nun komm, lass uns jetzt die Erzählung ins Bücherregal stellen und dann lesen, wenn wir uns helfen müssen. «

Das bereits vergilbte Buch klappe ich zusammen und es wirbelt etwas Staub auf, stelle es in die Lücke des hölzernen Regals, die Kerze erlischt.

Wenn wir uns wiedersehen

Zwischen den Sonnenblumen: hier stehe ich
mit einem Lächeln auf dem Gesicht
und der Sonne in meinem Herzen

Wenn du kommst
dann sind wir etwas älter
Die Zeit ist schon länger her

Wir stehen in dem Feld
dem aus Sonnenblumen
und erträumen uns unsere Welt

26. Oktober 2016

Sommernacht

Es ist doch der Sonne Schein
was die Herzen macht so rein
Mit der Sonne, diesem Wind
rennt die Zeit gar ganz geschwind

Und die Zeit, die lieben wir
Ich mag sie nur wegen dir
Du, du siehst mich liebend an
fesselst mich mit deinem Bann

Wenn die Sonne geht hinunter
wird die Welt ein wenig bunter
Sterne steh'n am Himmelszelt
leuchten auf die heile Welt

Du und ich, wir sind ein Teil
aller Liebenden, ich eil'
an die Hand und deinen Mund
Du bist Welt, ja, du bist Grund

10. März 2016

Zwischen Kind und Thesen

Die Menschen, sie sind
gar komische Wesen:
mal halbstarkes Kind
mal schlagen sie Thesen

Sie wollen so viel
verlangen noch mehr
verfehlen ihr Ziel
und setzen zur Wehr

Sie rüsten sich aus
und müssen beschützen
ihr Leben, ihr Haus
Die Thesen, sie schützen

das liebliche Kind
Ein ewiges Spiel
vom folg'losen Wind
der weht ohne Ziel

04. Juli 2017

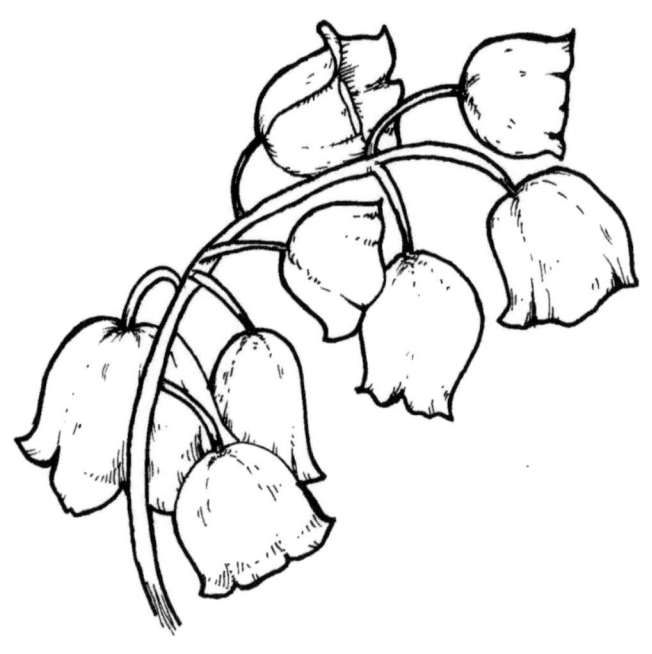

Maiglöckchenwünsche

Als ich sie sah, saß sie im kniehohen Gras. Sie war neben einer Weide; zwischen Maiglöckchen und anderen Blumen. Sie träumte und starrte zum Horizont, lächelte und erblickte die Häuser im Hintergrund, die vor der Sonne verschwanden und sich in eine geheime Dunkelheit hüllten. Sie tat es wie die beiden Jungen, die sie oft zufälligerweise unter der Linde des großen Hügels sitzen sah oder wie das Kind, das bei dem Mann auf dem Feld ein neues Zuhause fand. Sie war ein tolles Mädchen, wie sie dort so vor sich hinstarrte und all ihre Sorgen um sich herum weglächelte. All den Schmerz, den sie erlebt hatte, besiegte sie mit Freude. Sie konnte damit wohl den Schmerz der gesamten Welt verschwinden lassen, sämtliches Leid, das sie noch erreichen würde, egal, wie alt sie war, egal, wo sie sich befand. Ich glaube, sie würde ein ganz besonderes Mädchen werden. Sie war es schon und hatte es demnach leicht, so zu bleiben. Sie war unverkennbar besonders und ich hoffte, dass sie es wohl auch immer bleiben würde; so besonders wie die Gedanken, die sie in sich trug.

Es waren wohl ernste Probleme, schwierige, die sie über all die Jahre plagten. Niemals hatte sie uns alle Einzelheiten erzählt. Es waren vielleicht kleine Bruchstücke, die man aus ihrem Leben erfahren hatte, aber man verstand nie den kompletten Zusammenhang. Sie war ein Mysterium und ihr Leben ein Puzzlespiel. Wie sie dort saß, nahm sie sich die Maiglöckchen, die vor ihr in Blüte standen, und flocht sich einen Haarreif, legte ihn sich auf den Kopf und verknüpfte die restlichen Blumen zu einem kleinen Armband. Sie spielte mit den Blüten, wie das Leben vielleicht mit ihr selbst gespielt hatte. Sie zauberte sich ein neues Leben aus den Maiglöckchen im Gras; auf dem Berg mit dem Blick in Richtung Horizont. Irgendwie hatte ich das Gefühl, dass sie wohl nicht nur ihre, nicht nur meine, sondern die

Probleme der ganzen Welt zu verscheuchen versuchte. Allein aus Dankbarkeit setzte ich mich neben sie.

Sie sprach nicht mit mir. Sie sah mich nur einmal an und dann blickte sie wieder den Hügel hinab. Ich glaube, sie hatte gewusst, was ich dachte. Sie musste gewusst haben, warum ich mich zu ihr setzte, so, wie es damals in der Schule gewesen war, als ich mich auf den leeren Stuhl neben ihr platzierte.

Ich glaube, wir meditierten. Zwischen Maiglöckchen, einer hohen Weide und kniehohem Gras versuchten wir, uns selbst näher-, uns selbst viel näherzukommen. Und ich glaube, dass sie Wünsche hatte, ganz viele, ganz viele kleine. Bestimmt hatte sie so viele Wünsche, wie das Jahr Tage besaß. Vielleicht erfüllte sich kein einziger, vielleicht hatte sie auch nur einen, einen ganz bestimmten und den vertraute sie nur den Maiglöckchen an. Wer weiß das schon. Wer weiß schon, was sie wirklich dachte.

» Ich freue mich, dass du da bist «, sagte sie dann, ohne, dass ich es erwartete.

» Es ist schön, hier zu sein «, entgegnete ich. Und ja, es war ein Moment, der mich zeitlebens nicht mehr verlassen sollte; ein Moment, der mich mit so viel Glück, mit so viel Freude erfüllte, dass ich beinahe jede Sorge in meinem Leben vergaß. Alles verflüchtigte sich, weil sie es irrelevant erscheinen ließ.

» Womit hast du zu kämpfen? «, erkundigte sie sich, als sie einen Marienkäfer betrachtete. Im ersten Moment dachte ich, dass sie mit mir sprechen würde; über alles, was mich beschäftigte und über alles, was ich mir wünschte. Aber als Antwort auf ihre Frage beobachteten wir anschließend nur zusammen das kleine Insekt mit den schwarzen Punkten. Irgendwie war es schön, aber ich glaube, mir rollte damals auch die ein oder andere Träne über meine Wange.

» Warum sitzt du hier? «, sprudelte es dann ganz unmissverständlich aus meinen Gedanken. Ich musste etwas sagen.

Sie schmunzelte.

» Ach, ich glaube, ich wollte es einfach. « Und schon wieder sprach sie für mich in Rätseln: ›*Wollen*‹. Wer will denn etwas nicht, wenn man etwas freiwillig tat? Kann man nicht alles umsetzen, wenn man nur möchte? Ist es eine große Herausforderung, wenn man im Gras auf dem Hügel sitzt und auf die Stadt hinuntersieht? Vielleicht war es für, ja, für fast alle keine Herausforderung, für sie aber schon.

Im Hintergrund stand die weiße Stadtkirche, jene mit dem schwarzen Dach, und lauschte unserem Gespräch. Sie beobachtete uns, ich wusste es. Sie alle taten es. Sie sahen mit bösen Blicken auf uns und auf unser Verhalten. Es machte uns fertig, doch das Mädchen neben mir war das einzige, das sich wehrte.

» Diese Welt macht mich krank; mit ihren bescheuerten Verhaltensweisen, diesen bescheuerten Menschen und mit diesen bescheuerten Vorurteilen. Wenn das die wahre Welt ist, dann will ich nicht mehr «, gab sie dann von sich zu hören und ich hatte etwas Angst um sie.

Manchmal wusste ich nicht, wem sie ihre Erzählungen verriet. Manchmal sprach sie mit sich selbst, mit den Blumen, aber manchmal waren die Wörter auch an die Personen gerichtet, die mal mehr oder minder bei ihr standen. Sie war so undurchschaubar wie die verschiedenen Schuhe, die sie trug, wie die Frisuren, die sie jeden morgen neu kreierte und die Strümpfe, die alle eine andere Farbe hatten.

Ich fragte mich, woraus ihre Welt bestand. Vielleicht sah sie nur das Negative, vielleicht hatte sie eine Krankheit oder vielleicht war es auch wieder ganz anders gewesen. Vielleicht kam sie zu der Annahme, weil sie kurz vor unserem Gespräch bei einem Mediziner gewesen war. Ich glaube, es war kein gutes Gespräch gewesen. Sie war anders, als ich sie wiedersah; nicht so wie sonst, nicht so befreit. Für eine kurze Zeitspanne wirkte sie auf mich nicht so, wie ich sie sonst gekannt hatte. Ich weiß es nicht, aber die Unterhaltung hatte sie verändert. Heute weiß ich, dass sie es verdient hatte, wie alles gelaufen war. Auch wenn es im ersten Moment so schlecht erschien, so hoffnungslos, war doch alles so gut ausgegangen. Sie hatte das erhalten, was sie verdiente und damit so viel unglaubliches Glück gehabt. Sie hatte so vieles verdient, so vieles war ihr gegönnt. Denn die wirkliche Krankheit war nicht in ihrem Kopf; die Ursache ihrer Probleme war nicht ihr Körper gewesen. Der Auslöser ihrer Krise war die Gesellschaft, die sie umgab. Es war die Gesellschaft, die das tödliche Problem, die Herausforderung, wie es die Ärzte nannten, in ihrem Körper durch ihre Worte und ihr Verhalten noch zu übertrumpfen schien. Es faszinierte und verwunderte mich somit gleichzeitig, als ich sie erblickte, als sie dort mit ihrem weißen Kleid im grünen Gras saß und sich der Situation erfreute, die sie gerade durchlebte; der Situation, die wir beide durchlebten. Es war nur dieser Moment, der in diesem Augenblick zählte. Trotz allem war sie fröhlich gewesen.

In meiner Erinnerung schien sie glücklich. Ich hoffe bis heute, dass sie es damals war, dass sie es immer gewesen war. Ich hoffte so viel. Ich dachte so sehr an sie.

Kurz nach diesem Tag lernte sie einen Jungen kennen. Das weiß ich noch. Sie sprach mit ihm, wie wir es vorher durchgesprochen hatten. Wir hatten es am Tag davor Schritt für Schritt geprobt, als wir auf dem Hügel saßen und hinunter in die Abendsonne sahen. Sie schwärmte sehr von ihm, hatte sich viele Gedanken gemacht. Sie hatte so viel Angst und war so schüchtern gewesen. Sie wollte so gerne mit ihm sprechen, aber sie konnte nicht; zumindest für eine lange Zeit. Sie traute sich nicht; und das, obwohl sie sonst so mutig gewesen war. Sie war so ein mutiger Mensch, meine liebe Freundin. Aber auch ich hatte Angst, doch das sagte ich ihr nie. Ich glaube, das hätte sie nur noch mehr verunsichert.

Eigentlich mochte ich den Jungen nicht, den sie wollte. Ich hatte immer gedacht, ich würde für sie bestimmt sein. Ich dachte, wir waren es, die ein gemeinsames Leben führen sollten: sie und ich, glücklich, genauso, wie wir dort auf dem Hügel saßen. Aber das Schicksal meinte es anders. Das ist ja ganz oft so. Es ändert sich alles so schnell. Vielleicht war es ja so, dass erst ihr Besuch beim Arzt dafür sorgte, dass sie sich für den anderen entschied, den coolen, und nicht für mich. Das kam ebenfalls ganz plötzlich. Aber damit habe ich mich dann arrangiert. Ich hatte keine Wahl. Es war mir nur wichtig, dass es ihr gut erging. Und wenn er es schaffte, sie glücklich zu machen, dann war es richtig so, dann war er der richtige, dann war ihr Schicksal das richtige, auch wenn es schwer zu ertragen war; schwer für mich.

Später, als sie starb, war ich als Gast in der Kirche anwesend und hörte die Worte von der Person, die ich einst nicht leiden konnte. Aber ich habe dann plötzlich so viel mehr in ihm gesehen, als er dort am Pult stand und nur eine Handvoll Worte sprach.

» Wir sehen aus, wie uns die Gesellschaft formt. « Das hatte mir Linda damals auch immer gesagt. Und es war erstaunlich, wie sehr sie ihn verändert hatte. Ich denke, es war von ihr nicht beabsichtigt gewesen. Es war lediglich unausweichlich, denn Linda veränderte uns alle. Sie veränderte uns, ohne, dass wir es wollten. Wir verstanden durch sie die Freiheit, den eigentlichen Wert unseres Lebens, ja, sogar den Sinn. Denn die Freiheit ist nicht selbstverständlich. Das ist sie für niemanden. Damit hatte Linda selbstredend Recht behalten. Wir sehen aus, wie uns die Gesellschaft formt. Wenn ich daran denke, wie Linda betitelt, wie ich es wurde, so besteht kein Zweifel in ihrer Aussage. Doch als wir nun dort saßen, auf diesem Hügel mit den Maiglöckchen und das Leben noch so viele Möglichkeiten offenhielt, da fragte ich mich, was sie uns wohl alles noch zu sagen hatte. Welche Geheimnisse hatte ihr Leben inne? Welche Geheimnisse wollte sie von mir wissen?

Ob ich ihr überhaupt wichtig gewesen war?

Ich hätte es gerne zweifelsfrei behaupten können. Aber dieses Mädchen, das man Linda nannte, das dort vor mir saß, war einfach anders. Sie war unbeschreiblich anders und gerade deshalb unbeschreiblich schön. Sie war unsere Linda und hat so viel mehr gesagt als die Menschen, die ihr in ihrem gesamten Leben auf so unterschiedliche Art und Weise begegneten.

Geh mit deinem Wissen

Zur Tür gehst du
und ich steh' hier
Ich seh' dir zu
und du zu mir

Ich will nur dich allein
und spüren deinen Hauch
Ich sehe dich im Schein
Merkst du nicht, was ich brauch'?

Ich werde dich vermissen
und du wirst deine Wege geh'n
Wirst geh'n mit deinem Wissen
doch ich für immer steh'n

Die Mitte der Welt

Wir sind die Mitte der Welt
und bau'n uns ein Zelt
aus Träumen, Gedanken
Wir übertreten die Schranken!

Wir sind der Welt die Mitte
machen leise, sanfte Schritte
immer, Schritt für Schritt nach vorn
trotzen mit Mut gar stachligem Dorn

Es ist ganz neu, ganz unbefangen!
Und in den weiten Winden, da klangen
unsere Wünsche so alt und kopiert
Doch wir kämpfen mit den Schwertern
die das Blut uns'rer Märtyrer ziert

Zurück in der Zeit

Es ist ja alles schön und gut:
Die Menschen sind glücklich
Sie zeigen viel Mut

Doch nicht alles ist perfekt:
Für manche das Problem
ein Thema, das aneckt

So viele Menschen, die jammern:
Sie haben Angst vor der Liebe
sitzen vor Computern und klammern

sich an alte Rollenbilder!
Sie wollen nicht teilen ihr Glück
Sie geh'n lieber zurück:

Zurück in die Zeit
wo es war, so ganz normal
das Leben in Einseitigkeit

Sie sollten verstehen:
Solange beide es wollen
gilt's an der Liebe niemals zu drehen

22. Juni 2017

Juniregen
Gewidmet den Opfern von Orlando

» ›Freiheit‹

Es ist das erste Wort, das ich an dieser Stelle sagen möchte. Ich sage es noch einmal. Ja, ich muss es erneut sagen. Ich muss es mir von meinem Herzen sprechen, weil die Zeit dazu gekommen ist.

›Freiheit‹

Atmen wir ein und atmen wir aus. Sagen wir es für uns, sagen wir es für die anderen. Sprechen wir ein Wort laut aus, dessen Bedeutung uns alle verbinden sollte und lernen wir, es zu verstehen.
Es ist meine Freiheit, diese provokanten Zeilen zu schreiben. Mein Mut und mein Verstand leiten mich dazu, diese Gedanken zu verschriftlichen. Es ist meine moralische Pflicht! Es ist mein Gewissen, das zu mir und zu uns allen sprechen sollte. Es liegt so schwer auf mir und ich kann mich nicht davon lösen; von meiner Moral und meiner Verantwortung; obwohl ich nichts getan habe, nicht schuldig bin. Es ist meine Freiheit, diese Zeilen zu verfassen und es ist meine Freiheit, diese Worte in eine Welt zu tragen, die scheinbar nur von Hass zerfressen ist. Es ist zweifelsfrei die Ursache dessen, was gegenwärtig als ›Unglück‹ betitelt, verunglimpft wird.

›Freiheit‹

Wenn ich diese Zeilen schreibe, und das darf ich, weil ich es mir einräume, dann gehe ich damit ein Risiko ein. Meine Meinung ist eine Gefahr für mich und meine Umstehenden. Das ist sie immer. Meinungen leben davon, kontrovers diskutiert zu werden. Sie entstehen aus, hoffentlich, logischen Gedankengängen; oftmals einseitig. Die wahre Kunst ist es, zweiseitig zu denken!

Die einen schaffen das, die anderen nicht. Aber ich habe Mut und hoffe, dass man diesen Mut mit mir teilt. Menschen, passt auf, was mit euch geschieht! Menschen, lernt aus euren Fehlern, aus eurer Vergangenheit!

Menschen! Seid doch endlich menschlich!

In Orlando sind am 12. Juni 2016 neunundvierzig Menschen gestorben und dreiundfünfzig wurden verletzt. Neunundvierzig Menschen wurden ihrer Existenz beraubt, wurden ausgelöscht, weil sie den Mut hatten, ein Leben führen zu wollen, das als ›normal‹ betitelt wird. Sie wollten ausgehen, lachen, Freunde treffen, lieben. Sie waren wie du und ich, wie die Leute, die diesen Text lesen. Doch für eine nicht unwesentliche Masse waren sie eben nicht ›normal‹ genug. Da war das, was Fremde nichts angeht, die eigene Sexualität, wichtiger als ein Menschenleben; wichtiger als neunundvierzig Seelen, die Träume, Wünsche und Hoffnungen hatten. Ihr Leben wurde wegen der Illusion genommen, dass es etwas gäbe, das ›normal‹ genannt werden darf. Doch was ist das überhaupt, das, was als ›normal‹ betitelt wird? Wer schafft es, uns zu erklären, was ›normal‹ sein soll? Welcher Mensch auf dieser Erde ist durch und durch ›normal‹? Wir werden eine Antwort suchen, aber den Begriff niemals vollkommen verstehen und definieren können, denn es gibt ihn nicht. ›Normal‹ ist ein Wandlungsbegriff, der sich von Generation zu Generation unterscheidet; einer wandelhaften Bedeutung unterliegt. Das ›Normal‹ ist veränderlich, keine feste Instanz, nichts, was als allgemeingültig zu erachten ist. Ist es ›normal‹, dass man jeden Sonntag um die gleiche Uhrzeit duschen geht, man Menschen umbringt, weil sie für jemanden als ›anders‹, als ›minderwertig‹ erscheinen? Ist es das? Wer gibt uns das Recht, urteilen zu dürfen, wer ›normal‹ und wer ›unnormal‹ sei? Wer gibt uns das Recht, ein Wort zu erfinden, das ein Antonym für die Gesamtheit aller Unterscheide darstellt? Woher wollen wir wissen, was ›anders‹

ist, wenn wir nicht einmal definieren können, was ›normal‹ sein soll? Auf diese Frage gibt es nur eine Antwort. Diese Antwort ist plausibel. Diese Antwort liegt in uns allen. Wir allein geben uns das Recht, Menschen kategorisch auszuschließen, sie in Schubladen zu stecken und sie mit ›böse‹, ›gut‹ oder einem anderen Begriff zu spezifizieren, den diejenigen, die andere verurteilen, als ganz ›normal‹ erachten.

Wir allein sind für unsere Taten verantwortlich.

Wenn ich jemanden umbringe, ist das meine Schuld. Wenn ich jemanden verachte, dann nur, weil ich es so will. Es klingt kleinlich und kindisch, wenn ich ein Beispiel anbringe, das in diesem Zusammenhang eher unangebracht und respektlos erscheint. Doch wenn wir darüber nachdenken, dann werden wir verstehen, davon bin ich überzeugt, dass dies nur die kleinste Wurzel des größten Übels der Menschheit ist: die Verachtung.

Wenn ein Kind im Kindergarten ausgegrenzt wird, nur weil es einen Leberfleck am rechten Mundwinkel hat, dann wird darüber nicht weiter nachgedacht. Mit den Tätern und Täterinnen wird vielleicht gesprochen, vielleicht werden sie bestraft. Aber es scheint mir dann doch zu unwirklich, dass es tatsächlich dazu kommt, ernsthaft aufzuzeigen, was vorgefallen ist.

Und genau mit diesem Beispiel kann aufgezeigt werden, dass der Ursprung unserer Verachtung gegenüber allem anderen die Verharmlosung der Diskriminierung ist. Es steht nicht zur Debatte, dass sich Kinder ihrer Taten nicht bewusst sind. Wenn aber gebildete, erwachsene Menschen dieses Verhalten, diese Verharmlosung tolerieren, dann wird das Kind nur lernen, dass es in Ordnung sei, dass es das Recht habe, andere aufgrund subjektiver Einstellungen und Erfahrungen als minderwertig zu deklarieren, entsprechend zu betrachten und zu behandeln. Das Kind wird kopieren und adaptieren. Wenn das Kind nicht lernt, auf Toilette zu gehen, dann wird das Kind immer in seine Windeln machen. Wortwörtlich geht es hierbei um den Mist, den einige erzählen. Sie wollen über Respekt und der Anerkennung des Menschenlebens verhandeln. Wir tolerieren, dass es angeblich Menschen gäbe, die es aufgrund von Banalitäten verdient hätten, anders behandelt zu werden. Wir zeigen, dass wir es verstehen, gar akzeptieren. Wir tolerieren es, weil wir nicht handeln. Wir sehen Ungerechtigkeiten und spielen sie herunter, denn wir, die das Unrecht selbst erleben, wollen über den Dingen stehen. Ist die Voraussetzung eines sozialen Miteinanders, dass man ›*erwachsen genug*‹ sein muss, die Verachtung der anderen auszuhalten? Ist es eine Notwendigkeit, dass man nach diesem Prinzip leben muss, um glücklich zu werden? Es ist eine Schande, dass mittlerweile erwartet wird, Diskriminierung zu ertragen und hinzunehmen, wenn man nicht als ›*kindisch*‹ betitelt werden will. Doch wir sollten aufpassen und uns nicht in unserer Sicherheit eines scheinbar ›*normalen*‹ Lebens wägen, nur weil wir bis jetzt schonungslos davongekommen sind oder sogar selbst mitgemacht haben bei der Abwägung unserer Menschenwürde. Jeder hat seine eigene, kleine Andersartigkeit, die ihn erst aus-, die ihn menschlich macht. Glaubt mir, jede dieser Andersartigkeiten kann der Grund eurer Ausgrenzung sein. Eines Tages kann es geschehen.

Das Attentat von Orlando war wie Juniregen, der sich wie Pech über uns ergoss. Er hat uns die bittere Realität zwischen ›*Wunsch*‹ und ›*Wirklichkeit*‹ aufgezeigt. Wir tanzten durch ein Feld und dachten, dass unsere Welt der Himmel sei. ›*Es wird schon nicht passieren*‹ und ›*Alles ist gut*‹ waren unsere ständigen Wegbegleiter, die uns vorgaukelten, dass ›*Die haben es verdient*‹ und ›*Das ist unnatürlich!*‹ - Sager und Sagerinnen nicht mehr relevant seien. Doch unsere Begleiter sind verschwunden. Die Realität zeigte uns, wie es wirklich ist; welche Situation für viele Menschen Alltag ist. Wir waren von einer Illusion geblendet, weil wir verkannten, wie die Realität aussieht.

Es ist grauenhaft, doch gleichzeitig auch der beste Zeitpunkt, etwas zu verändern. Der Weg ist frei, die Sicht ist klar. Wir müssen uns für einen, den richtigen, Weg entscheiden. Leben wir weiter, wie wir es immer getan haben, tolerieren wir die Verachtung, solange sie uns nicht selbst betrifft, oder wachen wir endlich auf? Wann sehen wir, dass wir alle an einem Tisch sitzen und uns gemeinsam an den Händen halten? Es sind kleine Hände, große, schwarze und weiße. Wir haben Hände, die vernarbt sind und Hände, die mit Öl balsamiert wurden. Es ist gleichgültig, wie unsere Hände aussehen, denn das, was einzig und alleine zählt, ist, dass wir alle Hände haben. Und wie wir alle Hände besitzen, so hat auch jeder von uns ein Herz, das nur allzu schnell zerbrochen und von der Realität zerfressen werden kann. Wir essen alle vom selben Tisch. Wir atmen alle die gleiche Luft und in uns allen schlägt das gleiche Herz. Wir sind nicht verschieden, nur weil uns Kleinigkeiten in vielen Dingen voneinander unterscheiden. Wir sind erst dann verschieden, wenn das Herz uns nicht mehr vereint.

Ich gehe mit offenem Mut in diese Welt. Ich gehe mit starkem Schritt und ich weiß, dass ich nicht viel verändern kann. Aber die Revolution beginnt in meinem Kopf; sie beginnt, wenn wir träumen und hoffen. Wenn wir Veränderungen wollen, dann müssen wir sie selbst sein. Ich bin anders, ich bin die Revolution. Ich kann etwas bewegen; in mir, für mich und für alle anderen mit Herz und Hand. Ich muss nicht homosexuell sein, um diese Botschaft zu verstehen. Ich muss auch nicht jüdisch sein, um für die Religionsfreiheit zu demonstrieren. Ich muss einfach ›ich selbst‹ sein, um menschlich zu bleiben. Und ich würde für sie sterben; für alle meine Worte. Ich stehe dafür ein und laufe ohne Schwert und Scheide. Ich kämpfe mit meinem Verstand und mit meinen Worten für eine Welt, die in meinen Träumen besser ist als in der Wirklichkeit. Ich stehe dafür ein und das bin ich. Du kannst das sicher auch. Wir können das.

Mit den Worten von Samuel Butler: ›*Es ist viel sicherer, zu wenig als zu viel zu wissen*‹, möchte ich diesen Gedanken abschließen. Ich weiß, dass wir das schaffen können und ich weiß, dass wir Menschen, dass wir anders sind. Diese Zeilen sind eine Mahn-, eine Wehschrift. Sie klagen an! Sie klagen mich an, uns alle. Die Zeilen sind Gesetze. Diese Zeilen sind historisch. Diese Zeilen können so viel mehr sein, wenn wir nur an sie glauben. Wir müssen diese Zeilen verstehen, bevor wir sie in die erbarmungslose Welt verbreiten, um die Kälte in ihr zu besiegen. Diese Zeilen sind mehr. Diese Zeilen sind mehr, aber sie sind keine Entschuldigung.

Sie sind keine Wiedergutmachung,
sie sind keine Rechtfertigung
und sie sind vor allem keine Erklärung. «

09. August 2016

Zu viele Gefühle

Ich weiß nicht, was ich machen soll
Ich sitze hier und höre Moll
Mein Herz hängt in den Lüften
betört von deinen Düften

Wenn ich an dich gar zeitlos denke
den Kopf in meine Zweifel senke
dann spür' ich warm und kalt
und warte auf dein » *Bald* «

Ich warte auf die Antwort
bin mal hier und dann doch fort
Ich bleib' und warte nur auf dich
und dass die Herzen treffen sich

Das Glück ist unproportional
Gewidmet dir, Sarah

Man sagte mir mal:
Ich wäre allen egal
Einst sagte man mir:
Ich verdiene kein ›wir‹

Und dann dachte ich nach.
Hatten sie Recht?
Ich hörte, was ich sprach:
» Eure Worte sind echt

ein ganz großer Clou!
Aber ich weiß: Bei euch drückt der Schuh
Auch wenn eure Hosen sind dysfunktional:
Mein Leben, mein Glück, ist unproportional «

Sah nur ihr Verschwinden
Gewidmet meiner großen Cousine, Luise

Unter dem Sonnenuntergang
da stand ich
Dort stand ich und sang

über Liebe, alte Witze
Geschichten, Mut und Tapferkeit
Da stand ich also in der Hitze

mit den Tönen in den Winden
und wartete auf sie
Doch sah nur ihr Verschwinden

Liebe für Holly

Gewidmet Maudi Sumalvico

Der bezaubernde Duft der Parfümabteilung im Kaufhaus des Westens durchflutet sämtliche Korridore des Gebäudes. Langsam benetzt er grünende Pflanzen wie goldene Geländer und nimmt die Gemüter der einzelnen Personen ein. Das Licht der Sonne scheint durch große Fenster auf die langen Marmorflure und bestrahlt das Kristall der Wände. Der mit feinen Glasscherben in Tröpfchenform versehene Lüster reflektiert das Licht und ziert den Boden mit kleinen Spiegeleien. Wie gemalt stehen die Verkäufer und Verkäuferinnen in ihren zugewiesenen Abteilungen und präsentieren sich in gebügelten Garderoben. Die Frauen sind geziert von einem Lächeln. Ihre Haare tragen sie als Dutt. Schneeweiße Haut und volle, rote Lippen lassen sie unfehlbar wirken. Wie aus einem Märchenbuch entsprungen, erwarten sie mit schwarzen Strümpfen, schwarzen Pumps und weißen Hemden, die sie in Kombination mit schwarzem Blazer tragen, die Kundschaft. Die einzelnen Perlmuttketten geben jeder Verkäuferin ihren eigenen Charme. Die Herren verharren in maßgeschneiderten Anzügen. Sie strahlen die Kraft und Stärke des Hauses aus und sind das Pendant der zierlichen Damen.

Während ein älterer Mann am Flügel des Foyers unter dem Kronleuchter seine gelernten Stücke spielt, betritt eine grazile Gestalt die Einrichtung und bleibt für einen Moment unberührt stehen. Für einen Moment hält sie ihre Zeit an, schweigt, schwelgt, während der Lärm des Lebens seine Kreise zieht und immer lauter wird. Ihr Blick ertastet das Gebäude. Sie sieht erst nach oben in das zweite Stockwerk, danach beobachtet sie mit einem kühlen Blick die Läden im Erdgeschoss. Sie ist die erste Dame des Tages. Sie ist die erste, die als Kundin mit ihren schwarzen Pumps die weißen Marmorfliesen betritt. Ihr warmer Gang schallt durch das gesamte Haus, während ihre Schritte vom

103

Klavier begleitet werden. Die Finger des alten Mannes verweilen nur kurz auf den weißen Tasten des Instruments.

Die Frau durchstreift den ersten Salon, kauft sich einen Hut mit Feder, neue Schuhe und ein neues Kleid. Während sie die Stufen emporläuft und dabei nicht auf den sauberen roten Teppich tritt, der durch güldene Stäbe an der Treppe befestigt ist, strömen immer mehr Menschen in das Gebäude. Die Dame dreht sich erschrocken um, beinahe fällt sie. Sie fasst sich an ihren goldenen Anhänger und beobachtet die sich hineindrängenden Menschen. Rennend, fast schon fliehend, läuft sie an der rechten Seite der Treppe hinauf und zieht ihren Hut daraufhin tief in ihr Gesicht. Ihre dünnen Finger, die sich in schwarzen Stoff hüllen, tasten nach dem Geländer. Sie beugt sich über die Halterung, schreckt auf und läuft zur Parfümerie. Ein junger, eleganter Mann öffnet ihr die Tür, ehe sie zur Kasse tritt. Ein weiterer Herr steht am Schalter und beobachtet die nervöse Frau, die sich ihr Kleid zurecht macht. » Mein Herr, sehen Sie mich an. «

Der Verkäufer wirkt ein wenig verdutzt, nimmt seine Hand und tastet mit seinen Fingern an das schmale Kinn. Er drückt es hoch und sieht in die blauen Augen des blassen Gesichts. » Ja, bitte? « sagt er, ehe ein Lächeln seine Lippen ziert.

» Es vermag ein Witz zu sein, mein Herr «, sagt die verunsicherte Frau vor ihm, als sich seine Hand von ihrem Gesicht löst. » Aber sehe ich gut aus? Sitzt das Kleid, der Hut? « Sie sieht zu sich herab und wirkt verängstigt.

» Treten Sie doch bitte einen Schritt nach vorne «, entgegnet der Verkäufer gelassen. Während er von der Anmut der Person geblendet ist, sich die junge Frau im Kreise dreht, sich die Augen immer wieder verlieren und der Mund nur wenige Sätze murmelt, lächelt sie plötzlich.

» Vielen Dank «, sagt sie nur beiläufig und als

die Leute das Geschäft betreten, dreht sie sich um und verschwindet. Der Verkäufer stellt sich wieder zu seinem Verkaufstresen und sieht dem eleganten Fräulein hinterher. Sein Blick verliert sich in der Menschenmenge.

So verlaufen die Begegnungen weiter. Woche für Woche kommt eine Frau, ihr Name ist Holly, wie sich unweigerlich herausstellt, in den Laden und kauft sich neue Kleider. Sie habe das Geld von ihrem verstorbenen Onkel geerbt, sagte sie. Es war eine Lüge, zweifelsfrei. Sie kauft sich die schönsten, nicht teuersten, Kleider und Hüte, was wohl der größte Unterschied dieser Erzählung ist, und kleidet sich jede Woche neu. Jede Woche lässt sie sich von dem netten Herren hinter dem Verkaufstresen des Kaufhaus' im Westen beraten; zu ihrem Leben, zu ihren Kostümen und zu den verschiedenen Düften, die sie allesamt einmal ausprobieren wollte. Wenn sie die Fenster berührt, ist es kalt, doch in ihrem Schloss, dem Kaufhaus des Westens, ist es warm. Es sind viele Persönlichkeiten, die sie ausprobiert, ausprobieren will und noch mehr, in die man sie stecken möchte.

Holly bezauberte den Mann mit ihrer Art, sich zu verhalten, mit ihrer Art, bestimmte Dinge versteckt zu lassen und mit vorgehaltener Hand über andere zu reden. Das war Holly und Holly tat es gerne. Es waren keine schlechten Dinge, nur eben Themen, die sie beschäftigten, die man sich nicht offen zu sagen traute. Sie sagte oft, dass es an der Zeit wäre, sich selbst zu lieben. Sie sagte: » Es ist an der Zeit, mich selbst zu schützen; nicht indem ich es ignoriere, sondern indem ich mich dafür liebe. Wenn ich mich nicht schütze, dann tut es keiner. « Der Verkäufer glaubte, sie hätte endlich ihren Schlüssel gefunden; sie hätte endlich verstanden, wer sie war, nicht, wer sie sein wollte. Denn insgeheim wusste er: sie war bereits die Person, die sie sich jahrelang erträumt hatte. Sie konnte sich nur nicht erkennen, da ihre Welt von einem Netz aus falschen Wahrheiten und gespielten Worten verschleiert gewesen war. Holly hatte sich verheddert und brauchte nur einen, der sie befreite, diesen einen, der an dem losen Faden zog.

105

Das Kaufhaus blieb das kleine Schloss auf einem Hügel für Holly, so, wie sie es sich erträumt hatte. Sie hatte einen Platz gefunden, wo sie die Königin sein durfte und sich ihr Bild bestätigte. Sie kam als erste des Tages und verließ als letzte das prunkvolle Kaufhaus. Zu Weihnachten und zum Geburtstag brachte sie allen immer eine kleine Schokolade mit. Es war ein, mit rotem Papier umwickeltes, Herz aus brauner Zuckermasse. Der Geschmack von Kakao legte sich in jeden Mund und umhüllte die Zunge mit einem Schleier von erfülltem Glück, Liebe und vermisster Zuneigung.

An einem Tag ist plötzlich alles anders. Die liebenswerte Holly kommt, wie jede Woche, pünktlich um neun Uhr in das Gebäude. Sie drückt die Eisentür mit ihrem festen Griff auf, durchschreitet den Saal mit Eleganz, zeigt ihre Schönheit und die gespielte Grazie. Sie läuft an den Geschäften vorbei, sagt dem Pianisten guten Tag und lobt seinen Frack. Sie spielt mit ihren Fingern und schenkt ihm einen Luftkuss. Da geschieht es. Sie betritt die Treppe in der Mitte und läuft auf dem roten Teppich empor, wie es sich für die Königin des Schlosses gehört. Sie schreitet gradlinig über die Stufen und als die anderen Käufer und Käuferinnen das Geschäft betreten, dreht sie sich kein einziges Mal um. Es kümmert sie nicht mehr, wer hereinkommt und ihr folgt. Sie besteigt die einzelnen Absätze und es wirkt, als würde sie die einzelnen Kunden anführen, die Wegbereiterin eines erfüllten Tages sein. Holly läuft auf den Verkäufer zu, holt ihn zu sich und küsst ihn leidenschaftlich. Der Verkäufer scheint verwirrt, ist aber sichtlich nicht abgeneigt. Als er einen Schritt zurücktritt und auf das herzerfüllte Lächeln seiner Angebeteten sieht, er sich unglaubwürdig durch die Haare fasst und erst nach einer Weile den Mund vor Erstaunen bedeckt, legt sie ihre Hände auf seine Schultern und blickt ihm zuversichtlich in die Augen: Blau trifft Grün, der Himmel vereint sich mit der Erde. Sie legt den Zeigefinger auf seine Lippen und beginnt zu sprechen. Zum ersten Mal spricht sie darüber, was sie wirklich bewegt, für was sie einsteht und was sie ausmacht. Es ist ihr nicht mehr unangenehm, denn sie hatte sich selbst gefunden; nicht in ihren Kleidern oder den neuen Parfums, sondern in ihren Worten und seinen Armen; zwischen den Wänden im Kaufhaus des Westens.

» Ich habe eine Entdeckung gemacht «, erzählt sie ihm dann. Er hört ihr zu und verliert fast seine Haltung vor Nervosität. » Ich habe mich kennengelernt «, sagt sie, als hätte sich ihr Leben verändert. » Versteh doch, ich kenne mich! Ich weiß endlich, wer ich bin. Weißt du, wie schön das ist? « Er kann nichts sagen. Es sind seine unzähligen Tränen, die für ihn sprechen. Er nickt nur und atmet ihren Duft von Rosenblüten ein.

Es ist Chanel.

Holly trägt Chanel. Er weiß es. Da ist es, das kleine Merkmal, das zeigt, dass sie ein Stück von ihrer Vergangenheit behalten hat. Er schmunzelt.

» Ich war jahrelang so vernarrt darin gewesen, anderen zu gefallen, dass ich vergaß, mich selbst zu kennen. « Sie nickt. » Ich wünsche dir von ganzem Herzen nur das Beste, dass du deine Erfüllung bekommst und sie in deiner schönen Seele behältst. Ich wünsche dir ein Fräulein und viele Kinder. Und ich danke dir für alles, mein Liebling. «

Sie küsst ihn nochmal.

» Mein Schatz, lebe nicht für die Verachtung deiner selbst, sondern für die Sterblichkeit des Schönen. Lebe, weil du leben kannst. Lebe nicht für mich, lebe nicht für deinen Beruf und dein wundervolles Schloss. Lebe für dich und für dein eigenes, dein ganz privates Glück. Du kannst es finden, das weiß ich. « Holly zieht ihren schwarzen Handschuh aus, nimmt das Armband und gibt beides ihrer Liebe, nachdem sie auf sein Herz zeigte.

» Sieh dir diese Perlen an «, sagt sie, als sähe sie sie zum ersten Mal. » Sieh, wie schön sie funkeln, wenn das Licht sie trifft. Aber beachte, wie schön sie erst werden, wenn sie durch die Dunkelheit herausstechen. « Holly legt einen Stoff dazu.

Sie gibt ihm ihren letzten Kuss.

» Ich muss jetzt gehen. Wir wussten beide, dass es irgendwann geschehen wird. Du wirst noch viele wie mich treffen und du wirst dich vielleicht neu verlieben. Lass die Liebe in dein Herz und versteck' dich nicht vor ihr. «

Sie nimmt seine Hände und sieht ihn an.

» Ich werde dich niemals vergessen. Glaub' mir das. «

Sie tritt zurück, geht den Kundinnen des Kaufhauses entgegen und dreht sich ein letztes Mal um. Sie zeigt auf ihren Handschuh und verschwindet aus der Tür der Parfümerie.

Ein kleiner Zettel fällt aus dem schwarzen Stück Stoff.

Möge der nächste Tag voller
Überraschungen sein.

deine Holly

05. Januar 2016

Gleichsam

Rosenblätter fallen
auf das kalte Grab
dort, wo er nun lag
Worte still verhallen

Blumen in der Hand
Zeugen ihres Seins
fragen unerkannt
» Zwecke dieses Steins? «

Es stand in den Zeilen
die man niemals las
Niemals er vergaß
ihre Tat zu teilen

03. Mai 2017

Hinten beim Riff

Ich sitz' auf dem Schiff
auf weißem Geländer
Ich seh' in die Fluten
und über die Ränder

vom Leben und ohne '

Ich sitz' auf dem Schiff
und seh' in die Fluten
Dort hinten das Riff
und feurige Gluten

Verständnis suchen

Ich fühl' mich so alleine
Und die, die mich verstehen?
Es sind nur leider keine!
Gedanken, sie sich drehen

...

Gibt's dort, dahinten einen
der mich liebt und mich schützt?
hervorbring'n wird mein Scheinen
nach all den Qualen stützt?

Es ist doch eher so:
Ich suche die Person
die mich versteht, wär' froh.
Doch weiß ich: es ist Hohn

29. Juni 2017

Der » Guten Tag « Versuch

Gewidmet Leen Tassabahgi

Selbe Inszenierung: Gleiches Haus, gleiche Menschen, gleiche Denkstrukturen

Das Zimmer des Jungen ist hell erleuchtet, die Strahlen der Sonne durchstreifen das kleine Zimmer. Sie scheinen auf sein Bett und erfassen die Schatten dadrunter. Er klappt seinen hölzernen Schrank auf, durchstreift ganz langsam Hemd für Hemd, Jacke für Jacke und Hose für Hose, um die schönsten Sachen des Tages herauszusuchen. Ist er wie immer fündig geworden, zieht er sich an. Zuerst steckt er seinen linken, dann seinen rechten Arm durch das rotkarierte Hemd. Danach steigt er erst mit dem linken, dann mit dem rechten Bein in die dunkelblaue Jeans und schnallt sich seinen braunen Gürtel um. Er tritt aus seinem Zimmer, schließt die weiße Tür mit der goldenen Klinke und befindet sich im schmalen Flur. Unter ihm liegt ein abgetretener roter Teppich mit Fransen. Ausgeblichene Stellen zeichnen sich ab. Die Wand ist nicht gut verputzt, hie und da bröckelt es ein wenig. Er läuft an der Garderobe vorbei, direkt in die kleine Küche. Sie ist zwar nicht groß, aber sehr gemütlich. Seine Mutter betitelt ihn immer dann, wenn sie den Raum betritt, mit: » Nicht schön, aber selten «. Irgendwie hatte sie ja auch Recht. Es war eigentlich genauso, wie sie es beschrieb.

Er isst sein Essen, eilt hinaus, denn er ist schon fast zu spät, und greift nach seiner Schulmappe. Es ist ein warmer Tag. Er zieht sich keine Jacke an.

Der kleine Junge ist inzwischen zwölf geworden und erlebt die Welt vollkommen anders als die, die von seiner Erzählung lesen und von ihr hören. Er erlebt seine Welt, weil er sie anders versteht. Er lässt sich nicht von Meinungen der meisten leiten und entdeckt neue Seiten eines neuen Weltverständnisses. Die größte Gegnerin

115

seiner Auffassung ist jedoch seine alles umsorgende Mutter, die ihn auf keinen Fall verlieren will.

Der Junge verlässt den kleinen Flur und durchquert den Vordergarten, begrüßt die Nachbarn, die ebenfalls mitgehen, ehe seine Mutter ihm entgegen kommt. Da steht er nun: er vor ihr und ihrem gefüllten Weidenkorb. Sie sieht ihn an, schaut nach unten, spitzt ihre Lippen und spricht: » Einen Guten Tag wünsche ich dir. « Der Junge nickt einmal, läuft weiter, ehe er sich umdreht und nochmal zur Mutter geht. Sie ist schon fast an der Haustür und imstande, den Schlüssel herauszuholen, da merkt sie ein Ziehen und Ruckeln am rechten Arm.

» Was ist denn, mein Schatz? «, erkundigt sie sich, beugt sich herunter und sieht ihn sorgenvoll an. Kurz danach blickt sie auf ihre Armbanduhr und bemerkt, wie spät es ist. » Musst du nicht zur Schule? «, fragt sie anschließend.

» Mama, ist es gerecht, dass du mir einen guten Tag wünscht, aber keinem anderen? Warum habe ich einen guten Tag verdient und andere nicht? « Er verstummt kurz und deutet auf den Türknauf. Die Mutter schließt auf, stellt das Körbchen ab und gemeinsam gehen die beiden in die kleine Küche. Der Teller ist halb aufgegessen und steht auf dem Tisch. Die Mutter sieht den Sohn streng an.

» Nicht schön, aber selten «, sagt sie dann, räumt das Essen weg und löst die angespannte Situation auf. Der Junge setzt sich, die Mutter kommt dazu und holt einen Stift mit Papier. » Ich schreibe, dass dir schlecht gewesen war. Ist das in Ordnung? « Der Junge sitzt auf dem Stuhl, blinzelt, nickt und wartet darauf, dass die Mutter endlich für eins seiner Gespräche bereit ist. Sie schreibt den letzten Satz, signiert und legt Stift wie Papier beiseite. Nun sieht sie ihn fragend an und wartet auf eine Erklärung.

» Weißt du noch, als sich letztens der Mann getötet hat? « Eindringlich betrachtet er die Mutter und ihre Reaktion. Es scheint, als würde es ihr schwerfallen, als würde sie tatsächlich zögern, ›Ja‹ zu sagen.

» Ja … doch …, ich erinnere mich noch daran «, stottert sie und hofft darauf, dass ihr Junge nicht eine dieser unsinnigen Diskussionen anfangen würde.

» Was hältst du davon? « Es scheint eine einfache Frage zu sein. Bedarf sie einer ausgeklügelten Erklärung? Die Mutter atmet schwer. Die Beine des Jungen baumeln.

» Nun …, das ist doch furchtbar! Wie kann man sowas machen? Woher nimmt man den Mut, sein Leben zu beenden und selbst zu sterben, dabei so vielen Menschen wehzutun? Ich finde sowas recht, nun, beängstigend, du verstehst? Es war immer so, dass es sowas nur in Büchern gab oder im Radio davon erzählt wurde. Aber das sowas hier, hier bei uns in der Nachbarschaft geschieht, das lässt einen nicht los. Zum Glück habe ich das nicht mitansehen müssen. Ich glaube, das hätte ich nicht ausgehalten. « Der Sohn merkt, dass sie den Tod von Herrn Lehmann aus der Kopernikusstraße dreiunddreißig wohl doch nicht so leicht verkraftet hatte, wie sie es damals meinte. Der Sohn mag das nicht. Warum kann man seine Gefühle nicht offen äußern? Es dürfte doch kein Problem sein, seine Emotionen zu präsentieren. Sie machen einen doch erst menschlich. Sicherlich sind sie manchmal nicht angebracht, aber verdammt, sie war doch seine Mutter. Ein wenig dramatisiert der Junge dann doch, schaut vom Tisch auf und blickt ihr wieder in die Augen.

» Aber es ist doch seine Freiheit, Mama. Er kann gehen, wann er möchte. Es ist sein Körper und seine Entscheidung. Ich finde, wir sollten nicht über die Entschlüsse von anderen urteilen. Wir wissen nicht, was ihn bewogen hat. Ich denke schon, dass so ein, nun, Einschnitt schon gut überlegt sein muss. Sowas tut man sicherlich nicht ›einfach so‹, dafür braucht es Zeit, vielleicht ging es nicht anders. Vielleicht hat er unvorstellbar gelitten. Das wissen wir, das weißt du nicht. « Die

Mutter nimmt nochmal den Zettel, streicht die Zahlen durch und verbessert sie. Dann schiebt sie das Papier wieder von sich weg.

» Nein, da muss ich dir leider widersprechen. Diese Freiheit hat man eben nicht. Man darf niemanden umbringen, egal, wen und warum! Und zweitens, es geht immer, merk' dir das, immer anders. Es gibt immer zwei Wege. Warum solltest du dich umbringen, wenn du das Problem lösen kannst? « Die Mutter wirkt ein wenig energisch, fast schon erhitzt.

» Es geht nicht darum, dass es andere Möglichkeiten gibt. Es dreht sich lediglich um die Freiheit, das zu machen, was man möchte und dazu zähle ich eben auch die freie Entscheidung, dann zu sterben, wenn man es für richtig hält. « Auf die Hände gestützt, sieht er die Mutter an, als hätte er das schlagfertige Argument vorgetragen, was die Mutter schlussendlich verstummen lassen sollte. Jetzt war für ihn der Zeitpunkt gekommen, sich nach hinten zu lehnen und genüßlich den unsinnigen Worten seines Gegenübers zu folgen. Wie falsch würden ihre Worte doch klingen.

» Ja, aber wenn man das nicht möchte? Was ist, wenn ich mich nicht umbringen möchte, nur weil ich in eine schlechte Situation gerate. «

» Na, dann mach es doch nicht. « Der Junge zuckt mit den Schultern und wirft der Mutter einen unverständlichen Blick zu. Hatte die Mutter das alles nicht verstanden? Der Junge atmet tief ein, ehe er die Mutter wieder anschauen kann.

» Wenn du dich umbringst, dann tust du automatisch manchen Menschen unwiderruflich unbeschreibliches Leid an. Das ist im Übrigen auch unglaublich egoistisch, egal, wie hart das jetzt klingen mag. Wenn man aufgibt, ist das ein Zeichen von Schwäche. Es lohnt sich immer zu kämpfen, glaube mir, das ist besser. Sieh doch! Das Leben ist so unvorhersehbar. Die Ärzte sagten immer, dass ich nicht schwanger werden könnte, doch dann konnte ich dich in meinen Armen halten! Du bist das Beste, was mir je geschehen ist und dafür danke ich Gott, dafür danke ich allen. Mein Kind, du kannst dir nicht die Freiheit nehmen, anderen Leuten ein Schuldgefühl zu vermitteln, dass sie jemanden nicht genug geliebt oder ihm nicht genug gegeben haben. Stell dir vor, wie schlecht es diesen Menschen gehen muss. Wie geht es der Familie von Herrn Lehmann? Hast du sie gesehen? « Die Mutter ist etwas rührselig geworden, bevor sich ihre Stimme in aggressive Töne hüllte. Die Tür klopfte dann plötzlich, die Mutter eilte hin und war dann schnell wieder da.

» Die Familie ist letztens gestorben. « Der Junge sieht beklommen nach unten, bevor er wieder hochblickt. Er atmet schwer und sieht aus dem Fenster.

» Ja «, beginnt sie dann und tut so, als würde dieser Fehler jedem geschehen.

Er fängt nochmal an: » Du lebst für dich und nicht für andere. Das ist ja ganz nach dem Motto: ›Mir gehört nicht meine eigene Existenz‹. Menschen bringen sich nicht ohne Grund um. Sie bringen sich nicht um, weil sie zu wenig Geld haben oder mal etwas schlecht läuft. Der Gedanke ist ein langwieriger Prozess. Die meisten bringen sich um, weil andere sie enttäuscht haben und verließen. Sie bringen sich nicht um, weil sie an einem Tag, in einer Woche, ja, vielleicht sogar in einem Monat nicht so viel Glück hatten. Es muss so furchtbar sein, wenn man ständig derart enttäuscht ist und so viel Angst vor der Zukunft hat, dass man sich umbringen möchte. Es muss furchtbar sein, diese Entscheidung zu fällen. In diesem Sinne stimme ich dir auch zu, nur wie gesagt, es geht um die Freiheit, dass man alles mit seinem eigenen Körper machen kann, was man will. «

» Natürlich lebst du für dich! Aber das heißt doch, dass du Menschen liebst und Menschen dich lieben. Du tust ihnen damit unglaublich weh. Das willst du doch nicht, oder? Und ja, irgendwann nimmt man das in Kauf. Aber ich finde trotzdem, dass man nicht tun dürfte. Man weiß nie, was man alles verpasst.

Es ist doch so ein Glück, zu leben. Was meinst du, wie viele Menschen nie leben können, weil sie nie geboren werden sollten! Es ist ein Wunder, dass ich leben kann, obwohl die Wahrscheinlichkeit so unglaublich klein ist. Wenn man sich tötet, schätzt man sein Leben nicht mehr. Vielleicht ist das denen dann auch egal, aber ich verachte Menschen dafür, wenn sie sich umbringen; vielleicht, weil ich es nicht nachvollziehen kann. « Die Mutter geht kurz in den Flur, holt sich ihren Korb und beginnt, die Gänseblümchen zu flechten, die sie gesammelt hat. Irgendwo tat sie ihm leid, irgendwo war sie dann doch seine Stütze und irgendwo war sie das Kind von beiden.

» Genau wegen dieser begrenzten Einsicht gelingt es uns nicht, Dinge zu verändern. Es sind genau solche Gedankengänge, die einem jegliche Freiheit nehmen. Versuche doch bitte wenigstens einmal, objektiv an diese Sache heranzugehen. Das ist nicht so schwer! Wenn du im Lotto gewinnst und den Armen nichts abgibst, dann haben sie kein Geld. Das willst du doch auch nicht. Das ist dasselbe! Menschen bringen sich nun mal um, weil sie keinen Sinn mehr sehen. Denkst du, Menschen haben es verdient, geschlagen zu werden, misshandelt? Sie haben es verdient, dass ›Gott‹ ihnen ein Schicksal ›schenkt‹, bei dem ihnen all ihre Mitmenschen genommen werden; wie bei Herrn Lehmann? Denkst du das? So kannst du, so kann man doch nicht sein! «

» Herr Lehmann war wirklich ein toller Mann. Er war so herzlich und schenkte mir als junges Mädchen auch mal eine Schokolade. Sein kleines Geschäft gibt es leider nicht mehr. Ich glaube, du hättest es gemocht. «

» Ich glaube, du verstehst mich nicht. Oder willst du es erst gar nicht? « Entsetzt springt der Junge vom Tisch auf und rennt aus der Küche. Bevor er das Haus verlässt, schreit er nochmal: » Ich gehe zu Marco, der weiß schon, was ich meine. «

Haptikos sollte dem Jungen nicht für immer eine behütete Umge-

bung liefern. Sie sollte wenig später ihren Stolz durch die Taten all jener verlieren, die die Gutgläubigkeit der anderen ausnutzten. Wider jeglichem Verstand hatte sich das Volk gegen die Vernunft gewandt und durchlebte nur wenig später die absehbaren Folgen.

Es war interessant zu sehen, wie viele Berühmtheiten nach den ersten Gesetzen im Lande geblieben waren: kein einziger. Was aus dem kleinen Jungen geworden ist? Marco schreibt ihm noch Briefe, doch er bekommt nie eine Antwort.

Vielleicht brennen die Häuser noch immer.

Der Pianomann

Der Pianomann
zeigt uns, was er kann
Spielt auf jenen Tasten
auf dem schönen Kasten

Spielt der Pianist
Werke von dem Liszt
er vergisst sich selbst
Was du von ihm hältst

sagst du Angesicht
mordest Lebenslicht
das ihn einst erhellt'
Sieh, wie er zerschellt

Spielt der Pianist
nicht das Werk von Liszt
Dann verlässt er Bühne
und erlebt die Sühne

Lebt der Pianist
nur von seinem Liszt
hast du ihm genommen
Leben das Willkommen

28. Januar 2016

Sehnsüchte durch die Zeiten hallen

Die Welt ist eine Hürde
Ich weiß, mein Kind
Ich kenne diese Bürde

Eine Last, mit der zu kämpfen hat ein jeder
Ja, du und ich, wir beide
Die Welt ist zäh! Sie ist wie Leder

Doch manchmal gleicht sie einer Feder
dann ist sie fein und sanft zu allen
Wir hören Sehnsüchte durch die Zeiten hallen

14. Juli 2017

Ein Kind aus der Vergangenheit

Es lebte einst vor langer Zeit
ein Kind in der Vergangenheit
Und Nelly war der schöne Name
von dieser wunderbaren Dame

Ihr erster Traum, der war zu sein
nur Tänzerin, dies ganz allein
Sie wollte über Welten springen
doch mocht' es ihr nicht recht gelingen

Nun seht, die Nelly, sie war gut
Sie hatte sehr viel Lebensmut
Sie setzte sich an Tisch und dachte
was sie dann auf die Blätter brachte

Erst kam Natur und die Musik
worauf es folgte die Kritik
Kritik an jedem spät'ren Täter
Kritik an gestrig alte Zeitensväter

Trotzdessen war die Zeit nicht recht
für unsre Nelly war sie schlecht
So flüchtet Nelly aus dem Lande
vor einer grauenvollen Bande

Die Nelly hat gar sehr viel Glück
verreist ein weites, fernes Stück
am letzten schönen Frühlingstage
entkommt der grauenhaften Plage

Nach Schweden reist sie via Flug
zieht einen letzten Atemzug
›Berlin‹ denkt sie und Zeit bleibt stehen
›Ich liebe dich, doch muss jetzt gehen‹

21. Januar 2016

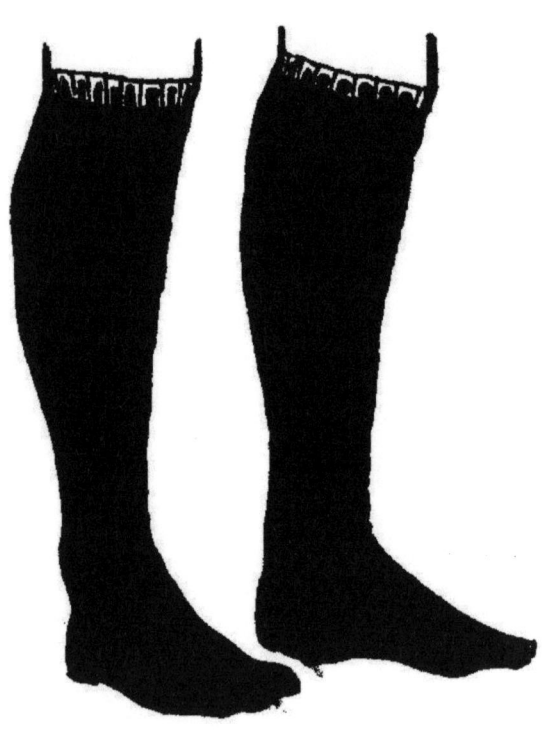

Die Sage des Will Wilson
Gewidmet Sarah Andersen

» Ich liebe ja Kniestrümpfe «, sagt er, als er die steinernen Treppen unter den Augen der Justizia emporgeht. Weise und mit einem Lächeln im Gesicht beäugt er seine Begleitung, eine Dame aus der Kunst. Sie ist ein Gemälde und er ihr Erschaffer im Anzug mit schwarzen Lackschuhen.

» Und so plädiere ich für den Freispruch der Kunst, der Kunst des Menschen, der Kunst der ›Andersartigkeit‹. Die Kunst ist wie wir, sie gehört nicht dafür bestraft, dass sie nicht immer dem entspricht, was wir uns vorstellen. Die Kunst liebt. Die Kunst lebt von unseren Worten, den Gefühlen und unserer Hingabe zur Freiheit. « Er steht vor den Geschworenen und richtet seinen scharfen Blick auf den Richter, die Schöffen und das kleine Kind im Zeugenstand.

Er hatte es wieder einmal vollbracht. Will Wilson hatte es geschafft; er alleine. Er schaffte es, die Kunst vor ihren Feinden zu verteidigen. Er war ihr Retter. Er war Will Wilson, ›der Befreier der Kunst‹, wie man ihn schimpfte und dies ist seine Erzählung, sein Leben mit Wahrheiten und Lügen, wie Sagen schließlich sind: künstlerisch und lebendig.

Will Wilson durchlebte seine Kindheit auf einem Bauernhof in ländlicher Gegend und machte Karriere in einer Anwaltskanzlei irgendwo in einer Großstadt; in einer Stadt mit großen Gebäuden, mit großen Menschen und großer Kunst: *» eine Großstadt eben «*, wenn man ihn fragte. Und die Kunst, die Kunst liebte er und die Feinde von ihr, die hatte er zu bekämpfen; mit allen Mitteln, die ihm gehörten: mit Wörtern, mit Taten, mit dem Blick auf alles andere, mit seiner Leidenschaft, für das einzustehen, was diese Welt ausmachte, für Ethik und Stolz. Künstler war Will Wilson bis jetzt dennoch nicht gewesen. Er verstand sich eher als ein Philosoph, als ein ein Meister der Moral, ein Meister dessen, die Welt und die Gesellschaft, die sie ausmachte, zu hinterfragen. Er war ein Meister der Worte, ein Meister des Verstehens. So schaffte er es, im Gegensatz zu allen anderen, die Kunst, die sie allesamt erschufen, zu überblicken und sie zu verteidigen. Denn alle waren Künstler gewesen, ihr Leben war es! Jeder Mensch war ein Kunstwerk, ein Gemälde, eine Lektüre, die es verdient hatte, gelesen zu werden. Es waren Werke von ein und demselben Autor, dem Leben, der zeigte, wie unterschiedlich die Welt sein konnte; wie unterschiedlich die Geschichten waren, die Erzählungen, die jeder einzelne verfasste. Jedes Leben war eine individuelle Storyline, ein mal mehr mal minder langer Roman, der seine eigenen Protagonisten, seine eigenen Gedanken und Wünsche hatte. Doch so sehr ihre Lebenswerke auch verschieden gewesen waren, hatten sie es gleichsam schwer, diese Individualität zu verstehen und zu beschreiben. Sie sahen ihr eigenes Kunstwerk nicht, nur das der anderen, weil es viel zu viele gewesen waren und das eigene darin verschwand. Sie sahen nicht ihre Schauspielerei, ihr Talent, ihr Leben, das ihre Geschichte schrieb und in ein Buch verwandelte. Ihre Existenz war ein Theater, eine Palette mit unterschiedlichsten Farben und unterschiedlichsten Methoden gewesen, ihr Dasein zu beschreiben. Sie benutzen viele Farben oder nur eine. Sie malten Striche und Punkte, flächig und klein. Aber sie sahen es nicht. Sie sahen so vieles nicht. Sie waren blind für ihre eigene Kunst und blind für ihr Leben gewesen. Aber dennoch waren sie imstande, ihre Augen für die anderen zu öffnen. Denn, auch wenn sie noch so blind gewesen waren, das Schicksal sie dazu verdammte, nicht mehr richtig sehen zu können, so erblickten sie doch stets die Gemälde, die ihrem Pinsel nicht entsprangen. Sie sahen die Kunst und meinten, das Recht zu erhalten, urteilen zu dürfen; darüber, was gut, was schlecht sein musste. Das Leben war eine Kunst und Kunst sollte man wohl beurteilen, auch wenn man keine Ahnung davon hatte, was sich hinter den schönsten und hässlichsten zu verbergen schien; auch wenn man überhaupt nicht wusste, weshalb ein Gemälde so aussah, wie es aussehen musste; auch wenn man nicht wusste, warum das Bild entstand. Man wusste es nicht, aber man dachte, es laut aussprechen zu können, obwohl man keinen einzigen Gedanken daran verschwendete.

Wenn dort ein Gemälde mit grauem Inhalt hängt, dann wird es aufgrund seiner Einfarbigkeit verhöhnt. Und alle, die die Kunst der anderen betrachten, denken, sie wären etwas besseres, weil sie ihr Leben nicht so malen würden. Und genauso, wie sie über die anderen spotten, so spottet man auch über sie. So spottet man aber auch über Will Wilson, dem guten Will Wilson, dem Verteidiger der Kunst, dem Verteidiger der Menschen, dem Verteidiger der Welt.

Wie oft wurde er böse, ließ dann seine Maske fallen und brüllte die Menschen vor lauter Unverständnis an, weil sie nicht einsahen, dass sie es verdammt nochmal nicht verdient hatten, derart über seine Kinder, sich selbst, zu sprechen. Sie hatten nicht das Recht, andere zu verurteilen und ihnen zu sagen, sie wären keine Kunst gewesen, keine Menschen, nicht lebenswert und dass sie es nicht verdienen würden, beachtet zu werden. Manchmal geschah das im Gerichtsaal am Ende der großen Straße mit den Bäumen an den Rändern der Allee. Das sorgte dann natürlich bei den Figuren aus Eis immer für Trubel. Der Verteidiger der Kunst stand mit einem Wutanfall vor den Schöffen und der Richterin. So konnte man es dann auch schließlich in der Zeitung lesen: » Ein Skandal, ein Eklat! « Dann tobte er, klopfte auf den Tisch, weil er die Diskussion über ein Gemälde nicht verstand, das von einem einzigen Mensch gemalt wurde, aber gleichzeitig nicht die Vorstellung der Allgemeinheit verkörperte. Oh, wie tobte Will Wilson bei dem Gedanken an ein perfektes Bild. Anschließend rannte er dann immer aus dem Saal, in das Bad, wusch sich mit kaltem

Wasser das Gesicht und trat schließlich erneut vor die bestürzte Menge. Es waren die Fälle, die er dann immer am erfolgreichsten für sich gewann. Seine Emotion war oft ein geeignetes Mittel, um subjektive Kunstwerke von und vor objektiven Menschen zu verteidigen.

Er hatte sie bestimmt alle durch, alle Gemälde seiner Großstadt. Er hatte sie alle verteidigt und es sollten noch viele mehr werden. Er würde sie schließlich bei sich aufhängen, in sein Wohnzimmer, in den Flur, die Küche, ins Schlafzimmer, in das kleine Arbeitszimmer und in den Wintergarten. Seine Frau unterstützte ihn bei seinem Vorhaben immer ganz und gar. Sie war sein kleiner Pfeiler, seine Säule, vielleicht eine große, die seinen Giebel trug. Wie oft bekam auch sie Anzeigen, Beschwerden, Drohungen und Beleidigungen. Wie viel hatte sie durch ihren kleinen ›Idioten‹ verloren, aber wie viel hatte sie doch durch ihn gewonnen. Wie viel konnte sie seiner Moral, seiner Ethik abgewinnen, wie viele Werke bestaunte sie, wovon andere nur träumen konnten.

Als sie sich nach einem langen Tag im Bett betrachteten, die Sonne im Hintergrund allmählich unterging und die Stille der Zeit sie vereinte, fragte sie, warum er sich das den ganzen Tag antue; den ganzen Stress, die Feindseligkeit und diese Bilder. Warum hätte er nicht einfach etwas anderes werden können, warum gerade das?

Warum gerade das?

Und da antwortete er, ohne lange überlegen zu müssen: » Weißt du, dafür lebe ich: für diese Kunst. Es ist nicht einfach Farbe, es ist nicht einfach ein Gemälde, ein Buch, ein Theaterstück. Es sind Unendlichkeiten mehr. Das Leben, die Kunst, erzählt uns so viele Geschichten. So viele Gedanken werden uns vermittelt, wenn wir uns trauen, hinzusehen. Diese Werke zeigen uns unvorstellbare Leben, unerreichten Mut, gradlinige Tapferkeit und umkämpften Stolz. Sie zeigen, was einen Menschen menschlich macht; denn menschlich, das bedeutet Kunst zu sein. Der Mensch macht Kunst lebendig; mit seinen Gedanken, seinen Wünschen, seiner ganz eigenen Liebe, der Liebe zum Detail, der Liebe zum Inhalt und der Liebe zum Leben. Wie viele Bilder würdest du sehen, hätten diese Menschen aufgegeben? Wie viele Facetten des Lebens wären dir verwehrt geblieben? Jeder Mensch, den du dort draußen siehst, kämpft; jeder zeichnet sein ganz eigenes Bild von der Welt, schreibt seine eigene Erzählung. Ist es nicht eine unfassbare Vorstellung, sich auszumalen, wie viele verschiedene Werke alleine in diesem Augenblick entstehen? Und obwohl wir sieben Milliarden sind, die diese Welt bevölkern, hat jeder seine ganz eigene Sichtweise; seine Sichtweise, die gefüllt ist mit eigenen Erzählungen und Träumen, die Welt besser zu machen. Deshalb bin ich der Vertreter der Kunst, ihr Anwalt. Ich werde immer für sie kämpfen, auch wenn es das letzte ist, was ich machen werde. Deshalb tu' ich mir das alles an, wie du sagen würdest. «

Bei dem Anblick, wie er sich wieder in seine Gedanken steigerte, musste sie unwillkürlich lächeln. Er lebte dafür, seine Welt zu verbessern. Wie schön er aussah, wie glücklich er wurde, so glücklich, so menschlich, wenn er das tat, was seine Aufgabe gewesen war: gerecht zu sein.

» Heißt das, du magst dann jede Kunst? Jedes Bild, was du hier in diesem Raum siehst, alle, die an der Wand neben der Treppe hängen, die im Wintergarten? «, musste sie unweigerlich hinterfragen. Gehörte es zusammen, die Kunst so sehr zu verteidigen und sie gleichermaßen auch zu mögen?

» Oh nein, um Himmels Willen! Die meiste Kunst mag ich nicht, nein. Ich bin wahrscheinlich ihr hartnäckigster Kritiker. Viele Bilder gefallen mir nicht, sie entsprechen nicht dem Weltbild, das ich mir wünsche. Aber das heißt ja nicht, dass das Bild per se schlecht ist, oder? Verstehst du? Nur weil es mir nicht gefällt, ist es kein schlechtes Leben, kein schlechtes Werk. Zudem es ja auch gar nicht darum gehen sollte, ob ich das Bild mag oder nicht. Manchmal würde ich mir wünschen, dass mehr Menschen so denken wie ich, dass sie freier in ihrem Weltbild und Verständnis, dass sie stärker sind. Aber dann würde ich meine Arbeit verlieren und das wollen wir ja beide nicht, auch wenn es schöner wäre. Das ist etwas egoistisch, ich weiß. «

Als er sie küsste, lächelte sie wieder.

» Und was meinst du, wie würde dein Bild aussehen? «, fragte sie dann.

   » Ich denke, es wären große schwarze Kniestrümpfe. Ich liebe ja Kniestrümpfe «, erwiderte er, als er sich näher an sie schmiegte und in ihren Augen die Erfüllung seines Lebens sah.

Einer von Hundert

Er wird gelobet und gepriesen
Er fühlt sich stark und so besonnen
Vortrefflich hat er sich bewiesen!
Es hat nicht ohne Grund begonnen

Er hat die Muskeln, ist ein Mann
Er zeigt und protzt, wie er's nur kann!
Doch fragt man nun, was er so macht
was habe er ganz stolz vollbracht?

Wo wäre denn die klare Grenze
von seinem Werk zur großen Gänze
der vielen andern starken Hundert?
So spricht der Starke plötzlich nicht.
Er denkt zuerst und ist verwundert.

Tanz mit Tod

Sobald der Regen Felder trifft
die Wolke ihre Kinder küsst
da muss ich an dich denken
wie du und ich…, wir senken

die Köpfe in die Hände
und schmiegen sanfte Bände
Denn dort tritt Regen nun hervor
und zieht den Wunsch ins schwarze Moor

Ich träume viel von dir und mir
Denn du bist dort und doch nicht hier
Es ist okay, du willst das so
Für dich ich brenne lichterloh

Seht: Keine Wolke kann mich retten
kein Regen meine Wunden glätten
Es ist ein Spiel, der Tanz mit Tod
Ich nahm die Chance, die's Leben bot

Die Dahlie

Die Dahlie, sie blüht
Mein Herze erglüht
Es glüht stets so hell
Es leuchtet gar grell

Ich mag sie so sehr
erblühend im Meer
von leuchtenden Farben
Dann hör' ich mich sagen:

» Welch wundervoll' Blume
Wie zeugt sie vom Ruhme!
Vom glücklichen Leben
Ein wahrlicher Segen! «

So steh' ich in Träumen
bei so vielen Bäumen
erblicke die Blüte
erfreut ihrer Güte

18. Juni 2017

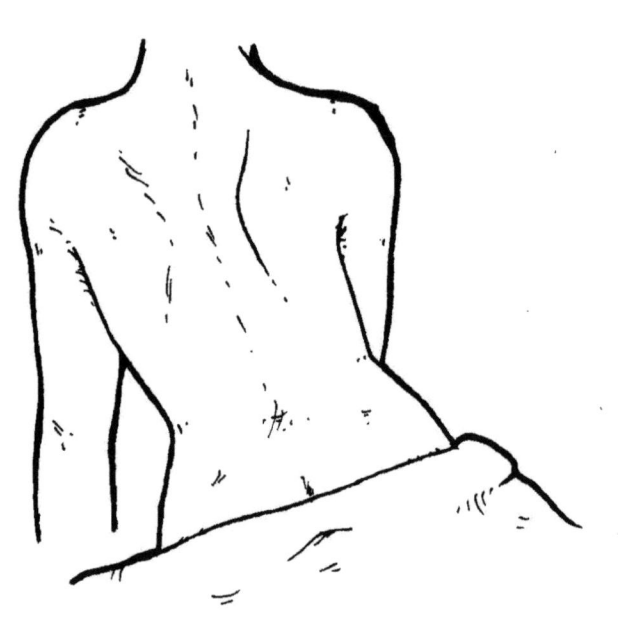

Madame Dahlia
und die Muse der Zeit

Der Vorhang fällt und die Stimme versiegt. Die funkelnden Augen werden matt und die Bühnenlichter bescheinen nicht mehr die brillante Kette. Die Leute applaudieren unaufhörlich fort. Es scheint, als wollten sie nicht mehr damit aufhören. Für den Rest ihres Lebens hätten sie nur den Wunsch gehabt, diesem Talent den Respekt zu zollen, den es verdient.

Es ist Madame Dahlia, die dort auf dem Parkett der ungarischen Oper, der Magyar Állami Operaház, steht. Madame Dahlia, eine kräftige Frau mit sechsundfünfzig Jahren, singt ihre letzte Arie. Es ist ihr letzter Auftritt. Ihr Diadem schimmerte sofort, als sie die Weite der Bühne betrat. Zwei Stunden hatte sie gebraucht, um ihre Stimme zu erwärmen und die letzten Noten von Puccini gemeinsam mit dem Pianisten zu wiederholen.

Tosca —

das war schon immer ihre liebste Oper gewesen. Tosca war der Anfang ihres Lebens und das Ende ihrer Laufbahn. Sie steht nun auf einer Attrappe der Engelsburg, sieht noch einmal auf das Geländer, schaut auf die herannahenden Wachen und stürzt sich mit dem Ausruf: » O Scarpia, avanti a Dio! « in die Tiefe.

Tosca: ihre Liebe und Tosca: ihr Ende

Der Vorhang fällt und die Stimme versiegt. Die funkelnden Augen werden matt und die Bühnenlichter bescheinen nicht mehr die brillante Kette. Jetzt muss es ganz schnell gehen. Alice, der es ganz wichtig gewesen war, dass man wohl das ›i‹ ihres Namens betonte, wird aufgeholfen, ihr Kleid kurz gesäubert und sofort eilt jeder

Schauspieler, sei er auch noch so eine unscheinbare Rolle gewesen, hinter den Vorhang. Man sieht sich kurz um: ein Blick nach rechts und ein Blick nach links. Waren alle bereit? Ein Nicken geht durch die Reihe und jeder setzt sein schönstes Lächeln auf. Ein jeder will zeigen, wie sehr ihm doch diese einmalige Vorstellung gefallen habe. Auch diese Aufführung hatte ihre Macken gehabt, so, wie eigentlich jede: Monsieur Lille kam in einem heitereren Zustand als die anderen, Cavaradossi, gespielt von Monsieur Marchand, vergaß im letzten Akt die Patronen und schoss nur Luft in den Saal. Das Geräusch wurde eingespielt und Monsieur Bernard hatte den Blutbeutel mit seiner ›*Notfallnadel*‹, wie er sich auszudrücken pflegte, selbst aufgestochen. Jeder Schauspieler hofft, dass niemand diese Fehler bemerkte. Dann geschieht es. Der rote Vorhang, der bis zu diesem Zeitpunkt alles verdeckte, wird hinaufgezogen und das Publikum beginnt zu klatschen. Madame Dahlia verbeugt sich und geht die Schritte wieder zurück. Sie kratzt sich kurz am Hinterkopf und sucht mit ihren Augen die Gäste des Opernhauses. Doch sie sieht nichts, außer die Köpfe, die der ersten Reihe emporsteigen. » Das ist das Gute an der Schauspielerei. Man kann sich einbilden, dass niemand einen sieht «, murmelt sie zu ihrem Nebenmann und kichert. Niemand kann sie hören. Unerwartet wird ihr ein Blumenstrauß überreicht. Callas erkennt sie, rote, und weißen Jasmin. Sie macht einen kleinen Knicks, ehe sie den Direktor der Budapester Oper umarmt. Es habe ihr Spaß gemacht, sagt sie dann. Sie freue sich, dass ihre Karriere einen so wunderbaren Ausklang mit so wundervollen Menschen erhielt. Sie winkt dem Publikum zu, die Glühlampen auf der Innenseite der Bühne erlöschen und der Kronleuchter, der die Decke des Opernsaals monumental ausfüllt, flammt auf. Zum ersten Mal erkennt sie, wem sie ihre Luftküsse zukommen lässt: Es sind Frauen und Männer, Kinder und Alte. Sie alle feiern das größte Talent ihrer Zeit. Allmählich stehen sie auf, beginnen, mit ihrem Sitznachbarn zu reden und tauschen sich über die Vorstellung aus.

Madame Dahlia, auch ›Divina‹ genannt, hatte ihren letzten Auftritt gehabt.

Die Garderobe ist voll besetzt, als der Direktor den stimmungsvollen Raum betritt. Alice Dahlia nimmt gerade zum letzten Mal ihre Perücke ab und unterhält sich ausgelassen mit ihren Kollegen. Alles rankt sich um die Aufführung. Manchmal reden sie kritisch über die Fehler, aber die meiste Zeit lacht man und scherzt über das, was schiefgegangen ist. Alice mag das und Alice möchte eigentlich gerne Alice genannt werden. Stattdessen wird sie aber unter dem Namen ›Madame Dahlia‹ in die Geschichtsbücher eingehen.

» So ist das nun mal. Man kann sich sein Schicksal nicht immer aussuchen «, sagt sie gerade, als ihr eine weiße Vase gereicht wird. » Wir können zwar nicht entscheiden, woher wir kommen, aber wohin wir gehen. Unsere Entscheidungen können unsere Herkunft manchmal nichtig erscheinen lassen «, war ihr letzter Satz an diesem Tag gewesen. Sie verlässt den Raum mit einem Lächeln und einer kleinen Hutschachtel. In der ungarischen Staatsoper war es der Brauch gewesen, bei seiner letzten Aufführung ein Requisit seiner Wahl mitnehmen zu dürfen. Alice fragte sich manchmal, wie sie die ganzen Requisiten ersetzen können und der Direktor sprach: » Wir ersetzen nichts. Wir erhalten lediglich neue Exemplare. « Es war vielleicht sehr nüchtern von Monsieur Ebbe gemeint, aber irgendwas an seinem Satz ließ das kleine Herz von Alice aufspringen. Sie lächelte ihn an und verschwand hinter den Kulissen von Madame Butterfly. Das Stück von Alice war abgespielt.

Als Madame Dahlia ihr Zimmer erreicht, sind ihre Koffer schon gepackt. Sie setzt sich noch kurz an ihren Schreibtisch und liest ein paar Zeilen aus einem Gedichtband. Sie mag das Buch und die Frau dahinter. Die Autorin traf sie leider nie. So ist das manchmal. Das Leben zieht vorbei und mit ihm die Zeit. Aber das Schlimme daran: man merkt es erst, wenn es zu spät ist. Man lebt sein eigenes Leben und vergisst das der anderen.

Alice Dahlia wusste nie, was die Zeit ihr noch bringen würde und sie hatte auch kein Interesse darin, es herauszufinden. Was würde es ihr auch bringen, das Schicksal zu verändern, dem Schicksal in die Augen zu sehen? War es nicht schon festgeschrieben? Sie lebte ihr Leben gerne und sie lebte in den Tag, genoss jeden, als sei es ihr letzter. Seit sechsundfünfzig Jahren trat sie mit keiner anderen Einstellung an ihr Leben heran. Die Muse der Zeit war manchmal undurchdringlich, undurchschaubar. Sie war gleichzeitig Geheimnis und Offenbarung. Sie war das Schicksal und sie war der Zufall.

Der Bahnhof Paris Est erinnert Alice Dahlia immer an die Grand Central Station, obwohl sie dort noch nie gewesen ist. Sie hat viele Postkarten mit Fotographien drauf bekommen, wo man, die kleinen Bistros im Inneren sieht. Sie mag das alles sehr, hat eine große Vorliebe für die kleinen Dinge in ihrem Leben. Dann sieht sie zur Tafel. Der Zug nach Lille würde in zwanzig Minuten abfahren, weshalb sie sich in ihre Kabine begibt. Sie steigt immer ganz hinten ein, um durch die Waggons laufen zu können, Menschen zu sehen, deren Geschichten sie nicht kennt. Sie versucht stets, ihre Erzählungen zu erraten. Ihr Gepäck, ein Umfang von vierzehn Koffern, hat sie vorher schon einladen lassen. Manchmal fragt sie sich, wie die Zugbegleiter es in dieser Zeit schaffen können, so viele Koffer zu transportieren. Sie alleine habe ja mehr als ein Dutzend.

In ihrer Heimatstadt bekommt Madame Dahlia immer noch etwas Besuch. Meistens ist es ihre langjährige Freundin, die einen kurzen Blick auf sie wirft. Sie heißt Mariä und kennt Alice, seit sie klein ist. Madame Dahlia sitzt dann meistens auf ihrem Fensterbrett und liest ein

Buch, wenn ihre beste Freundin ins Zimmer tritt. Vom dritten Stock aus kann sie immer die kleinen Menschen beobachten, die unter ihren Füßen durch die lange Gasse laufen. Seit ihrer Geburt lebt Alice in diesem Appartement. Sie hat es damals von ihren Eltern geerbt, als beide an einem Herbstabend auf einer Autobahn starben. Mariä weiß davon nicht. Eigentlich weiß das niemand. Weder Vater noch Mutter hatte eine Schwester oder einen Bruder gehabt. Alice war also die letzte aus ihrer Familie gewesen. Gerne wäre sie Tante geworden. Mit ihr würde eine gesamte Blutlinie enden. Als sie das letzte Mal Tosca spielte, wurde es ihr bewusst. Das Leben muss weitergehen.

Alice mag vor allem ihr Teeservice. Sie hat zwar keinen Mann, aber blaues Geschirr mit weißen Punkten. Das hatte sie mit achtzehn Jahren erstanden, als sie kurzzeitig woanders leben musste. Das Geschirr hat etwas Heimliches an sich, irgendetwas, dass sie nicht mehr missen will. Akribisch achtet sie immer darauf, wenn es jemand anderes benutzt. Ihre Freundin fragt sie häufiger, wenn sie eine Tasse Tee im Garten trinken, ob Alice es nicht traurig fände, keinen Mann an ihrer Seite zu wissen. Als sie sich darüber zum ersten Mal erkundigte, musste Alice überlegen. Sie kniff ihre Lippen zusammen und sah kurzzeitig in die Kronen der Laubbäume, die das Grundstück beschützten. An diesem Tag hatte Mariä keine Antwort bekommen. Als sie aber erneut darüber sprachen, erhielt sie schon eine ausdrucksvollere Rückmeldung: » ›Wir akzeptieren das, was wir zu verdienen glauben.‹ Das habe ich mal gelesen. Ich glaube, das ist eine gute Antwort. « Sie schmunzelte, als sie sich einen Schluck aus der Tasse mit den weißen Punkten nahm. Ein anderes Mal sagte sie: » In einem guten Buch steht, dass besondere Menschen meistens alleine bleiben. «

Mariä weiß zwar nicht alles von ihrer besten Freundin, vielleicht weniger, als beste Freunde voneinander wissen sollten, aber sie versteht, dass Alice ein trauriger Mensch gewesen ist. An diesem Abend liegt Mariä noch lange im Arm von ihrem Mann Ernest. Sie überlegt lange, was dieses Zitat zu bedeuten hat.

An einem Tag, an dem es frischen Kuchen mit Schokolade gibt, verschwindet Alice plötzlich vom Tisch. Mariä sucht sie, aber findet nur abgeschlossene Türren. Wohlwissend geht sie auf die Straße und blickt in den dritten Stock. Bunte Socken baumeln aus dem Fenster mit den Dahlien.

» Warum sitzt du da? «, fragt sie.

» Ich will nicht springen, keine Sorge. Aber es ist ein gutes Gefühl, die Freiheit der Möglichkeit zu genießen. Es geht mir gut. «

Nachdem sie das hört, geht Mariä gleich nach Hause und kann besser schlafen als die letzten Tage. Vielleicht beruhigt es sie, dass es ihrer besten Freundin gut geht oder es ist, weil sie weiß, dass auch Alice schlechte Tage hat. Mariä ist oft neidisch auf Alices Talent, neidisch auf das gute Leben von ihr. Mariä glaubt, Alice würde es nicht wissen.

Man sieht Alice Dahlia oft auf ihrem Fensterbrett sitzen. Sie hatte eine blaue Tasse mit weißen Punkten in der Hand, späht in die Abenddämmerung und lauscht den Geräuschen der Stadt, die sich intensivieren, je später es wird. Alice Dahlia hat ein gutes Leben: Sie lebt für ihre Musik und sie liebt ihr Talent, die Töne zu treffen, die so sehr nach Sehnsucht klingen, die sie so sehr an das erinnern, was sie vermisst. Ihre Noten sind ihre eigene kleine Liebelei geworden, ihre ganz eigene, ihre ganz heimliche. Sie kann auf sie böse sein, sie weglegen. Aber oft können die Noten sie an langen Abenden in den Arm nehmen. Niemand kann ihr diese Liebe nehmen. Ihre Liebe zur Musik ist ihr Vermächtnis. Es gibt Tage, da ist sie glücklich, aber sie kennt auch solche, die sie vor Betrübtheit nicht in Ruhe lassen.

» Ich glaube, dass das Glück ungerecht verteilt

ist. Die einen haben zu viel, die anderen zu wenig. Nur ganz wenige von uns, ja, die allerwenigsten, haben das wohl schönste, das ausgewogenste Glück: Es ist das Glück, ihr eigenes Glück zu kennen. Ich habe einfach Pech gehabt «, sagte sie mal zu Mariä. Danach aß sie einen Keks und tat so, als sei nichts geschehen.

Sie spricht nicht gerne über sich und ihr irrelevantes Leben, das wohl viele andere schon vor dem sicheren Tod bewahrt hat. Sie kann vertrauen, aber hat dennoch große Angst. Die Furcht hat sie irgendwann aufgefressen. Es ist jene, die erklärt, weshalb sie niemals über sich selbst spricht. Sie will diese Angst nicht und irgendwann wollte sie nicht mal mehr sich selbst. Wurde sie inzwischen selbst zur Angst? Ist sie für die Angst geboren? Ist sie ein Kind der Angst, ein Kind der Einsamkeit? Warum hat das Schicksal gerade sie auserwählt, um ein solches Leben zu führen? Warum gerade sie? Aber g-rade in diesen Momenten, in denen sie die pechschwarzen Gedanken so fürchterlich heimsuchen und sie sich unlösbare Fragen stellt, wird es ihr immer ganz besonders klar, wie sie es unendlich beruhigend findet, dass nicht ihre Freundin ihr besonderes Schicksal teilt. Alice ist stark, davon ist sie überzeugt. Sie weiß, dass andere nicht so viel Kraft hätten, das, was sie erlebt, zu überstehen. Alice muss tapfer sein und die Suche, das Leid, das sie auf sich nimmt, wenn sie mit einem Zug an Pappeln vorbeifährt, ertragen.

Das denkt sie zumindest.

Alice hätte wahrscheinlich eine Antwort auf all ihre Fragen erhalten, wenn sie darüber gesprochen hätte, wenn sie das Thema vertieft, wenn sie ihr Leben nicht einer Oper, einem Theaterstück gewidmet hätte. Tosca ist ihr Leben und Tosca ist ihr Ende, so, wie sie es sich immer gewünscht hat. Tosca gibt ihr das Gefühl, nicht alleine zu sein, das Gefühl, für jemanden sogar sterben zu wollen; aus Liebe, aus Liebe zu einer anderen Person. Man würde sich für jemanden anderen in den Tod stürzen, weil man davon überzeugt ist, der andere hätte das Leben so viel mehr verdient als man selbst. Tosca ist die Oper ihrer Liebe, ihrer Zuversicht. Es ist die Oper, in die sie sich ihr Leben lang geflüchtet hat, die ihr Zuflucht bietet in schwierigen Zeiten. Sie ist die Protagonistin im Theaterstück, in der Oper ihres Lebens und alle, die ihr begegnen, sind ein Teil davon. Sie sehen ihren Auftritt und das glänzende Amulett, das in die Herzen und Augen des Publikums scheint.

Häufig denkt sie daran, dass die Darbietung doch gerade erst begonnen hat. Madame Dahlia will glücklich sein. Sie will glücklicher sein, glücklicher als alle anderen zusammen.

Eines Tages stand nur noch die blaue Tasse auf dem Fensterbrett.

Der Vorhang fällt und die Stimme versiegt. Die funkelnden Augen werden matt und die Bühnenlichter bescheinen nicht mehr die brillante Kette. Die Leute applaudieren nicht. Es scheint, als wüssten sie nicht, dass das Stück zu Ende ist. Hat Alice Dahlia den Applaus noch verdient?

Alice Dahlia, die Divina unserer Zeit

Der Erzähler

Guten Abend meine Dam' und Herrn
seien Sie willkommen!
Die Türen wir nun sperren
Ihren Wunsch hab' ich vernommen!

So setzen Sie sich
Ihr Stuhl, er ist frei
Sie sehen ein Spiel
mit trostlosem Ziel

Ich darf mich Ihnen stellen:
Der Erzähler, das bin ich
Die Wörter, die ich fälle
sind gar wunderlich

Ich, ich sehe zu
bin erstaunt, wenn ich es seh'
Es geschieht also im Nu
in Ihren Klagen ich mich dreh'

Ich, ich bleibe heil
doch hängt Ihr winz'ges Leben
am ganz dünnen Seil!
Ein neues woll'n Sie weben?

Applaus, Applaus für diese Show
Das Publikum ist selten froh!
Jetzt sehen Sie sich an
wie das Spiel Sie doch gewann!

Adieu, Adieu auf Wiederseh'n!
Ihr Lachen ist verstummt
Wann werden wir zusammen geh'n
in meinem dunklen, schwarzen Bund

der ewigen Kulisse?
Warum können Sie noch schlafen?
Wie sehr ich das vermisse!
Spüren Sie die Strafen!

Ich stehe hier und warte
warte auf die nächste Show
Ich warte auf die zarte
Begegnung hier im Lichterloh

II. Band
Die Herzenswünsche
Die Manifestation des Glücks

So vieles steht geschrieben
auf diesen kleinen Zeilen
Die Wörter, wir sie sieben
trotz Traurigkeit verweilen

Ist das hier nun die Wahrheit?
Verstehen wir sie nicht?
Zeig uns doch jene Klarheit!
Zeig uns doch dein Gesicht!

In mir tobt ein Sturm

In mir tobt ein Sturm
mit ganz großen Wellen
Ich stehe darin
und seh' sie zerschellen

Vor Küste, am Riff
beim rettenden Ufer
steh' ich nun im Meer
erweis' mich als Rufer

Die Wellen, sie schellen
und ich steh' darin
versuch' mich als Rufer
doch niemand hört hin

Chaos

Es herrscht Krieg
in meinem Geist
Ich erwarte den Sieg
der geduldig vereist

Es ist ein Hin und Her
Gefühle sind im Leib!
Am Anfang bin ich leer
und dann ich über Liebe schreib'

Ein Her und Hin
und dann noch du vor mir
Ich am Ende doch erst glücklich bin
wenn ich bin mit dir

Angst

Ein Schatten um uns schleicht
und keinem jemals weicht
als ewiger Begleiter
vom kühlen schwarzen Reiter

Wir alle haben ihn
und liegen ihm zu Knien
In uns'rer heut'gen Welt
ist er es, der uns hält

Er plagt uns mit den Würfen
Vergangenheit und mehr
Wir alle wollen dürfen
nur selber sein so sehr

Trübsalsphantasien
Gewidmet denen, die mich in die Trübsal treiben

Manchmal frage ich mich, wie ich es schaffe, Bündchen von Werken zu veröffentlichen. Womit wurde ich gesegnet, dass ich solche Vielfalt, solche Welten gestalten kann? Ich schreibe unglaublich gerne und ich denke auch, dass ich immer eine Botschaft vermitteln kann. Viele dieser Texte entstammen meiner Phantasie. Sie kommen aus einer Welt, die für mich perfekt ist. Und warum ist sie das? Weil ich meine eigene Realität vielleicht für unbeschreiblich schlecht halte, dass ich den Drang und den Wunsch habe, mir eine neue erschaffen zu müssen. Sie sind fantasievoll, sie sind schön, sie sind irreal. Es ist wie bei französischen Fenstern.

Ich habe letztens einen Brief geschrieben. Ihr alle wisst jetzt davon; von meinen Umständen. Gut zwei Jahre ist es her, dass ich die Diagnose bekam und ich nun endlich offen darüber sprechen kann.

Das ist in Ordnung. Ich bin in Ordnung.

Manchmal geh' ich kahle Tritte. Sie sind manchmal sehr schwer für mich und ich hoffe, dass man mich jetzt mehr oder weniger versteht. Das kann ich fordern und das kann ich mir wünschen. Ich kann es aber nicht voraussetzen. Seitdem man davon weiß, es sind zwei Wochen vergangen, bekam ich drei Nachrichten und zwei Briefe. Das klingt vielleicht nicht viel, doch in Relation ist das ein Anstieg, wie er größer nicht hätte sein können. Ich freue mich darüber sehr, wirklich. Ich lese diese Texte unglaublich gerne und ich freue mich über jedes einzelne Wort, über jede einzelne Zeile, die man meinetwegen zu Papier bringt. Wisst ihr, das habe ich damals nicht geschrieben. Es geht mir schlecht, ja, es geht mir hier nicht gut. Letztens, als meine beste Freundin zu Besuch war, habe ich sogar geweint; vor ihren Augen. Es tat gut und gleichzeitig war es fürchterlich bedrückend. Diese ganzen Erinnerungen waren der Grund dafür.

» Es ist wie ertrinken, aber man ist nicht fähig zu sterben. «

Jeden Tag schwimme ich um mein Leben. Ich begebe mich in ein Meer aus Vorwürfen und falschen Erinnerungen, in einen großen See aus Phantasien und Träumen, nur der Hoffnung wegen, am Ende des Tages lebendig wieder hervorzutreten und mit einem Lächeln im Gesicht dieser Welt zu begegnen. Und inmitten dieser Unsicherheit, diesem Lernen, mit allem umgehen zu müssen, kommen dann Nachrichten über Liebe, Verständnis, Mut und Zuversicht. Sie kommen jetzt. Es ist, als würde der Ring ausgeworfen werden, nachdem man schon ertrunken ist. Daran hat aber niemand Schuld. Ich würde niemals sagen, dass auch nur irgendeiner Schuld an etwas hat, nein; das darf, kann und will ich nicht. Niemand muss Rechenschaft ablegen für etwas, wofür nicht mal ich etwas kann. Es waren unglückliche Umstände, Missverständnisse und meine Ignoranz. Schuld hat in diesem Kontext keine Bedeutung.

Es ist, als gebe ich mehr mir die Verantwortung als jemand anderem.

Ich habe nie gesprochen, ich weiß; warum sollte ich? Hat sich denn jemals jemand für mich als der kleine Schatten hinter dem großem Licht interessiert? War ich derjenige, der zu seinem Geburtstag Besuch bekam? Bin ich der, dessen Name nur mit Ruhm und Glück verbunden wird? War ich der, der den Brief zuerst bekam? Es sind rhetorische Fragen, wir alle wissen die Antwort und ich brauche sie hier nicht zu nennen. Ich war verdammt verbohrt, eingekerkert und auf der Suche nach Perfektion. Und ja: ich bin es immer noch. Ich bin auf der Suche nach Gerechtigkeit, nach einem gerechten Leben. Versteht ihr, ich habe niemals diese Perfektion erreichen können, weil ich mich in einem Käfig befand, in den ihr mich gesteckt habt und aus dem ich mich nicht befreien konnte.

Vielleicht wollte ich mich nicht befreien. Vielleicht hatte ich auch einfach nicht die Kraft dazu.

Ich habe geweint, weil mir vieles unglaublich leid getan hat. Ich habe geweint, weil ich nicht schlecht denken will. Ich habe Angst, dass ich Menschen in eine Schublade stecke, von der ich weiß, dass alles, was man macht, gegen mich gerichtet ist.

Ich wollte nie Aufmerksamkeit für die Dinge, die ich geleistet habe, für die Dinge, auf die ich stolz sein kann; aber ich hätte sie gebraucht. Ich hätte ein Wort, eine Reaktion benötigt; Unterstützung, Liebe. Ich wollte das Licht sein. Ich wollte Stolz sein. Ich wollte, aber sah nicht, was ich bin. Ich wollte Licht und entdeckte nur den Schatten hinter mir. Wisst ihr, vielleicht war und bin ich schon immer das Licht gewesen, aber habe nur auf meinen langen Schatten geachtet. Was passiert ist, ist geschehen? Ich kann daran nichts verändern. Wenn ich damit umgehen könnte, würde ich behaupten: » Schlecht gelaufen, so ist das nun mal. « Aber es belastet mich. Ich verstehe so vieles nicht und ich schäme mich für die Gedanken, für die Angst, dass ich dann vielleicht doch jemandem Vorwürfe mache. Aber am schlimmsten ist, dass ich nicht reden kann. Ich kann nicht sagen, was ich denke, denn diese Gedanken sind so böse und abartig, dass sie nur von den niedersten Trieben meiner selbst stammen können.

Vielleicht kann ich aber kleine Sachen sagen, kleine Dinge fragen, die mich belasten. Man wird sich sicher erkundigen, wann es geschehen ist oder warum es mich beschäftigt. Vielleicht versteht man das auch nicht und kann vielleicht nicht antworten, darum bitte ich nicht. Ich möchte einfach, dass man mir zuhört. Ich möchte, dass man mich endlich wahrnimmt, dass man mich sieht, dass man weiß, dass ich existiere. Ich bin.

Warum kam niemand zu meinem Geburtstag? Ich saß oft alleine an meinem Tisch. Ich hasse diesen Tag.

Warum bekomme ich keine Blumen? Ich mag sie sehr. Weiß man, dass ich Dahlien so sehr liebe? Deswegen trägt eine meiner liebsten Personen auch den Namen ganz tief im Herzen.

Warum denkt man, dass ich so viel und gerne esse? Der Gedanke zerfrisst mich, dass man mich nur mit ›Essen‹ in Verbindung bringt.

Meint man es ernst, wenn man mich fragt, wie es mir geht? Ich weiß es wirklich nicht. Was möchte man hören? Möchte man mich umarmen?

Ist man stolz auf mich? Auch wenn ich in den Augen anderer vielleicht nichts geleistet habe.

Und zu guter Letzt:

Wann bin ich genug?

Ich weiß, ich stehe nicht jeden Monat in der Zeitung und werde nicht für sportliche Leistungen gekürt. Ich bin nicht der Beste, bringe keine stolzen Nachrichten nach Hause; aber ich stehe jeden Tag auf und ich versuche, immer das Beste aus allem zu machen. Ich möchte so stark sein wie kein anderer. Auch wenn ich es körperlich nicht schaffe, versuche ich es doch mit meinem Geist. Ich möchte ein Teil von euch sein; ein Teil von Familie Iptajew.

Ich mag es, wenn man mich umarmt, wirklich. Vielleicht möchte man mich eines Tages ja mal in den Arm nehmen und die Küsse ernst meinen. Vielleicht lerne ich irgendwann, dass man mich lieben kann. Es ist alles eine Frage der Zeit, bis ich es schaffe, mich selbst zu lieben. Und es tut mir leid, dass ich euch mit so vielen Dingen belaste, die ich hier geschrieben habe. Denn nach alldem, was man nach diesen Zeilen gelesen hat, welche Gedanken ich mir gemacht habe, kommt ein zweiseitiger Brief, der mich fragt, wie es mir geht. Was soll ich davon halten?

Es ist so, dass ich mich so unglaublich wertlos fühle, bei allem, was ich tue, bei allem, was ich bin, so, wie ich aussehe, so, wie ich denke. Wer braucht mich schon und wer will mich überhaupt? Warum sollte ich begehrenswert sein? Ich kann ja nicht einmal das Fahrrad die Einfahrt hochfahren und sowieso, ich denke nur ans Essen. Ihr wart zwar nicht diejenigen, die ihr Kind ›Arschloch‹ und ›Feigling‹ nannten, aber ihr wart auch nicht diejenigen, die es beschützt haben. Im Nachhinein, wenn ich so überlege, fehlte eigentlich nur der Satz, dass es ja gar nicht verwundere, dass ich noch keine richtige Beziehung hatte oder warum ich denn andere nicht mit Stolz erfüllen könne. Würde ich mich denn nicht schämen? Wann würde ich etwas aus meinem Leben machen? Ich weiß, dass es provozierend ist. Vielleicht ist es auch verletzend. Aber vielleicht versteht man nun mal meine klitzekleine Welt voller Enttäuschung, Sehnsucht und Perfektion.

Ich bedanke mich für die Aufmerksamkeit, auch wenn ich denke, dass sie nur kam, weil man den ganzen Text hier höflicherweise ausgehalten hat. Ich bin nicht der Kranke, der ich zu sein scheine. Ich bin so vieles mehr, obwohl einige meiner Facetten wohl einem geradewegs in das Gesicht strahlen. Aber ich bin vielfältig, nicht nur etwas, worin man mich einordnen kann.

Und es bleibt mir nur zu sagen, dass ich euch liebe.

Ich frage mich, was die Zukunft bringt.

03. September 2016

Erwartungen

Es sind gar lustige Gestalten
mit ihren Werten und Moral
Sie selbst sich kläglich halten
ein Trauertuch, phänomenal

Sie fühl'n sich schlecht und so verletzt
vom Bild, das wurde einst gesetzt
in Köpfe aller, dieser Leute
Oh, welche Tragik! Und das heute!

Doch sind sie selbst nicht wirklich schlau
Sie schwärmen stets von schönen Rosen
von jenen mit gut Körperbau
von denen mit den grazilen Posen

Sie streben stets nach allem Echten
und schwärmen von dem Optimum!
Wie sind dadurch so selbst die Schlechten:
Bei schönen Männern sind sie stumm

Wie schade es doch für und ist
wenn die genannten, wisst, die Frommen
auch wenn beschämt du deshalb bist
den üblich Partner dann bekommen

Ich erwartete Wünsche
Gewidmet den Tagen, an denen ich hoffte

Ich dachte
wir leben zusammen
und lachte
Die Gedanken, sie flammen

Ihr sagtet:
» Wir leben doch glücklich beisammen «
und stacht
das Messer zum Rammen

in mich hinein
Als plötzlich kam ganz stille Ruh
steht ihr zusammen, ganz klein
und fragt: » *Wer bist denn du?* «

Glasscherben

Ich es gar nicht leiden kann
Ich nicht weiß, wann es begann
Manchmal ist es hier, dann dort
Manchmal ist es plötzlich fort

Dieser Kopf ist eine Scheibe
ist aus Glas in meinem Leibe
Ich hab' sie mir aufgebaut
Furcht vor großem Splittern graut

Ich mit Hoffnung froh spaziere
mich am Guten nie verliere
Böses nicht verhindern kann
weil es früher mich gewann

Es sitzt dort ganz klein und grau
und ich weiß es ganz genau:
Es wird kommen alles wieder:
Meine Schlacht und ich als Krieger

Ich hab' daher zu gewinnen
ist deshalb in meinen Sinnen
Ich hab' immer zu erhalten
meine Scheibe und muss schalten

Aber häufig mir passiert
dass sie dann doch implodiert
Ich muss kämpfen immer weiter
In der Schlacht als erster Reiter

Und wenn Scheibe geht kaputt
wenn sie liegt im größten Schutt
darf ich nicht im Leid versinken
muss gar froh dem Elend winken

Ich nun winke Hass und Leid
Denn nach dieser Ewigkeit
kommt die strahlend neue Zeit
Ist's doch keine Kleinigkeit

meine Scheibe zu errichten
sie zu sehen und zu sichten
was dahinter schweigsam liegt
und sich an die Scheibe schmiegt:

Dort ist alles furchtbar schwarz
Es ergreift mein hoffend' Herz
Wünscht', es wär 'ne Illusion
meine schwere Depression

Schicksalsphantasien
Gewidmet denen, die mein Schicksal verändert haben

Wenn ich von diesem Text hier berichte, sollte es jemals dazu kommen, dann soll man wissen, dass ich ihn an einem Donnerstagabend geschrieben habe. Es ist kurz nach zweiundzwanzig Uhr, der Sekundenzeiger tickt und der Kühlschrank hinter mir begleitet meine Gedanken mit einem permanenten Surren. Bevor ich fortfahre, muss ich darauf bestehen, dass man diesen Text nicht als Vorwurf oder als Niederschrift einer elendig gesuchten Rache sehen soll, sondern lediglich als ein Puzzleteil von vielen, die mich dahin geführt haben, wo ich heute stehe. Sie haben mich dahin geführt, dass ich Entscheidungen fälle. Das hier ist eine Entscheidung. Es ist eine Entscheidung von vielen, die ich treffen muss.

Ich habe, so glaube ich, in den letzten Tagen große Fortschritte gemacht. Darüber bin ich sehr froh. Ich gehe mit einer neuen, wie soll man sagen, Neutralität, einem neuen Frohsinn in meine Welt. Es ist, als würde ich mich neu verstehen, mich neu kennenlernen. Das ist sehr wichtig und sicherlich auch gut. Ich habe es, glaube ich, noch nie gesagt und vielleicht werde ich es auch niemals tun, aber ich schreibe es hier nieder und es wird bis in alle Ewigkeit in meinen Gedanken und in dem Wissen der Lesenden bleiben:

» Was einmal gedacht wurde,
kann nicht mehr zurückgenommen werden. «
- Dürrenmatt

Für mich ist es sehr bedrückend, was ich jetzt niederschreibe, was ich niederschreiben kann und muss. Ich habe es verdient, dass ich mich erkläre und dass man endlich versteht, was mir geschehen ist. Ist es eine richtige Formulierung? Im Konsens zum Vorwort ist es das vermutlich schon. Denn es scheint mir, als wäre es ein Thema, das gerne verschwiegen wird. Das ist alles vergessen, das ist ja alles gar nicht schlimm gewesen. Das war alles ganz, ganz anders. Ich mochte es nie, nach Hause zu kommen, wisst ihr das? Nein, ihr habt mich nie danach gefragt. Ich habe Wochenenden nie leiden können, weil ich dann zu Hause sein musste und mit Problemen gekämpft habe, für die ich nicht verantwortlich gewesen war. Ich konnte nicht fliehen.

Mein Zuhause war nie das Zuhause, was man sich unter Zuhause vorstellen möchte. Ich habe gewohnt, aber nie gelebt.

Wenn ich das hier vorlese, dann soll es ein ganz besonderer Moment sein. Es wird ein Moment, ein Tag, den man niemals vergessen soll. Er soll die Zuhörenden derart prägen, wie man mich geprägt hat; Stunde für Stunde, Tag für Tag, Woche für Woche, Monat für Monat, Jahr für Jahr, achtzehn Jahre lang, Tag ein, Tag aus. Es ist immer derselbe Rhythmus. Es ist immer dieselbe Melodie, die sich in meinem Kopf abspielt.

Betretet die Bühne meines Lebens und seht einen kleinen Teil, den, den man mir gezeigt hat.

Jeder einzelne von euch weiß, warum ich gegangen bin und ihr seid alle gleichermaßen schuld. Ihr habt alle etwas dafür getan, dass ich heute so leben muss, wie ich es tue. Es war im Endeffekt vielleicht nur eine Reihe unvorhersehbarer unglücklicher Zufälle, die das Leben eines kleinen Kindes so entscheidend, bis ins letzte Detail, geprägt haben. Stück für Stück habt ihr alle an einem Tuch gewebt, das sich nun zwischen euch und mich legt, das uns doch alle gleichermaßen verbindet.

Seht diesen Text als ein Gespräch, das wir nie geführt haben und worauf ich achtzehn Jahre lang gewartet habe. Ich habe achtzehn Jahre gewartet, um eine Entschuldigung und eine Erklärung zu bekommen. Bis heute kann ich sie nicht finden. Ich habe achtzehn Jahre vertraut und mir Liebe gesucht, sie mir aus Hoffnungen und Träumen, aus Illusionen, selbst zusammengebaut. Aber sie war nicht echt. Sie war nicht das, was ich wollte; was richtig gewesen wäre.

Was soll ein kleines Kind sagen, wenn es nicht weiß, warum es etwas sagen sollte, weil ihm sowieso niemals zugehört wurde? Versprechen wurden gegeben, die man niemals eingehalten hat. Monate wurden verbracht, in der die Atmosphäre kälter als Eis gewesen war.

Es ist so oft geschehen.
Ich weiß von allem.
Ihr wisst das auch.

» Vertrauen ist die stillste Art von Mut. «

Jeder einzelne von euch sollte darüber nachdenken; einen Tag lang. Streitet euch nicht darüber, weil etwas vergessen oder falsch gemacht wurde. Streitet euch darüber, wie ihr alle miteinander umgeht. Streitet euch darüber, was ihr voneinander haltet. Streitet euch darüber, dass die Welt von eurem Hass kaputt geht. Streitet euch darüber, dass die Anfeindungen nur die Spitze eines Eisbergs sind, der meilenweit in die Tiefe reicht. Ich bin nicht mehr da, um diese Worte abzufangen und umzudeuten, so, dass sie für alle in Ordnung sind. Ich habe nicht mehr die Kraft, das abzuschirmen, was ihr unüberlegt aussprecht.

Ich kann von mir selbst sagen, dass ich eine starke Persönlichkeit bin. Ich habe viel ausgehalten, ich habe viel geschwiegen und ich habe vieles nicht gesagt. Aber es ist jetzt der Punkt gekommen, an dem ihr über diesen kleinen Text erfahren sollt, was eigentlich alles geschehen ist.

Habt ihr das schon vergessen?

167

Wir haben eine Rechnung offen, ungesagte Diskussionen, und die begleiche ich nun. Ich begleiche sie jetzt nur für mich. Ich tue es meinetwegen. Aber so lasst mich sagen, dass es auch schöne Momente gab. Ich mochte es, wenn wir in den Zoo gegangen sind oder in den Park. Ich fand es schön, wenn wir alle lachen konnten und uns vertragen haben. Das ist schon mal vorgekommen, erinnert euch. Ich weiß noch, als wir Eis essen waren. Heute ist es allerdings nur noch ein Bild, eine verschwommene Erinnerung.

Ich bin ein besonderes Kind, das habt ihr mir schon immer gesagt. Aber warum habt ihr euch nicht so verhalten? Wieso habe ich nicht gemerkt, was ihr mir vermitteln wolltet?

Vielleicht ist das Besondere auch gar kein Kompliment, sondern nur eine von vielen eurer Beleidigungen, die ich erst aufzählen wollte, aber es dann doch gelassen habe. All diese Bezeichnungen mir gegenüber kamen von Menschen, die mir so unglaublich viel bedeuten (sollten). Wenn ich mich an diese Worte zurückerinnere, dann fange ich an, sehr traurig zu werden; nicht, weil sie mich betreffen, sondern weil sie eine blanke Häme für das sind, wofür ich eigentlich einstehe. Ich möchte nicht mit alten Gegebenheiten beginnen, die euerseits längst vergessen sind und die sicher gar nicht mehr angesprochen werden müssten, denn ich weiß, dass die richtigen Erzählungen jetzt erst wirklich anfangen. Mir ist bekannt, dass ihr wolltet, dass ich euch verzeihe und ich deshalb eure Entschuldigung, wie auch sonst, immer angenommen habe, um euch zu zeigen, wie verständnisvoll ich für ›gute‹ Menschen sein kann. Wenn sich jemand ehrlich entschuldigt, liegt es nicht an mir, jemanden zu vergeben. Aber manchmal könnte man glauben, dass es niemals wirklich ernst gemeint war. Im Nachhinein, so hart das für jeden von euch klingen mag, hättet ihr es vielleicht gar nicht verdient, eure Taten mit einer bloßen Äußerung à la ›*Entschuldigung*‹ wiedergutzumachen.

Achtzehn Jahre wurde ich wegen Banalitäten meiner Andersartigkeit, meines Aussehens, meiner Stimme, meines Körpers, meines Verhaltens und meiner Art, anderen Menschen mit Respekt zu begegnen, mit Beleidigungen und Vorurteilen konfrontiert. Das ist in Ordnung, solange es fremde Menschen sind, die mich nicht kennen, die mich nicht lieben und mir Sicherheit geben sollten. Ich bin nicht schwach, ich habe das gemeistert. Aber was habe ich dabei verloren? Ich hatte die Kraft, das alles ›wegzustecken‹. Ich hatte die Kraft, mich jeden einzelnen Tag meines Lebens damit auseinanderzusetzen, dass eben nicht immer alles so läuft, wie man es sich wünscht. Ich danke für die Erfahrung, habe aber nie darum gebeten. Ich bin kein Feigling und vor allem bin ich kein Weichei: die wohl schlimmste Bezeichnung, die ihr mir in all den Jahren an den Kopf geworfen habt. Sie kam von Menschen, die sich ›Familie‹ nennen. Es ist mir egal, ob man ›nicht wusste, was man da sagt‹. Es ist mir gleichgültig. Hat man mich jemals so von euch sprechen hören, weil ich wütend auf euch war? Und bevor ihr eine Antwort fällt, bedenkt, wie alt ich bin. Ihr habt es so gesagt und ihr habt es so gemeint. Und alles, was ihr nicht gesagt habt, war auch ganz bewusst verschwiegen worden.

» Wir sterben alle unseren eigenen, kleinen Tod. «

Dazu zähle auch ich. Dazu zählt auch ihr.

Es geht darum, dass ihr meinen Tod und damit auch mein Leben zu respektieren habt. Ihr seid darüber ahnungslos, zu wissen, wie ich all das aufnehme, verarbeite und wie ich überhaupt das Leben wahrnehme. Hinzukommt, dass mir etwas widerfahren ist, das eine solche Grausamkeit in sich trägt, das ich nicht benennen kann, ohne es herabzuwürdigen. Das Ausmaß kann selbst von mir nicht vollständig begriffen werden. Wie wollt also ihr davon ausgehen, mich und das alles zu verstehen?

Seht diesen Text als letzte Mahnung, etwas zu verändern.

Ihr habt mein Schicksal bestimmt und nun, nur für diese kurze Zeit, bestimme ich euer Schicksal. Ihr habt mich zu dem gemacht, was ich heute bin, achtzehn Jahre. Ich gebe euch eine Rückmeldung für lediglich fünf Minuten.

Denkt darüber nach.

Es ist mein Schicksal und es ist euer Schicksal.

Sagt bitte nicht, dass dieser Text euch gegenüber ungerecht sei, denn das ist er nicht. Es ist mein Recht, euch endlich den Spiegel eurer Taten vorzuhalten.

> *» Sei Du selbst die Veränderung,*
> *die Du Dir wünschst für diese Welt. «*
>
> - Gandhi

Ich habe meine Erfahrungen nicht bereut. Aber ich verdiene es nicht, dafür belächelt zu werden.

Es ist Zeit für Veränderung.
Es ist Zeit für Gespräche, die niemals stattfanden.
Es ist Zeit für Momente, die niemals geschehen sind.
Es ist Zeit für Emotionen, die man niemals gefühlt hat.

Man hat nur ein Leben, macht etwas draus.

Tränen

Tränen rollen über Narben
alte Wunden der Erinnerung
Sie entnehmen mir die Farben
Sie entnehmen mir den Schwung

Sie bezeichnen mein Gesicht
löschen dort mein Lebenslicht
Meine Hand sich nach dir streckt
Wie gern hab' ich dich geneckt?

Dieser Körper, er erstickt
und verschwindet mit dem Wind
aller Zeit. Die Uhr, sie tickt.
Wieso war ich nur so blind?

Die Seele durch die Straßen zieht

Die Seele ihre Flügel spannt
und einsam durch die Straßen zieht
Sie trägt ein schimmernd' Goldgewand
und singt ihr sehnsuchtsvolles Lied

Die Seele streift die kalten Gassen
Sie will sich doch nur selbst befreien
Die Seele aber muss es fassen:
Sie müsste allen erst verzeihen

Ihr vergesst mich

Ich versuche, mich zu zeigen
wie ich bin und was ich tu'
Doch die Worte, sie nur schweigen
Es lässt einfach keine Ruh

Ich will zeigen, wer ich bin
zeigen, was ich alles kann
Ich will leben meinen Sinn
und ihn lösen, meinen Bann

Leute, seht doch, wer ich bin
Seht, wie schön mein Leben ist!
Ihr wollt stets gar mich versteh'n
Aber ihr das stets vergesst

16. Juli 2017

Andere Taten

Ich fühl' mich so alleine
in einer Welt, wo and're Taten besser sind als meine;
in einer Welt, wo ich nicht so viel wert
wie die, die man nach oben hält

Sie ist die Beste und ein Stück
des reinen Goldes: » *Unser Glück!* «
hör' ich sie alle sagen
unendlich viele Tage

Hier stehe ich und frage
ja, frage sie und sage
» *Warum denn nur nicht ich?* «
Verwundert sieht man mich

Zukunftsphantasien
Über die Manifestation des Glücks
Gewidmet denen, die meine Zukunft prägen

Früher sagte man immer, alles würde irgendwann besser werden. Aber mit der Zeit trifft man auf Erfahrungen und Realitäten, die große Träume zunichte machen. Jede noch so schöne Vorstellung, jeder Wunsch, wird in Wellen kalter Begründungen, einer erkalteten Wirklichkeit untergehen und sich einen besonderen Platz im vom Tode gezeichneten Meeresgrund suchen.

Dort unten liegen sie, unsere Träume, unsere Wünsche aus längst vergangener Zeit. Neben Muscheln, Erinnerungen und sonstigem Geröll finden wir das, was wir einst kindliche Leichtigkeit nannten. Manchmal tauchen wir zu ihnen hinab, zu all unseren Träumen, und bewundern sie; ihre Schönheit und ihre Illusion, die Welt in eine bessere verwandeln zu können. Irgendwann erkennen wir, dass wir nicht die einzigen sind, dass nicht nur wir diese Träume haben, nicht nur wir zu ihnen hinabtauchen, sondern alle; dass wir alle danach streben, die Welt in eine bessere zu verändern und dabei ist es egal, ob wir gute oder schlechte Menschen sind. Wir alle möchten nur eine bessere Welt für uns.

Im Prinzip ist das Erwachsenwerden ein Prozess, bei dem Hoffnungen und Träume aufgegeben werden, man in den nächsten Tag hineinlebt und so tut, als sei das eigene Leben vollkommen, wenn man morgens in einer prädeterminierten Welt erwacht. Ist das Grund genug? Aufstehen und glücklich sein? Wir können an einem Tag so viel verändern, so viel schaffen, aber daran denken wir nicht. Wir leben in den Tag, als sei er nur einer von vielen. Ist das die Definition des Lebens, des ›Glücklichseins‹? Bedeutet ›Leben‹, alles hinter sich zu lassen, alles aufgeben zu müssen? Sind wir dazu verdammt, dass jeder einzelne von uns auf dem Grund des großen Meeres nach seinem eigenen, kleinen Traum sucht, ihn bewundert und sich dann fragt, warum er ihn aufgegeben hat? Lässt sich ›*Kind sein*‹ und dabei ›*erwachsen werden*‹ nicht miteinander vereinbaren? So, wie es Kästner schrieb: » Nur wer erwachsen wird und Kind bleibt, ist ein Mensch! « ?

Ich habe so viel Angst vor dem, was morgen geschehen wird, welche Menschen ich sehe, wie sie mich treffen und was sie von mir halten. Bin ich der Junge im schwarzen Mantel, mit dem schwarzen Regenschirm, den schwarzen Schuhen und dem bleichen Gesicht, der die Straße im Regen hinabläuft? Oder bin ich doch derjenige, der unter den vielen Menschen ein Lächeln auf den Lippen trägt? Möchte ich in meinem ganzen Leben nicht so viel mehr sein, mehr als das, was man uns als erreichbare Grenze aufzeigt? Kann ich nicht bereit sein, von den Verhaltensmustern unserer Heteronormativität loszulassen?

Sind wir dazu gezwungen, … bin ich es?

Habe ich es verdient, dass ich so böse über mich denke? Sich meine bunte Welt in ein klares Glas Wasser verwandelt und dann mit Tropfen schwarzer Tinte besudelt wird? Nach einiger Zeit werde ich auf ein dunkles Gebräu sehen, das ungefragt vor mir steht und sich ›*mein Leben*‹ nennt. Habe ich das verdient? Sind das meine Zukunftsphantasien, wie ich hier im Regen stehe; alleine, unbeholfen und zerbrochen? Bin ich das überhaupt? Zerbrochen? Gibt es dafür ein Limit? Kann ich darüber reden und sagen: » So leicht ist das Leben nicht «, obwohl ich nicht vor Krieg und Terror fliehen musste? Kann ich das alles sagen, ohne denken zu müssen, dass ich schwach bin? Kann ich nicht einfach leben, ein Widerspruch schlechthin, einfach ein normaler Mensch sein; ein Mensch, der von anderen als normal erachtet wird und für seine Existenz, sein Dasein, nicht verspottet wird? Ist es nicht Zeit, sich endlich vom Regenschirm zu lösen und durch den Schauer zu spazieren, mein Manifest in der Welt zu verbreiten? Das Manifest der Glückseligkeit: über Ruhm, Begierde, die Andersartigkeit und den Wunsch, endlich zufrieden zu sein; sagen zu können, was ich denke, lieben zu können, wie ich es möchte. In mir geschieht so vieles, was kaum einer weiß, was keiner sieht und worüber ich nicht reden kann. Ich habe Träume und Wünsche. Ich habe Hoffnungen und Ängste. Ich bin ein Mensch.

Das Manifest der Glückseligkeit soll die Menschen zum Denken bringen, sie in eine Lage zu versetzen, sich wohlzufühlen und sich zu freuen, dass sie leben können, wie sie es möchten. Sie sollen verstehen, was es für eine Herausforderung ist, in dieser Welt einen festen Platz einzunehmen. Sie sollen verstehen, was es bedeutet, zu leben. Wie sehr sehne ich mich nach den Tagen, an denen ich am Fenster stand, auf die Leute blickte und sie mit einem Lächeln in den Morgen verabschiedete, ohne dass sie mich sahen. Wie sehr würde ich es mir wünschen, meine eigene Bühne aufzubauen, Akteur zu sein, ohne zu denken, dass ich es nicht verdient hätte. Ich will auf meiner eigenen Bühne mein eigener Hauptdarsteller sein. Ich will derjenige sein, auf den man sich freut, wenn man seinen Auftritt erblickt, der so gut spielt, dass man denkt, so sei er wirklich. Ich will, dass sich die Welt, diese Illusion, in den Köpfen der Menschen festsetzt und ich sie mit einem gekonnten Griff wieder entferne. Das bin ich: ein Akteur auf einer Bühne. Aktuell stehe ich im Hintergrund. Noch bin ich keine Hauptperson, aber beneide diejenigen, die es sind, ohne etwas dafür zu tun.

    Ist die Manifestation der Glückseligkeit darin geprägt, in der Masse unterzugehen, nicht herauszustechen? Ist das Urteil der Gesellschaft mehr wert als die Behauptung seiner selbst? Ist das der Grund, warum wir sind? Und warum komme ich mir so vor, als sei ich der einzige, der diese Gedanken mit der Welt teilt? Werde ich in diesem Muster sterben? Mit diesen Wünschen und diesem Verlust meiner Würde; jeden Tag aufs Neue? Ist das die Erfüllung meines, unseres Seins?

Warum denke ich überhaupt noch, wenn sowieso niemand meine Gedanken verstehen will und kann? Warum kämpfe ich für Gerechtigkeit, Frieden und den Mut zur Andersartigkeit, wenn doch scheinbar niemand diesen Wunsch hegt? Warum bin ich so alleine, warum bin ich so alleine auf dieser großen, weiten Welt? Warum kommt nicht jemand zu mir und hält meinen Regenschirm, wenn ich nichts mehr halten kann, warum? Kürzt man alles, was nicht wichtig ist, bleibt nur das übriggebliebene ›Ich‹. ›Ich‹ ist das Letzte, was ich habe. Ich muss mein ›Ich‹ beschützen.

Ist das meine Zukunft, unsere? Diese graue Welt, eine im Regen stehende, sich oft von schwarzer Tinte verfärbende Welt, in der jeder meint, so besonders zu sein, weil er in der Masse schwimmt?

Aber es gibt gleichzeitig doch so viele Gründe, weiterzumachen, zu kämpfen; Dinge, für die es sich zu leben lohnt; für die, die bereits aufgegeben haben; für die, die mich unterstützen, die mich ganz im Inneren lieben, die, die ich nicht enttäuschen kann und auch selbst für die, die mich so sehr hassen. Es sind die, die mich denken lassen, dass ich das letzte Stück Torte sei, das letzte Blatt im Winter und das letzte Stück Holz, das man in den Ofen legt. Das Gefühl, sowieso der Letzte zu sein, ungenügend, allein gelassen und verletzbar zu sein, es ist in mir und wird mich nie mehr verlassen. Ich kann es nicht ändern, aber ich kann und will so viele Menschen vor diesem Schicksal bewahren. Denn es gibt mir Kraft, zu wissen, dass das letzte Stück Torte am besten schmeckt, dass das letzte Blatt an wärmere Tage erinnert und dass das letzte Holz die angenehmste Atmosphäre erzeugt. Man muss so viel verkraften, verstehen, hinterfragen, beweisen, sagen, spüren, fühlen, sehen, riechen, erleben, schmecken, lieben und hören, um in dieser Welt überhaupt Kind zu sein. Ich bewundere diejenigen, die das können, auch wenn sie es oft nicht hinterfragen. Sie fühlen so wenig in einer Welt, in der Gefühle mehr bedeuten als das, was man erlebt. Dabei sind doch Gefühle die wichtigsten Erfahrungen, die wir machen können. Sie bestimmen, wer wir werden. Warum wollen so viele Menschen sich beweisen, ihre Gefühle schwärzen und in der Masse untergehen? Warum denken die Menschen so wenig über die Gefühle der anderen nach? Warum lebt man in den Tag, ohne darüber nachzudenken, wie man sich zu verhalten hat?

Die Zukunft startet ohne mich. Sie wird auch ohne mich zu Ende gehen. Die Zukunft soll nicht mit mir starten, ich könnte es nicht. Ich bin nicht die Zukunft. In dieser Zukunft will ich nicht leben wollen; in einer Zukunft, in der man aufhört zu leben, zu lieben und zu lachen. Die Zukunft ist ein Loch in die Unendlichkeit; so vieles ist möglich, viel mehr realisierbar und doch geschieht so vieles nicht, weil man es vergisst. So vieles wird in unseren Köpfen bleiben, wenn wir nicht anfangen, etwas zu tun. Die Zukunft startet ohne mich und ich will auch kein Teil davon sein. Ich bin nicht die Zukunft. Ich bin ein Mensch mit Herz und Seele. So werde ich bleiben, für immer; selbst wenn ich daran zugrunde gehe, selbst wenn ich keinen Regenschirm habe und ich auf die Straße laufe, um dem Ganzen ein Ende zu bereiten. Auch ich werde mit meinen Träumen auf den Meeresgrund sinken und darauf warten, dass man mich endlich sieht, dass man meine Gedanken versteht, mich bemerkt und denkt: » *Tatsächlich* «. Aber ich habe die Befürchtung, dass, wenn man mich schließlich dort unten erblickt, man mich gar nicht mehr fragt, wieso ich mich überhaupt dort unten befinde.

Ich bin ein kleiner Träumer in einer Welt, wo Träume Schicksalsschläge sind.

Ich werde niemals aufhören, dafür zu kämpfen, ein guter Mensch zu sein, nur weil viele Leute wollen, dass ich so bin wie sie. Ich werde niemals damit aufhören, ›ich‹ zu sein, werde niemals meine eigene Erzählung verraten, um in die Masse zu passen, um anerkannt zu werden; um eine Bestätigung dafür zu bekommen, gleich zu sein. Ich werde niemals ein Gewinner sein. Ich lebe anders. Ich liebe anders. Ich *bin* anders. Das macht mich stolz.

Warum wählen wir schwarz, wenn es so viele andere Farben gibt? Das Leben ist endlich, für jeden einzelnen. Sollten wir nicht danach streben, das Leben zu füllen? Sollte unser Leben nicht aus Hoffnung, Neid, Eifersucht, Liebe, Hass bestehen? Sollten wir nicht alle auf die Straße gehen und uns zu dem bekennen, was wir sind und denken?

Menschen?

Sind wir Menschen mit einer gemeinsamen Zukunft oder verfallen wir nur demselben Trott wie vor Sekunden? Sind diese Gedanken wieder zu wenig? Sind wir das überhaupt noch, Menschen, wenn wir keine Gefühle mehr haben und uns nicht für andere interessieren? Ist das eine falsche Zukunft, so schwarz und trist?

Es ist nicht meine Entscheidung.

Vergeblich

Ich stehe am Rand
vom ganz großen Stand
des so tollen Lebens
versuche vergebens

das Gute zu finden
Doch unter den Linden
stehe ich
vergeblich

Was ich einfach will

Man sagte mir einst:
Ich dürfe nicht wollen
Ich hätte mich feinst
zu finden in Rollen

Ich dürfe nur bitten
mir sanft was erfragen
Mit all meinen Sitten
soll'n Wörter sich tragen

Doch nun ist Schluss mit diesem Spuk!
Ich kann nicht sein, wie ihr mich wollt
Das alles ist ein Trug
die Bürde, die ihr zollt

Ich will nicht hier nur sitzen
und spüren den Gesellschaftsdrill
Ich kann nicht leise witzen
da ich nur glücklich werden will

Meine Stifte sind Lunten

Als ich auf Berge oben
ein'n Platz fand, sah nach unten
war Haupte schnell erhoben
und meine Stifte Lunten

Der Nebel sank ins Tal
bei Licht am Horizonte
Im Winde wehte Schal
wo Vögelchen sich sonnte

Ich dachte nicht ans Morgen
Die Bäume trugen Blätter
wie ich die meinen Sorgen
Es war das Herbstzeitwetter!

Als ich hier oben saß
auf Bank mit meinem Stift
die Freude mich dann traf
vereint mit meiner Schrift

so dachte ich an dich
an jemanden wie mich
der träumt und fühlt und denkt
Gedanken Herbste schenkt

Verständnisphantasien
Gewidmet denen, die ich verstehen muss

» Ich weiß gar nicht, wie ich das sagen soll. Ich wünschte, ich könnte es. Ich wünschte, ich könnte mit dir über
alles reden; über meine Probleme, meine Vergangenheit
und die aktuelle Lage. Aber da sind Stimmen in meinem
Kopf. Sie waren schon immer da, weißt du? Ich hatte
das Gefühl, dass nicht nur ich, sondern auch ihr sie
gehört habt. Ihr müsstet sie gehört haben! Ihr alle! Und
ihr habt nichts dagegen getan. So oft hat man nichts
gemacht und dadurch eine Vorstellung in mir gefestigt,
jedem und allem egal zu sein. « Die Finger verkrampfen
und man sieht schuldig auf den Boden. Es herrscht eine
unangenehme Stille, etwas durchzieht den sonst so fröhlichen Raum. Er weiß, was er macht. Er weiß, was
passieren wird und er weiß, dass er diesen Ort nach
diesem Gespräch nie mehr wiedersehen wird.

» Es ist so viel geschehen. Man hat so viel
gesagt, man hat so viel gedacht und ich habe geschwiegen. Ich hatte einen großen Anteil. Aber zum ersten
Mal in meinem Leben wünsche ich mir, dass es jetzt
nicht um mich geht, dass ich nicht relativiert werde, dass
man mir zuhört. Ich habe so viel zu erzählen, ich hätte
so viel zu sagen. Ich habe doch so viel geschafft und
nach alldem, nach alldem, wofür ich mich angestrengt
habe und wofür ich stehe, schafft man es nicht einmal,
dies für nur eine Sekunde zu beachten. Man beachtet
mich nicht. Eher werde ich in eine Schublade gesteckt,
die mit Selbstmitleid betitelt wird, um das alles für euch
einfacher zu machen. Irgendwann muss Schluss damit
sein. Ich glaube, dass der Moment jetzt gekommen ist;
nicht nur für mich, sondern auch für euch. Das ist das,
was ihr euch sicherlich nie gewünscht hättet; dass auch
ich einmal interessant sein könnte, dass auch ich mich
einmal in den Mittelpunkt stelle, um alle anderen zu
verdrängen.

Ich habe lange Zeit gewartet, bevor ich dieses Gespräch mit dir führen wollte. Ich habe tatsächlich gedacht, dass man selbst auf mich zukommt, dass man tatsächlich eine Art Interesse dafür zeigt, mich verstehen zu wollen. Aber ich musste mir eingestehen, dass ich in einer kleinen Welt aus Illusionen lebe; in einer Welt aus Wünschen und Träumen, die sich nicht erfüllen werden. Und jetzt, wo ich auf dich zukomme, sehe ich ein, dass du dich nicht dafür interessierst. Es tut mir leid, dass ich so egoistisch bin und dir das jetzt alles an den Kopf knalle. Vielleicht mache ich es nur deshalb, weil ich es gar nicht anders kenne. Man hat mir Wörter und Denkweisen an den Kopf geworfen, die vielleicht gar nicht böse gemeint waren. Es tat weh, sowas von meiner eigenen Familie zu hören; und dann auch noch von Personen, die mir so unglaublich wichtig gewesen waren, Personen, von denen ich dachte, dass sie mich beschützen würden oder es wenigstens könnten. «

›Dick und faul‹ genannt zu werden, hat mich dazu veranlasst, vieles zu verändern. In vielerlei Hinsicht habe ich einen Wandel durchzogen, den ich eigentlich niemals machen wollte. Ich habe mich verändert; euch zuliebe. Trotzdem erreichte mich nie das, was ich wollte, was ich mir immer vorgestellt, was andere so leicht bekommen haben. Ich habe das nicht verstanden. Ich habe nicht verstanden, warum ich keine Blumen bekam. Ich habe nicht verstanden, warum man nicht in der Oper saß, wenn ich aufgetreten bin. Ich habe nicht verstanden, warum man das Buch nur in den Schrank gestellt hat, als hätte es keine Bedeutung. Es brauchte lange, um so vieles zu verstehen, weißt du? Es ist schwer, wenn man Sachen akzeptieren muss, die eben durch das Schicksal ›doof gelaufen‹ sind. Maria Callas sagte: ›*Es gibt Leute, die zum Glücklichsein geboren werden und andere, die zum Unglücklichsein bestimmt sind. Ich habe einfach Pech gehabt.*‹

Ich weiß, ich habe eine sehr nüchterne Denkweise, wenn ich sage, dass es mir egal ist, ob ich irgendwann sterbe oder eben nicht. Ich weiß, das ist irgendwie nicht normal, aber irgendwie bin das einfach nur ich. Es ist halt schlecht gelaufen bei mir, aber damit muss ich leben. Das Leben ist unfair, das habe ich schon früh verstehen müssen. Damit will ich nicht Mitleid erregen, sondern nur beschreiben, was ich dabei verspüre.

Es zerstört, wenn man stolz darauf ist, in einer Philharmonie aufzutreten oder in einer Oper zu singen und niemand erscheint; dass sich niemand bemüht, wenigstens Interesse zu zeigen, zuzusehen, wenn man auf einer Bühne steht und sich jeder andere freut, seine Familie im Publikum zu erblicken. Das bringt einen um. Das hat mich umgebracht und in meiner erträumten Welt, in der Phantasien mich am Leben hielten, Phantasien über ein glückliches Leben, ein zu perfektes; ein Leben, wo Träume Schicksalsschläge waren, leblos zurückgelassen. Es waren Phantasien über ein glückliches Leben, über eins, in dem man in den Arm genommen wird, egal, was passiert: eine Sicherheit, die ich niemals hatte.

So vieles ist geschehen; bei euch und in meinem Kopf. Es ist dort oben passiert; in meinen Gedanken. Ich muss etwas lächeln, wenn ich daran denke, was alles geschehen ist und ich versichere: ich verstehe euch. Ich habe plötzlich so viel Verständnis, Verständnis für all die Dinge, die ich wahrgenommen habe. Ich besitze nun ein Verständnis, das ich mir nicht von euch gewünscht, sondern erwartet habe. Damit bekommt ihr im Endeffekt, am Ende, ganz zum Schluss, mein eigenes Verständnis. Ihr bekommt es, weil ich es euch schenke. Ich schenke euch das, was eigentlich ich wollte: mein Verständnis für alles, was geschehen ist, mein Verständnis dafür, dass sich nichts mehr ändern wird und mein Verständnis, dass ihr auf diese Weise glücklich sein könnt. Man muss dazu geboren werden, geboren werden, um glücklich zu sein. Und ich verstehe es, dass ich es nicht bin. Ihr seid es und das ist umso schöner für mich. Dadurch habe ich so viel gelernt, so viel erlebt und vieles verstanden. So viel habe ich begriffen durch euch. Vielleicht lernt auch ihr eines Tages von mir, von den fantasievollen Gedanken, die in meinem Kopf sind, von den Gedanken, den Wünschen, die ganz versteckt zwischen diesen Zeilen stehen. Ihr werdet vielleicht irgendwann einmal meinen Kopf ergründen, meine Wünsche, meine Hoffnungen. Vielleicht werdet ihr mich eines Tages verstehen, mich, ganz alleine mich. Ihr werdet mich verstehen und sehen, wie viel ich zu sagen habe. Ihr werdet es sehen, ihr werdet mich sehen; mich in meiner Gänze, meine Vorurteile, meine Negativität und mich in meinem Leben.

Das weiß ich, ihr werdet es, irgendwann.

Irgendwann werdet ihr es, wir werden uns sehen. Ihr werdet mich und ich werde euch sehen; in euren Köpfen, in euren Gedanken und euren eigenen kleinen Träumen. Denn so verschieden sind wir vielleicht gar nicht, wie es sich immer angefühlt hat. Vielleicht sind wir uns doch so unglaublich nah, so unglaublich nah, dass man es gar nicht gesehen hat. Ich hab' es vielleicht gar nicht erkennen können. Ich habe vielleicht nur mich gesehen, nur mich im Mittelpunkt meiner Welt. Ich wollte nur das Verständnis von euch, ohne dass ich euch selbst mein eigenes gegeben habe. Es gibt so viel aufzuholen, so viel, was man sagen muss, wenn der Zeitpunkt gekommen ist. Er wird kommen, sicher, ich bin mir sicher. Und wenn es nur euer Lächeln ist, das mir dieses Verständnis zusagt: mein Verständnis für euch und eine bessere Welt. Eines Tages werde ich in der Sonne sitzen, in eurem Garten, und lächeln. Es wird geschehen, das weiß ich. Ich werde dort sitzen und ihr kommt alle zusammen; wir kommen zusammen. Wir sind eins, wir sind nicht mehr gespalten. Ich habe so laut geschrien, so laut habe ich auf mich aufmerksam gemacht und habe euch dabei vielleicht gar nicht gehört. Ich habe nur mich gehört, mich und meine Wünsche, die es nun zu überdenken bedarf. So bin ich, so werde ich auch immer sein. Es wird mich sicher ein Leben lang beschäftigen, ihr. Ihr werdet mich ein Leben lang beschäftigen, ein unendliches Leben, ein Leben mit Träumen, ein Leben mit so vielen Möglichkeiten; meinen eigenen, meine eigenen Möglichkeiten werde ich euch zeigen. Ich bin jetzt so glücklich, dass ich es nicht beschreiben kann. Ich bin so befreit; so befreit von diesem ganzen Ballast, von diesen Gedanken.

Ich bin ich. Ich bin frei. Vielleicht habe ich euch auch erlöst.

Ich bin frei von mir selbst, frei von eurem Verständnis. Ihr habt meins und sollt es für immer behalten. Steckt es euch ganz fest in eure Taschen, in eure Herzen und eure Köpfe. Ihr habt es jetzt. Ich schenke es euch, aber lasst mich gehen. Lasst mich von euch gehen, lasst mich einfach los. Ich bekomme Absolution. Vielleicht schließe ich hiermit inneren Frieden.

Wir sehen uns wieder; in meinen Phantasien, in euren. Ich bin nie wirklich weg.

Denkt an mich.

» Ich verstehe euch «, sage ich dann und gehe.

Nachwort

Das waren sie: meine *Verständnisphantasien*.

Das waren meine *Herzenswünsche*, meine so tiefen Wünsche über Trübsal, Schicksal, Zukunft und Verständnis. Sie sind ganz tief in meinem Herzen und in meinen Gedanken. Manchmal ist das alles wie ein wilder Ozean und dann ist alles wieder alles ganz ruhig. Mein Kopf ist ein riesiges Meer mit Gedanken und Träumen, mit Wünschen und Hoffnungen. Es gibt so viel zu sehen und noch mehr ist versteckt, versteckt unter so vielen Erinnerungen: Erinnerungen von mir und für euch. Mein Kopf ist ein Ozean und mein Herz der Wind, der ihn trifft. Das bin ich: mit Herz und Kopf, mit Gedanken und mit Erinnerungen, die nun auf den Grund meines großen Meeres sinken werden. Vielleicht werden sie eines Tages wiederentdeckt. Vielleicht werden sie dort auch für immer liegen, wer weiß das schon. Es sind meine Herzenswünsche, die sich dort befinden. Ich werde sie jedem geben, der sie haben möchte. Irgendwann wird sie jemand von selbst finden; irgendwann, irgendwann ganz sicher. Man wird in meine Augen sehen und sie sofort spüren. Man wird mein Herz berühren und die Wogen glätten. Aus dem Ozean wird eine ruhige See. Der Moment wird kommen, denn ich bin ein *Herzenskind;* ein Mensch mit Trübsal, Schicksal, Zukunft und Verständnis; ein Mensch mit Seele, jemand, der fühlt. Ich denke und frage, spreche und sage und ihr seid dabei. Das ist mir wichtig.

Ein Herzenskind

Die Spatzen, sie schwatzen

Die Spatzen, sie schwatzen
vor Fenstern, den meinen
Dann tu' ich sie sehen und gucken und reimen

Die Spatzen, sie schwatzen
und singen mir Lieder
Sie tanzen und springen im schönsten Gefieder

Die Spatzen, sie schwatzen
und blicken mich an
Die Spatzen, sie schwatzen
und grüßen mich dann

Ein Strauß Strohblumen

Bunte Kastanienblätter fallen
auf die grauen Wege
die wir einst liefen

Bunte Blüten verwelken
und fallen zu Boden
wie unsere glücklichen Zeiten

Doch am Ende des Tages
wenn dort die Strohblumen stehen
ist es das Leben. Ich mag es.

Am Bächlein

Hier ich nun stehe
am Bächlein und gehe
Sehe das Wasser, es springt
Dort ist ein Vogel, er singt

Hier ich nun stehe
am Flusse, am Bach
Ich sitze und flehe:
» *Vorbei mit dem Krach!* «

Ich sitze am Bach
und seh' in den Fluss
Ich gucke und lach'
schenke dem Lärm einen Kuss

08. Juli 2017

Die Hummel

Die Hummel, sie schwebt
in Lüften und klebt
an Blüten, den schönen
Es herrscht lautes Frönen!

Die Hummel, sie brummt
und lautstark sie summt
Sanft Liebe sie zeigt
wenn Flügel sie neigt

Wenn die Rosen blühen
Die Erzählung von Herrn Lehmann

Rosen waren schon lange meine Lieblingsblumen gewesen. Schon lange bewunderte ich sie für ihre Schönheit, für die Vielfalt und auch für die Dornen, die Schmerzen verursachten, wenn man nicht aufpasste, wo man seine Finger hielt. Rosen waren schon meine Lieblingsblumen gewesen, bevor Herr Lehmann in mein Leben trat und mir die Bedeutung von allem zeigte, was sich als Leben verstand.

Auf einem Feld hinter den Straßen der Stadt stand lange Zeit ein weißes Haus: ein Haus mit vier Wänden, einem schwarzen Dach und weißen, gemusterten Gardinen, die die Fenster schmückten. Sogar eine kleine Bank stand davor. Sie war aus Holz gefertigt und war bereits etwas vergilbt. Pappeln ragten hinter dem Haus hervor, ein Zug durchschnitt die Felder und zu allen Seiten des kleinen Heims standen die Ähren von Roggen, Gerste und Weizen in einer güldenen Tracht. Es blühten die letzten Sonnenblumen, doch das wusste ich noch nicht.

Es war magisch, wie es sich dort erbaute, dieses einzige Haus. Es stand fernab der Stadt.

Die Sonne schien auf die blasse Haut eines Mannes, der vor dem Anwesen saß. Es war ein Freitag, ein dreizehnter August. Und wie immer, wie es Kinder eben machten, hüpfte ich über das Feld und setzte mich schließlich neben ihn. Wir starrten nun gemeinsam auf die prächtige Flur, die sich vor unseren Augen in der Sommerhitze erhob. Wir sagten nichts. Es war wie immer. Er reichte mir einen Kakao und ein paar Kekse, die er meinetwegen gebacken hatte. Ein paar Vögel zwitscherten aus den Ästen der Bäume hinter uns, so, wie es immer gewesen war. Manchmal wünschte ich mir, dass sich Herr Lehmann eine Schaukel kaufen würde, damit man der Sonne beim Schwingen näherkommen konnte. Aber ich glaube, dass ihm das zu unruhig gewesen wäre; das würde dann vielleicht quietschen und nicht in die Umgebung passen, die er sich erbaut hatte. Herr Lehmann machte das wahrscheinlich schon alles richtig. Er wollte seine Ruhe. Das erklärte vielleicht auch, dass zum Haus keine Straße führte. Ich bezweifle, dass ihn in den Jahren, die er dort mit seiner Glückseligkeit verbrachte, auch jemand, außer mir natürlich, fand: weder der Postbote, noch seine Familie oder sonst jemand. Ich war der einzige, der ihm einen Besuch abstattete und mit ihm seine Zufriedenheit teilte. Ich spielte oft mit Herrn Lehmann, meistens dann, wenn niemand bei mir Zuhause war. Ich glaube, dass er sich immer auf mich gefreut hat, wenn ich kam; und ich kam gerne. Das Haus von Herrn Lehmann schien mir wie eine Idylle, ein verlorenes Paradies, das die Menschen immer gesucht hatten. Es war Glück gewesen! Einige hatten diesen Platz bei sich zu Hause gefunden, andere in fernen Ländern, aber ich, ich musste nur Herrn Lehmann besuchen, um ins Paradies zu gelangen. Was gab es schöneres als Bäume, Blumen, Tiere und jemanden, der sich auf einen freute?

Ich glaube, Herr Lehmann war früher nicht so glücklich wie heute. Ich glaube, dass er vielleicht einen langweiligen Beruf hatte oder sowas in der Art. Vielleicht mochte er auch keine Menschen. Ich hätte das gerne gewusst, aber dafür fehlte mir die Zeit. Denn wir machten jeden Tag etwas Neues. Wir spielten, lachten und erzählten uns Geschichten, die kein anderer je kennenlernen sollte. Oft sprach er von einem Land auf der anderen Seite der Erde. Ich verstand gar nicht, was er damit meinte. Aber die Glückseligkeit, die ihn damit begleitete, immer wenn er mir von diesem Ort erzählte, war unbeschreiblich gewesen. Manchmal floss ihm sogar eine kleine Träne über das Gesicht, so sehr freute es ihn, wenn er davon sprach. Ich glaube, dass Herr Lehmann sich immer wünschte, zu diesem Ort gehen zu können und sich sehr danach sehnte. Er meinte, er würde alle wiedersehen: seine Schwester und seine Mutter, seinen Vater. Aber er sagte dann auch immer zu mir, wenn ich fragte, warum er denn nicht ginge, dass ich ihn auf dieser Seite der Welt behielt und er mich ja nicht einfach zurücklassen durfte. Das fand ich immer nett von ihm. Ich hatte ja sonst keinen. Meine Eltern waren nicht bei mir und mein Zuhause war ein kalter grauer Boden geworden.

Manchmal ging ich auf Straßenfeste und sah in die Gesichter der glücklichen Kinder; in die Gesichter von den Kindern, die nicht alleine gewesen waren, sondern eine Familie ›ihre eigene‹ nennen konnten. Und ja, es erfüllte mich mit demselben Glück, das sie empfanden. Ja, ich war froh gewesen und hoffte, dass Herr Lehmann irgendwann auch mal mitkommen würde. Aber nein, er saß nur in seinem kleinen Haus und ging von dort auch nur selten weg; vielleicht, wenn die Milch mal ausgegangen war oder er meinetwegen Zutaten für Kekse besorgen musste.

Die Straße war immer sehr kalt, das war traurig. Sie war der kälteste Ort, den ich je kennenlernte. Nachts verkroch ich mich in Häusernischen, denn dort war es wärmer als auf der Straße. Es war auch viel geschützter, da man in der Dunkelheit, die ich nur allzu gut kannte, nicht zum Vorschein kam. In diesen Momenten erinnerte ich mich immer an die glücklichen Gesichter, die ich den Tag über gesehen hatte. Ich sah jedes einzelne vor mir, bis ich dann schließlich einschlief und darauf hoffte, am nächsten Tag wieder zu Herrn Lehmann gehen zu können. Obwohl ich Herrn Lehmann nie erzählte, woher ich kam, glaubte ich, dass er es dennoch wusste. Ich glaubte, dass er es ganz genau wusste, wo ich lebte. Aber das wollte ich ihn nicht fragen. Es gab viel mehr zu sagen, als nachzuforschen. Und wie ich nichts erzählte, erzählte mir Herr Lehmann auch nie etwas von sich. Das war vielleicht wie ein

kleiner Bund zwischen uns. Es war unser imaginäres
Geheimnis, das nur zwischen uns beiden existierte.

Herr Lehmann hatte einen Ball, einen roten, mit dem
ich immer spielen konnte, wenn er auf der Bank saß,
vor sich hinlächelte und in den Himmel blickte.
Manchmal beobachtete er die Wolken so genau, dass ich
mich immer wunderte, was er wohl in ihnen sah. Dann
legte ich mich auf das Gras und sah mit ihm zusammen
in den Himmel. Von den Wolken, die ich über uns
erblickte, glaubte ich immer, dass sie niemals regnen
würden; sie waren zu schön, um mitsamt einem Regen-
schauer zu verschwinden. Ich wollte sie behalten. In
diesen Augenblicken hoffte ich immer, dass ich nicht der
einzige war, der diese Wolken sah und das, was ich in
ihnen erblickte; dass es mehr Menschen gab, die gleichzeitig mit mir in den Himmel blickten. Einige Formen
sahen aus wie Blumen, andere wie ein altes Buch und
manchmal war da sogar ein kleines Schaf, das hin und
her sprang. Es hüpfte mit einer Leichtigkeit, der ich
mich anschloss und aufstand. Manchmal war ich sogar
der Überzeugung, ich würde hier einen anderen Jungen
sehen. Er lag immer auf einem Berg im Gras unter einer hohen Linde. Manchmal war er dort und manchmal
wieder nicht. Ich hätte ihn gerne getroffen, aber zufälligerweise war er immer dann weg, wenn ich mich auf
den Weg machte, ihn kennenzulernen. Er war wahrscheinlich auch in seiner eigenen kleinen Traumwelt
gefangen; mit seinen eigenen Gedanken und dem, was
er in den Wolken erblickte. Daher tanzte ich alleine.
Manchmal regnete es anschließend, doch das war mir
egal und auch Herrn Lehmann war das gleichgültig
gewesen: Er saß ja unter seinem Dach auf seiner Bank.
Dann sah er mich an, lachte laut los und tatsächlich
konnte ich ihn manchmal überreden, mit mir mitzu-
tanzen. Wir hüpften hin und her und rutschten das ein
oder andere Mal im Schlamm aus. Wir hatten gemeinsam sehr viel Spaß gehabt. Ich genoss die gesamte Zeit

mit ihm. Es war wirklich schön, so viel hatte ich in meinem ganzen Leben noch nie gelacht. Danach haben wir auf der Wiese kleine Insekten betrachtet und und sie gezählt. Einige Käfer behielt ich und steckte sie ins Glas. Herr Lehmann musste mir hoch und heilig versprechen, dass er sie niemals laufen lassen würde. Dann kam ich am nächsten Tag wieder und fütterte sie mit einigen Salatstückchen und Blumen. Ich baute sogar ein kleines Nest. Sie alle sollten eine Heimat haben, einen Ort, der sie nie verließ, der sie beschützte, der sie vor all den bösen Räubern ihrer Welt verteidigte. Ja, bei mir im Käfig waren sie sicher. Sie hatten ein Zuhause.

Im Haus von Herrn Lehmann waren viele Zimmer. Ich konnte sie gar nicht alle zählen. Da war eins, das von oben bis unten nur mit Hüten gefüllt war und in dem Nadeln, Fäden und Stoffe von der Decke herunterhingen. Manchmal schnitt ich mir etwas ab und machte mir einen eigenen Hut; mir und Herrn Lehmann! Wir machten bestimmt einmal in der Woche Hüte und dazu tranken wir Tee und aßen Kekse. Sonst gab es immer nur Kakao. Ein weiteres war mit Streichhölzern gefüllt und immer, wenn man eins von ihnen nahm, es anzündete, erschien ein kleines Bild im Rauch. Doch man konnte es nur so lange sehen, wie man das Feuer an den Fingern aushielt. Ich schaffte es sogar, dass ich fünf Sekunden lang eine Familie mit Sohn sehen konnte, ach, wie schön waren diese Bilder! Auch Herr Lehmann musste schmunzeln. Nie doppelte sich eins von ihnen! Herr Lehmann zog sich eine kleine Kapuze über und stand neben mir. Dann zündeten wir zusammen kleine Schwefelhölzchen an und erfreuten uns an der Wärme und den kleinen Erzählungen, die sich vor unseren Augen abspielten. Mein Lieblingszimmer war aber eins, in dem Sterne von der Decke rieselten. Ich verbrachte Stunden in diesem Raum, zog ein kleines weißes Hemdchen über und deckte mich manchmal zu, wenn es mir zu kalt wurde. Und je öfter ich lachte und tanzte, desto öfter sanken die kleinen Sterne von der Decke herab und strahlten mir ins Herz. Ich umarmte sie dann ganz fest und drückte sie. Ich nahm das ganze Licht in mich auf. Und wenn das Licht irgendwann verschwand, stand immer ein kleiner Name in den Sternen. Manchmal gaben sie mir auch ein Bild oder einen kleinen Gegenstand. Ich sammelte die kleinen Lichter in einem Schrank neben dem Schreibtisch, den mir Herr Lehmann extra geschreinert hatte. Ich glaube, er hatte sogar das ganze Haus alleine errichtet. Davon war ich total fasziniert! Ich sammelte meine Sternchen wie kleine Taler. Wie Münzen steckte ich sie in Bücher oder stellte sie in Regale oder klebte sie an die Wand. Und obwohl ich immer das ganze Licht aus den Sternen drückte, leuchteten sie doch stets ein klein wenig auf, wenn ich den Raum betrat. Aber ich glaube, das konnte nur ich sehen. Es gab ein Sternchen, das ich ganz besonders liebte. Das habe ich sogar einrahmen lassen. Es hat mir ein Foto geschenkt. Man sieht Herrn Lehmann, der seine rechten Hand auf meine Schulter legt. Er steht hinter mir und lächelt. Ich lache lauthals. Im Hintergrund ist das Haus und die Pappeln mit den Vögeln.

Es vergingen viele Tage, viele glückliche, bis ich von dem kalten Boden weggeholt wurde. Ich kam zu Leuten, die sich Familie nannten. Nun konnte ich Herrn Lehmann leider nur noch selten besuchen.

Als ich zu dieser Familie kam, die mich liebevoll bei sich aufnahm, spürte ich etwas ganz Warmes in mir erwachen, irgendwas ganz Schönes, etwas Wunderbares. Es war wie bei Herrn Lehmann, nur anders! Der Tag war zauberhaft gewesen. Das war alles neu für mich. Ich kannte nur die Sterne, aber die brauchte ich nicht mehr. Ich hatte jetzt jemanden, der sich um mich sorgte und mir auch immer all das ermöglichte, was ich brauchte. Ich hatte nun jemanden, der mir sein Licht gab. Und das Schönste war, dass ich gar nicht mehr in Häusernischen schlafen musste und nun mit anderen Kindern spielen konnte! Ach, wie lustig sie alle waren! Und ich war so froh, endlich nicht mehr alleine umherlaufen zu müssen.

Ich besuchte an diesem dreizehnten August endlich wieder den Herrn Lehmann. Lange Zeit war vergangen. Vielleicht waren es auch nur drei Monate. Ich sei schon etwas größer als vorher, sagte er mir dann. Ich umarmte ihn, er lachte und gab mir Kekse, wie es immer gewesen war. Doch er sah etwas anders aus. Ich spielte dann auf der Wiese, ging zu den Bäumen und sah mir nochmal die schönen Vögel an. Da saßen ganz exotische und welche von hier und dort, selbst Emmett! Sie waren alle bei mir, sonst hatte ich dieses Glück nie. Heute konnte ich sie sogar streicheln. Auch alle Käfer kehrten zurück, die mir ab und an weggelaufen waren. Sie kamen alle wieder zurück ins Nest! Als hätte jemand gezaubert! Ich durchstreifte das gesamte Haus und schneiderte mir einen Hut mit kleinen Federn und einem kleinen Herzen in der Mitte. Dann malte ich noch ein paar Blumen mit lächelnden Menschen und setzte ihn mir auf. Ich lief in das Zimmer mit den Sternen und nahm mir nochmal den mit dem Bild mit Herrn Lehmann zur Brust, streichelte ihn, als wollte ich diesen Moment noch einmal fühlen und steckte ihn mir tief in die Hosentasche. Dann wurde es schon spät und ich musste gehen. Man machte sich sonst Sorgen, wenn ich nicht pünktlich erschien. Deshalb schenkte man mir auch eine Uhr, denn damit konnte ich immer genau kontrollieren, wie lange ich wo war und wann ich woanders sein musste.

Danach lief ich über das Feld, umarmte meinen Herrn Lehmann und er lächelte zurück. Er lächelte diesmal etwas spitz. Das sah witzig aus! Ich glaube, wir beide merkten, dass etwas Besonderes geschehen würde und ich war kurz davor, mich auf den Boden zu schmeißen und einfach zu weinen, aber Herr Lehmann nahm mich fest an die Hand und streichelte meinen Kopf. Er sagte dann zu mir, als ich kurz davor war, seine Hand loszulassen, dass wir uns wiedersehen; und es bekräftigte mich. Ich war dazu bereit. Ich freute mich für ihn und er sich für mich. Es war ein guter Schritt.

» Wir sehen uns, wenn die Rosen blühen! «

Und dann lief ich. Ich rannte wieder zurück und drehte mich nicht um. Erst als ich an der Straße stand, warf ich einen letzten Blick auf das Haus mit den Pappeln und Herrn Lehmann. Dann sah ich, wie er sich einen Hut nahm und aus dem Hause lief. Er lief einfach geradeaus. Ich glaube, jetzt war es Zeit, dass er seine eigene Familie fand.

Nachwort

Als ich dann größer war, wollte ich wieder zu ihm. Aber so sehr ich mich auch anstrengte, ich fand sein Haus nie wieder. Immer wieder, wenn ich dort ankam, wo ich sein Haus vermutete, sah ich nur ein kleines Feld, das zum Verkauf stand. Kleine Pappeln wuchsen an der Seite des Grundstücks und es war Platz genug für eine Heimat. Es war Platz genug für ein kleines Schild mit der Aufschrift: Hier wohnt Familie Lehmann, Familie Lehmann mit zwei Kindern, einer Frau und einem Mann.

Den Stern aus meiner Hosentasche fand ich zwar auch nie wieder, aber er hatte sich in meinen Gedanken verinnerlicht und daher trug ich ihn wohl trotzdem immer bei mir. Ich erinnerte mich mein Leben lang an seinen letzten Satz und pflanzte überall, wohin ich auch reiste, eine kleine Rose. Ich pflanzte sie in die verschiedensten Böden, an den verschiedensten Orten und Landschaften. Von jeder machte ich mir ein Foto und steckte es mir an meine Pinnwand.

Die Welt erblühte, auch wenn es nur für mich gewesen war, in einem Meer aus Rosen. Die ganze Welt hatte sich für mich durch eine einzige Entscheidung verändert.

Die Sonne schien genauso, wie ich es in Erinnerung hatte. Ich setzte mich auf einen großen Stein, der im Feld lag, und trank eine Tasse Kakao, als ich wieder hinauf in den Himmel sah und sich Schäfchenwolken in die irrwitzigsten Formen und Figuren annahmen.

11. April 2016

Vermissen der Tage

Wir vermissen die Tage
an denen wir Glückliche waren
und stell'n uns die Frage:

» Warum sind sie entschwunden? «
Durch den Hall der so lauten Tage
wir sie damals verloren

Wir fragen uns dann:
» Was haben wir falsch gemacht? «
Und kommen zum Schluss:

Es war dieser Kuss

Ein anderes Leben

Ich weiß es nicht
Wie soll ich es sagen?
Es ist meine Pflicht
für alle, die klagen

zu schreiben meine Zeilen
damit and're sie versteh'n
Die Wörter, wir sie teilen
und alleine unsere Leben geh'n

Vielleicht führen wir ein anderes Leben?
Unvorstellbar ist es für viele
dass wir dem Sinn einen anderen geben
Es sind traurige, einsame und trostlose Ziele

Abschied

Abschied ist schwer
Ich weiß
Man fühlt sich so leer
und alles ist leis'

Wo laut war
ist leise
Gute Momente sind rar
bei dieser neuen Reise

Die Reise allein
nicht mehr zu zweit
Man ist selbst sein mein
teilt sein eigenes Leid

Der Abschied ist schwer
man fragt nach dem Sinn
Doch er bringt uns was her:
auf Abschied Beginn

Au Revoir, Aurélie

Gewidmet dir, Amena

Es gibt nicht viele Erzählungen über die Frau, von der ich jetzt berichte. Es ist die zweite, die so wirklich existiert und mich mit einem Lächeln auf den Lippen verlassen hat. Ich baue sie an dieser Stelle in eine Welt voller Perfektion, weil sie genau hier den Platz findet, den sie wohl immer gesucht und schlussendlich auch verdient hat.

Aurélie verließ die Realität und verewigte sich auf diesen Zeilen. Das schaffte sie, indem sie ihre Meisterwerke von der großen Bühne der kleinsten Theater nahm. Sie reihte ihre Wörter in eine Sammlung von Ikonen und, mehr noch, von Kopien. Es waren Kopien von schlechten Inhalten, von schlechten Geschichten und von noch schlechteren Autoren. Aurélie war frustriert. Was sollte sie machen? Sollte sie in einer Welt leben, die für die Mittelmäßigkeit geschaffen war? Sollte ihr der Weg für die großen Bühnen dieser Welt verwehrt bleiben, bloß weil niemand die Kraft ihrer Worte verstand? Sie hatte wohl die schillerndsten Gedanken und die prächtigsten Ideen, die man sich nur vorstellen konnte.

Aurélie, ich muss dir gestehen, dass ich dich niemals in diese Welten setzen wollte. Ich hätte nie gedacht, dass ich das machen müsste. Aber so verändern sich die Zeiten und du hast gezeigt, welche Kraft in dir steckt und was geschieht, wenn du das tust, was dir liegt. Es tut mir weh, wenn ich dich mit diesen Worten beschreiben muss, die du vielleicht niemals wählen würdest. Sind sie falsch? Sind sie richtig? Noch nie ließ ein Text mich derart verzweifeln. Bravo, Aurélie! Ich verneige mich vor dir. Du hast es geschafft, dass man dich schätzt. Du hast dich begehrenswert gemacht. Du hast dich in diese Erzählung geschlichen, besser noch; du bist die Erzählung geworden. Du bist eine Geschichte. Du bist die

Erzählung einer starken Frau, die für sich das Beste suchte.

Ich habe mir gedacht, dass ich dich in die Welt von Margerie schicke. Du sollst ihre beste Freundin sein, die niemals benannt wurde. Ich glaube, das passt am meisten. Wie gefällt es dir, Aurélie? Magst du dich so, wie du bist? Möchtest du die rechte Hand von Margerie sein? Schwärmst du vielleicht für den Protagonisten, der keine Aufmerksamkeit von deiner besten Freundin erhielt und nur ihren letzten Koffer fand? Standest du vielleicht vor den Fenstern der Kapelle in Camaret-sur-Mer und hast dich nicht getraut, durch die Tür zu gehen, weil du nicht eingeladen warst? Hast du die Narzisse an dich genommen? Hast du vielleicht die Narzisse aufgehoben und in deine Haare gesteckt, als alle tanzenden Menschen aus der Kapelle gingen? Hast du danach vielleicht alleine getanzt?

Wieso habe ich dich nicht viel früher gesehen, Aurélie?

Langsam wird dein Bild stärker. Ich zeichne deine Umrisse mit meinen Worten. Es ist, als schreibe ich Blut. Es tut mir so weh, dass ich dich hier erschaffen muss, damit ich dich nicht vergesse, Aurélie, du anmutige, du starke, du besessene Persönlichkeit. Deine Heimat soll Paris sein, du sollst Margerie schon in deiner Kindheit kennengelernt haben. Kannst du häkeln und stricken? Ab sofort ist es deine Leidenschaft. Du arbeitest in einem Geschäft von Prada; oder doch Dior? Was, meinst du, passt besser zu dir? Als engste Freundin von Margerie magst du sie, aber bist auch sehr neidisch. Oh Gott, wie eifersüchtig du bist! Du gönnst ihr den Erfolg, willst aber auch etwas abhaben.

Du willst nicht nur ihr Schatten sein. Du bist Aurélie, die Aurélie.

Als ich nach einem Bild für dich gesucht habe, wollte ich

eine Frau mit einem Koffer. Ich mag diese Vorstellung sehr und du? Es hat sich bei mir manifestiert und genauso sollst du aussehen. Das bist du, Aurélie. Brauchst du einen Nachnamen? Ich glaube nicht. Dein Vorname soll für dich stehen und uns allen in Erinnerung bleiben.

Weißt du, was es für eine Bedeutung hat, wenn ich dich hier verewige? Du reihst dich in eine Folge von Charakteren, die mich fortan immer begleiten sollen; bis in alle Ewigkeit. Du bist ab sofort ein Teil von mir, weißt du das? Du wirst dabei sein, wenn ich heiraten sollte, bei Manpupunjor. Du kennst die Gewinner, du kennst Lola; du kennst alles, was mich ausmacht. Du wirst bei meinen nächsten Abenteuern, bei meinen nächsten Erzählungen, nun fortan immer an meiner Seite stehen.

Ich brauche noch unbedingt ein Synonym für dich, Aurélie. Irgendwas muss ich mir noch überlegen, was dich stellvertretend beschreiben soll. Aber dann musst du verschwinden, auf jeden Fall. Die Erzählung soll ja realistisch wirken. Das wird schließlich dein Höhepunkt.

Ich glaube, du musst Margerie verlassen, Aurélie. Es tut mir leid.

Margerie wird es nicht merken, versprochen.

Habe ich dir jetzt wehgetan?

Aurélie, du wirst nach New York ziehen. Weißt du wieso? Weil du dort ein neues Leben anfangen kannst; ein neues Leben mit einem Mann und einem wunderbaren Beruf. Du sollst Schneiderin werden, ein Modeunternehmen gründen, bevor du hauptberufliche Autorin wirst. Wie klingt das? Aurélie, du sollst glücklich werden! Du sollst ›du selbst‹ bleiben, auch wenn es mich so schrecklich schmerzt. Vielleicht tut es dir ebenfalls weh, ich weiß es nicht. Du sollst mit einem Koffer und einer Nähmaschine in Ellis Island ankommen. Es soll ganz klassisch wirken. Du sollst untergehen in der

215

Menge. Oder doch herausstechen?

Herausstechen klingt besser.

Du brauchst auch unbedingt noch ein Zeichen, damit man weiß, wer gemeint ist.

Beziehungsweise soll ich wissen, wer gemeint ist.

Deine Lieblingstiere sind ab sofort Quallen. Du findest sie gut, weil; weil sie sehr schön aussehen und du sie als Kind immer am Strand gesammelt hast. Du sollst die Quallen mögen, die diese Blumen auf dem Kopf tragen. Jede Person, die erscheint und in Bezug zu Quallen gesetzt werden kann, soll an dich erinnern, Aurélie. Ich möchte, dass du ein fröhlicher Mensch wirst. Du sollst einen Mann bekommen und Margerie wird dich besuchen, aber das wird keiner wissen. Ich werde die Erzählung enden lassen, als du dich von Margerie verabschiedest. Du wirst mit erhobenem Haupt aus der Tür gehen. Du trägst ein Kleid von Dior, H-Form, blau mit weißem Kragen, also ganz typisch. Ihr habt euch in einem Streit getrennt, weil du deiner besten Freundin erklären wolltest, dass sie ein wundervolles Leben hat. Aber ihr wusstet beide nicht von eurem Schicksal, von eurem eigenen Leben. Etwas verwirrend, oder? Aber so ist das Leben manchmal, verwirrend. Dinge geschehen, von denen man niemals erwartet hätte, dass sie uns ereilen würden.

Warum bist du gegangen, Aurélie?

Du musst dich jetzt selbst finden. Beeile dich!

Ich weiß, dass du in New York, neben deinem Modegeschäft, als wunderbare Literatin Erfolg haben wirst. Du wirst Musicals schreiben, weißt du? Sie werden beliebt sein.

Du wirst berühmt. Aurélie, meine Aurélie, wird berühmt.

Ich habe dir ein gutes Schicksal gegeben, eins, das du verdient hast.

Aurélie, hiermit habe ich dich erschaffen und werde dich nun gehen lassen müssen. Ich vermisse dich, deine Worte, deine Ideen und deine Bilder. Die Bilder waren wirklich toll, die du gemalt hast. In meinem Kopf werden sie für immer bestehen. Jetzt zum Schluss sehe ich dich nur auf diesem großen Dampfer, der von Le Havre abfährt. Du winkst mir zu und verschwindest anschließend hinter einer Reihe von Leuten, die ich alle nicht kenne. Du versteckst dich hinter Personen, die ich noch nicht erschaffen habe.

Du wirst der Geist meiner Worte bleiben, Aurélie.

Ich winke dir zu, doch du siehst mich nicht mehr.

Und es bleiben mir nur die letzten Worte:

Au Revoir, Aurélie

November

November, meine Liebe
November, mein Hass
November, deine Hiebe
machen mich blass

Du gibst mir so viel
und nimmst mir so sehr
Ist es dein einziges Spiel
oder mein Traurigkeitsheer?

01. November 2016

Felde im Herbst

Ich sitze hier
sehe hinaus
Dort ist ein Feld
dort gradeaus

Felde im Wind
Blumen und Blüten
wird etwas hüten!

Ich seh' und gucke
wie Feld sich umhüllt
wie Felde sich füllt

Unser letztes

Und so spiel'n wir uns're Spiele
spielen, als sei's das letzte
So lebe ich die Ziele
die ich selbst mir setzte

damals, vor so langen Jahren
als wir spielten uns're Spiele
um welche wir uns scharten
Und so leben wir die Ziele

leben unsere Leben
als sei'n sie uns're letzten

07. Februar 2016

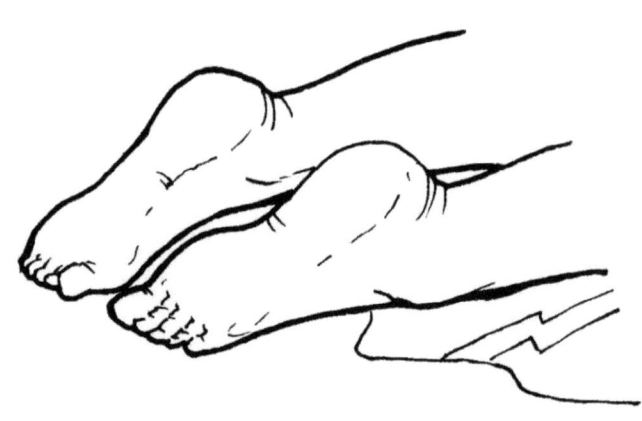

Der Mordfall
von Elisabeth Almond

*Regen bedeckt die Häupter in der Nordstraße vier des kleinen Dörf-
chens unweit der sandigen Dünen und des berauschenden Meeres
der britischen Ostküste. Eine große Menschentraube versammelt
sich vor dem vom Verfall gezeichneten Haus mit blühendem Vor-
garten. Getuschel und Erschrecken mischt sich unter die Leute.
Frauen bedecken ihre Münder und Männer schütteln ihre Köpfe.*

Es war ein kalter Sommermorgen, untypisch für die
Jahreszeit. Die See war in den letzten Tagen ganz rau
gewesen. Das Dünengras wehte unruhiger. Die Menschen wirkten härter, die Natur kalt. Es war eine komische Zeit, eine komische Zeit mit komischen Menschen.

*Wir schreiben das Jahr sechtzehnhundertdreiundsiebzig, als unweit
großer Städte auf einer kleinen Insel ein ganz normaler Mord
passierte, als hinter hohen Bäumen tatsächliche Wunder geschahen.*

Es war Elisabeth Almond, die dort aus dem Haus mit
den Holzbalken getragen wurde. Ihr Arm hing leblos
herab und schleifte beinahe über die rutschigen Pflastersteine der Straße. Aus ihrem Mund floss noch frisches
Blut, ihre leeren Augen waren geöffnet und streiften
durch die Menge. Jeder richtete seinen Blick auf sie. Es
gab keinen, der sie nicht abwertend betrachtete. Sie
starb so, wie sie gelebt hatte. Ihre Leiche wurde in einen
Lastwagen gehoben, es erschallte ein Peitschenhieb und
dann brachte man sie weg. Dann wurde sie nie wieder
gesehen. Dann war sie verschwunden. Nichts blieb von
ihr übrig. Sie lebte, wie sie starb: alleine und von allen
Leuten für ihre Existenz verurteilt. Sie hatte zu gehen;
wie auch immer. Sie war gekommen und hatte ihre
Chance verspielt. Jetzt musste sie den Preis dafür bezahlen. Sie allein hatte ihren Tod und ihren Irrglauben zu

verantworten. Sie war nicht wie die Menschen des Dorfes geworden.

Elisabeth Almond zog vor zwei Wochen in das Dörfchen an der britischen Ostküste. Sie kam von weit her und machte sich alleine auf den Weg, die Welt zu erkunden. Sie wollte die Blumen der Insel und ihre Menschen kennenlernen. Die Vorstellung von verwunschenen Stränden und eigentümlichen Leutchen verzauberte sie, sodass sie sämtliche Sorgen vergaß. Vermutlich war es in ihrer Heimat anders gewesen. Auf den Straßen erzählte man sich, dass Elisabeth wohl, dort wo sie herkam, eine verstoßene Prinzessin gewesen war.

Schon ihre Ankunft sorgte für Tumult. Mit Fächer, einem langem Kleid und braunem Weidenkorb stolzierte sie die Straße entlang. Abfällig betrachtete man sie,» *Elisabeth* «. Sofort verstanden sie, was Elisabeth Almond mit ihrem Auftritt ausdrücken wollte: Für die Leute, die sie erblickten, war es klar, dass Elisabeth nur zeigen wollte, wie besonders sie war. Elisabeth sprach zwar weder ihre Sprache, noch verstand sie jemand, aber alle glaubten zu wissen, was sie meinen würde.

Man fand sie im dunklen Flur, in dem die Kerzen schon komplett heruntergebrannt waren. Ihr Körper schlug ans Treppengeländer und das Blut spritzte an die Wand gegenüber. Am Ende lag sie auf dem Holzboden mit dem Teppich. Dunkles Licht bedeckte ihren Körper, als man sie fand.

Elisabeth —

Der Mordfall von ›Elisabeth Almond‹

Später wurde in einer dunklen Kammer die, wohl doch bekannte, Ursache des schrecklichen Todes herausgefunden. Entgegen aller Annahmen nahm die Gendarmerie erste Ermittlungen wahr. Die Anhörungen begannen, die Lichter sollten in diesen Tagen im Gebäude länger brennen. Eine neue Akte wurde beschrieben und aufgeschlagen: *Der Mordfall ›Elisabeth Almond‹.*

Der erste Zeuge, der vor die örtliche Gendarmerie geladen wurde, war der Ortsvorsteher Mister Newton gewesen. Mister Edgar Newton pflegte einen gehobenen Hausstand am anderen Ende des Dorfes in der Südstraße neunundvierzig. Als Schulze stand ihm für seine vier Kinder samt Weib ein großes Gehöft zu.

» Eine solche Tat gehört bestraft, keine Frage «, sagte er, als man ihn darauf ansprach. » Aber wer in unser Land kommt, der hat auch unsere Regeln zu beachten; ganz gleich, wie alt oder jung der Betroffene ist. Ich sage Ihnen ganz ehrlich: betrauern tu' ich diesen Falle nicht; und das ist meine Meinung. «

Auf die Frage, wo der Bürgermeister zu der Tatzeit gewesen war, antwortete er mit dem Namen einer Gastlichkeit. Mit Garde und gehobenem Haupt verließ der Erste den Raum des Protokollanten.

Misses Abigail Parker war Verkäuferin auf dem Markt gewesen, der sich unweit des Hauses der Verstorbenen befand. Sie war keine Unbekannte. Im Dorf hatte ihr Name aufgrund von Klatsch und Tratsch, den sich die Leute erzählten, eine Größe sondergleichen angenommen. Dennoch war sie, wie jeder andere auch, ein Teil der Dorfgemeinschaft gewesen, denn ihre Familie lebte ja schon immer dort. Tagtäglich kleidete sie sich mit einer weißen Mütze und einem rostroten Rock, verkaufte vorwiegend Erdäpfel und die Karotten des Ackers, den ihr Gatte unweit des Dorfes betrieb. Auf die Frage, was sie im Winter tat, um ihr Leben zu finanzieren, schwieg sie, sah peinlich berührt nach unten und spielte mit ihren Fingern. Was sie tat, war ihr unangenehm gewesen.

» Was wissen Sie über Miss Almond? «, erkundigte sich einer der Gendarmen.

» Sie war komisch, sehr anders «, besorgt und

beinahe flüsternd, als würde sie jemand beobachten, sprach die Dame und rückte nah zum Wachtmeister.

» Sie hatte wohl kein Geld, kaufte nie bei uns ein, arrogantes Ding. Ich schätze, sie wollte sich hier vielleicht ein neues Leben aufbauen. Aber wie soll man das schaffen, wenn man sich nicht anpasst? « Abfällig schnalzte sie mit der Zunge.

Elisabeth Almonds Fall beschäftigte die Gendarmerie nur für einen kurzen Zeitraum. Der Mord an einer fremden Person war nicht weniger wert als der Diebstahl eines lausigen Erdapfels. Obwohl eine, erst seit zwei Wochen im Dorf lebende, Frau mit ferner Herkunft umgebracht wurde, verwunderte es erstaunlicher Weise niemanden. Nach ihrem Tod liefen die Menschen weiterhin fröhlich auf den Straßen entlang, als sei nichts geschehen.

Mister James Connery war der dritte Zeuge im Fall von Elisabeth Almond gewesen. Ihm gehörte das vom Efeu geplagte Haus gegenüber dem Opfer. Es war eine Gaststätte. » Ich sah sie oft mit den verschiedensten Männern ein- und auskehren. Sie war eine unkultivierte Dirne, sage ich Ihnen! Ein soziales Wrack! Asozial nenne ich das! Sowas will man in diesem Dorf nicht umherlaufen sehen. Es war eine Schande, dass sowas unter uns lebte. Aber das ist ja nun gottseidank vorbei. « Der Mann bestätigte, am Abend des Mordes seine Schenke bedient, aber nichts Auffälliges gesehen zu haben. Es war wohl sehr dunkel, meinte er dann; und er sei am Arbeiten gewesen.

Es war schade, dass man zu Lebzeiten von Elisabeth Almond nicht die genaueren Umstände ihres Lebens in- und außerhalb des Dorfes beleuchtete. Ihre Erzählung wurde nur von verschiedenen Menschen weitergetragen, aber nicht von ihr selbst. Von ihr blieb nicht einmal ihr Körper; kein einziger Gedanke ihrer großen Träume. Ach, Elisabeth, du hattest wohl so viele Ideen, die Welt besser zu machen.

Eigentlich hatte die Gendarmerie in der Mittelstraße neununddreißig schon längst geschlossen, doch nun mussten sie sich auch noch mit Elisabeths Erbe befassen. Daher war es schon späte Nacht gewesen, als die Zeugin Lucy Sparks das backsteinfarbene Gebäude betrat. Sie war die Nachbarin des Opfers, eine Hausdame und ihr Mann war Schmied gewesen. Erbost setzte sie sich auf ihren Stuhl.

» Sie hatte es doch nicht anders verdient! Jeder Mann fand sie hübsch. Jeder wollte sie besitzen! Dummes Weib, ein Waldluder, eine Teufelsgenossin! Wenn Sie mich fragen: die hatte was in ihrem Keller, irgendwas musste sie dort gemacht haben, sooft, wie sie Besuch bekam. « Misses Sparks verwies auf den Angler, Mister Harrod, der wohl des Öfteren bei ihr einkehrte.

» Miss Almond war eine bescheidene junge Dame, sehr zuvorkommend, reizend, lieblich «, sagte der Fischer, als ihn die Gendarmerie am nächsten Morgen aufsuchte. » Sie fuhr oft mit meinem Kutter, zahlte mehr, als ich verlangte und lud mich sogar zum Essen ein. « Er brummte etwas vor sich hin. » Ihr Obst baute sie selbst an oder ließ es sich von jemandem bringen, einem privaten Verkäufer, der außerhalb der Stadt wohnt. Sein Weib betreibe hier wohl auch einen Marktstand, aber verstand die Sprache von Miss Almond nicht. Das war Miss Almond unangenehm gewesen. Sie wollte die Verkäuferin nicht in eine peinliche Situation bringen. Sie war ein gutes Kind. Es ist schade um sie. «

Elisabeth Almond starb im Alter von dreiundzwanzig Jahren. Sie hatte keine Kinder, niemanden, der etwas von ihr erzählte. Ihre Geschichte war nichts wert. Sie hatte so viel erreicht, so viel Mut bewiesen, so tapfer war sie; und es gab niemanden, der wusste, wer sie umgebracht hatte. Sie war alleine, alleine auf dieser so großen Welt.

Der Fall wurde abgeschlossen, ohne einen Täter zu

überführen. ›Nicht ermittelbar‹ hieß es dann. Es war jedoch für den einen, für den einzigen guten Gendarmen fürchterlich erschreckend, wie die Gemeinschaft des Dorfes zusammenhielt, um den Täter zu beschützen; in dem Dorf, das auf seine guten Sitten so stolz gewesen war, das die Existenz der armen Miss Almond auslöschte, einfach so, ohne mit der Wimper zu zucken. Sie gehörte nicht in dieses Dorf und das Dorf nicht zu Elisabeth.

Er hat nichts gesagt. Er durfte nicht. Sie wusste es. Er wusste es. Sie kannten die Täter. Er wäre der nächste gewesen.

Sie hatte es wohl schon gemerkt, als sie ihren Fuß auf den Boden des Dorfes setzte, sie an der Küste mit ihrem Essen saß und zusammen mit dem Fischer auf das Meer hinausfuhr. Sie hatte es auch ihm erzählt, dem Mann mit dem Rauschebart.

Elisabeth Almond war anders. Deshalb ging ihr Leben wohl auch so schnell vorbei und ohne, dass sie etwas tat, wurde ihr Bildnis in die Halle der Vergessenen eingereiht; in die große Halle der Helden des Gendarms, der Märtyrer, in eine Reihe derjenigen, die er als ›Gute‹ betitelte. Das war alles, was Gott tun konnte. Aber von den meisten wurde sie nur vergessen. Irgendetwas musste Elisabeth jedoch richtig gemacht haben, dass ihr eine Erzählung gewidmet wurde. Irgendetwas tat sie, was sie von den anderen unterschied. Wir werden es wohl niemals erfahren.

Die Akte wurde geschlossen und verstaubte im Holzregal neben den anderen Fällen der Geschichte.

Der Mordfall von Elisabeth Almond

- das Ende
Ein abgeschlossener Fall

Was bedeutet dir Liebe?

Was Liebe bedeutet?
Kannst du es mir sagen?
Hast du sie erbeutet?

Ich bin so verwirrt
und weiß nicht Bescheid
Kann's sein, dass man irrt?

Ich fühle so sehr
Mein Herze will dich
und will noch viel mehr!

Ich atme erregt
mal aus und mal ein
Ob Liebe bewegt?

Entscheidest du dich
dann in meinen Träumen
die Antwort ist: ich

Ich stoppe mein Klagen
denn du bist das Wissen
zu all meinen Fragen

Einer von vielen

Deine Küsse waren Lügen
die mich wollten schändlich rügen
wie ein Kind mit mir nur spielen
Ich war einer von ganz vielen

Deine Hand mein Herz ergreift
und mein Blick die Hoffnung schweift
» ZUVERSICHT AUF KNARZEND DIELEN «
Ich bin einer von ganz vielen

Ich reich' dir zu deinem Zweck
Nun bist du für immer weg
Wer weiß schon von deinen Zielen?
Bin umgeben von ganz vielen

Ich neben dir
Gewidmet dir, Luca

Ich bin so wütend auf dich
auf uns're Zeiten, auf mich
Ich war voll Hoffnung und glaubte
dir, deinen Worten, erlaubte

dass du warm schläfst neben mir
Siehst du mein Herz? Nahmst es dir!
Meine Hand, sie ist ganz frei
Zart nimmst du sie und doch sei

›*Augenblick*‹ nur ein Moment
dieser, den jeder erkennt:
Er war nur Traume von mir
Träume von ›*Ich neben dir*‹

18. September 2017

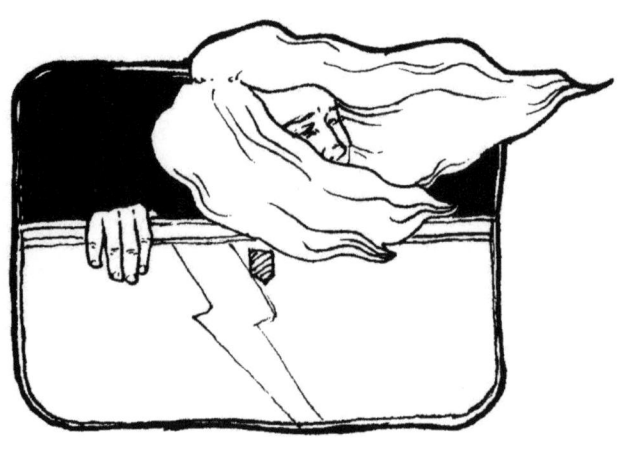

Kabine 328

Prolog

Der Orient-Express würde um zehn nach drei den Bahnhof mit dem merkwürdigen Namen, den ich nicht aussprechen konnte, verlassen. Meine Sprachkenntnisse hielten sich stets in den Grenzen zwischen Englisch und Französisch. Hastig blickte ich nun auf meine Taschenuhr, die ich stets bei mir trug, um mich genauestens an meinen, im Vorfeld erstellten, Zeitplan zu halten. Zeit ist Geld und Geld regiert die Welt! Bedeutet: hält man sich nicht an die Zeit, entschwindet einem das Vermögen! Ich müsste eine neue Karte kaufen, mir ein Hotel buchen und zu allem Überdruss noch Geld für Verpflegung ausgeben. Wie einfach konnte das Leben sein, wenn man die Pünktlichkeit zu schätzen wusste.

Während ich auf meine Uhr starrte und ziellos durch die Gegend irrte, rannte ich einer grazilen Persönlichkeit in die Arme. Ich stieß sie um. Es erinnerte mich an meine erste Vorlesung zu den physikalischen Grundsätzen.

» Das ist mir äußerst unangenehm «, begann ich entschuldigend, während ich ihr gleichzeitig meine Hand hinhielt. Ich wurde ungeduldig. Ich hatte nur noch wenige Minuten Zeit. Die goldene Nadel meiner Taschenuhr raste in meinem Kopf unnatürlich weiter. Es waren nur noch sieben Minuten und dreiundvierzig Sekunden, die mich vom Zug trennen würden. Mit einem Weg von gut vierhundert Metern und meiner Geschwindigkeit von vierundfünfzig Zentimetern pro Sekunde hatte ich keine Zeit zu verlieren. Zweiundvierzig. Im Kopf zählte ich bereits hinunter und musste mich konzentrieren, ihr zuzuhören. Neunundreißig.

» Nein, nein «, sprach sie und richtete sich

selbstständig auf. Ich erblickte etliche Stempel von Reisen, die sie wohl vor dieser erlebt hatte, auf ihrem braunen Lederkoffer, der güldene Schnallen besaß: *Moskau, Paris, London*. Ich hatte das Gefühl, dass sie sich wohl ganz Europa angesehen haben musste. Sie streifte sich den Schmutz von ihrem engen, schwarzen Kleid, dessen Stoff bis zum Boden reichte und zweifelsfrei den gesamten Dreck von Budapest auffegte. ›*Diese Frau ist herzallerliebst*‹, dachte ich. Dennoch musste ich zugeben, dass ihr diese Wespentaille zweifelsfrei stand. Trotzdem war es schade, dass sie sich den gesellschaftlichen Gepflogenheiten hingab. Vermutlich tun wir es alle, ohne es zu wissen.

» Es tut mir leid, aber ich muss jetzt wirklich weiter «, hastete ich und verabschiedete mich, indem ich ihre Hand zwischen die meinen legte und sie kurz fest umschloss. Vielleicht sprach sie überhaupt nicht meine Sprache und war nur sehr verdutzt, was ich von mir gab. ›*Nein*‹ war schließlich kein schwieriges Wort. Vielleicht stammte sie aus Griechenland und hatte ein wenig Englisch für die Reise gelernt.

» Ich bin Emilia Rodin, schön Sie kennen-zulernen «, sagte sie plötzlich und überrascht entgegnete ich ihr: » Miles Wright, angenehm «.

Für einen Moment, einen kurzen, verlor ich mich in der Tiefe ihrer grasgrünen Augen. Nur die Natur selbst konnte sie gezeichnet haben, so anmutig, so schön, so …

» Wir sehen uns! « Sie streckte mir ihre Hand entgegen und ich nickte wenig besonnen. In den verbleibenden fünf Minuten und achtundzwanzig Sekunden rannte ich, wohl aber elegant, in den Eingang des legendären Orient-Express'. Ich stieg ein, zeigte mein Billett und ging in Kabine dreihundertachtund-zwanzig. Als ich die hölzerne Tür aufstieß und ich mit meinem Koffer in das Abteil trat, stieg in meine Nase ein lieblicher Geruch, der mir von unentdeckten Städten und neugierigen Erfahrungen erzählte.

Kabine 328

Der warme Sandboden unter meinem Körper fühlt sich genauso an, wie ich ihn mir immer vorgestellt habe. Korn für Korn gleitet über meine Haut, als ich meine Hände in einem Meer aus verflossenen Tränen vergrabe.

Vielleicht musste sie aussteigen.

Der Mond scheint mir in dieser Zeit ganz nah zu sein. Es ist, als würde er fühlen wie ich und mich verstehen. Er ist ein treuer Begleiter in einer Zeit voller Einsamkeit. Ist es nun das, was ich mir immer vorgestellt habe? Ist es dasselbe? Es ist genau der Sternenhimmel aus den Bildern meiner Fantasie und genauso habe ich ihn mir auch immer gewünscht; aber der Gedanke, das Erlebte, erfüllt mich nicht mehr so sehr wie sonst. Es nimmt mich nicht mehr so ein wie damals. Und obwohl die Sterne viel prachtvoller als die Diamanten in Kabine dreihundertachtundzwanzig sind, werde ich nicht von dem Schleier der Betrübtheit erlöst. Leuchtend strahlen sie über mir, über diese dunkle Welt, aber sie erfüllen nicht das, was im Herzen verborgen ist. Sie erinnern mich an eine unerreichbare Vergangenheit. Doch obwohl ich hier mit meinen Sternen sitze, ich meine Hand im Boden voller Wünsche und Mysterien vergrabe, ist dort etwas, was ich vermisse, etwas, das tief in meinem Innersten danach schreit, herauszubrechen. Das Himmelsfunkeln strahlt nicht mehr so vertraut. Das Leuchten gleicht einer Kälte. Es verbindet mich, uns, aber es scheitert daran, mich zu berühren. Vielleicht will es das gar nicht und mich auch nur aus dem Traum aufwecken, in dem ich gefangen bin; mich nicht in dieser zerreißenden Illusion zurücklassen. Vielleicht bin ich aber auch in Gedanken ganz woanders, sodass ich das hier alles nicht verstehen und erkennen kann.

Warum hielt der Zug in Sofia?

Irgendwo, ganz weit in Richtung Osten, toben schreckliche Schlachten, mörderisches Blut fließt zu Boden und hasserfüllte Menschen begeben andere in ein noch fürchterlicheres Schicksal, weil sie Ländergrenzen trennt: Es ist ein schwarzes, ein durch und durch zermürbtes Verhängnis dieser jungen und alten, reichen und armen, kleinen und großen Menschen. Was für ein Glück kann ich haben, mich hier auf dem weiten Boden der Unendlichkeit zu befinden, nach dem ich mich immer gesehnt habe; keine einzige Wolke verdirbt mir diese Nacht, nicht einen Vogel kann ich erkennen. Ich bin alleine. Ich sollte zufrieden sein. Niemand ist bei mir.

War es das, wofür ich studiert habe? Bücher über Bücher habe ich gelesen, die Gesetze der Physik studiert, Rilke und Kant zitiert. Jahrelang saß ich in einer verstaubten Universität, bevor ich ich mit einem klapprigen Flugzeug auf dem Boden der Realität landete. Krachend stürzte ich in eine Welt, die von Gesetzen und Regeln nichts hielt; die ihre eigenen Parameter schuf und Subjektivität als legitime Argumentation ansah. Wie soll ich mich hier zurechtfinden?

Warum bin ich nicht mit ihr ausgestiegen?

Nun bin ich alleine in Nazca. Ich bin alleine an einem Ort, der durch seine rätselhaften Linien wie aus einer anderen Dimension erscheint. Alles, was hier geschieht, könnte ein Märchen sein. Alles, was ist, ist irreal. Die Leute, die hierherkommen, wollen träumen und verführen. Sie fühlen sich hier sicher, denn sie denken, dass niemand diesen Ort kennt. Wer hierherkommt, ist ein Geflüchteter.

Sie flüchten vor ihrer Realität.

Geheime Spuren im Sand vermischen sich mit den klaren Linien des Horizonts. Ausgedachte Bilder im Himmel spiegeln die Realität der Zeit wider. Die leuchtenden Sterne sind wie die Augen von Emilia, die auf mich herunterblicken, auf uns, und sich etwas anderes vorstellen. Was verlangen sie, was muss ich tun, um sie wiederzufinden? Es sind die Erinnerungen an sie, die ihre Schönheit widerspiegeln. Es sind die Gedanken an sie, die meine Welt in einen Traum hüllen. Ich wünschte, die Welt wäre in meinem Kopf nicht so real, sondern doch mehr wie in den Vorstellungen an Emilia, von der ich mir wünsche, dass sie in diesem Moment neben mir läge. Es wäre gut, die Welt ein wenig verwaschener zu sehen; sie nicht mit Fakten, sondern mit dem Glauben zu begründen. Vielleicht muss tatsächlich nicht immer alles begründet werden?

Warum gerade Sofia?

Flieger und Bomber zerstören derweil ganze Städte. Sie entflammen und entzünden die Heimat von Leuten, die sie nicht kennen. Wann lernen diese Menschen, wann lernen wir, endlich dazu? Hoffen wir doch, dass dieser furchtbare Krieg, der sicher als Weltkrieg in die Geschichte eingehen wird, zu Ende geht.

Ob sie tot ist?

Es waren die Finger von ihr, die meine Probleme so nichtig erscheinen ließen. Jeder einzelne Buchstabe, den sie aussprach, setzte sich wie ein Schleier auf meine Welt, holte mich aus der Tiefe und brachte mich dorthin, wo ich glücklich war. Ich denke immer noch, dass es ihr Geruch war, der mich am Leben hielt und mich für einen Moment vergessen ließ, wer ich überhaupt gewesen bin. Meine Finger ersehnen sich nach mehr, meine Kuppen wollen sie erreichen, doch sie landen im Nichts der endlosen Leere.

Ist sie das?

Ich stütze mich kurz auf meine Arme und sehe mich um. War es meine Einbildung, dass ich eben noch einen Schatten am Horizont erblickte? War es ihrer? Wäre es möglich, dass sie mir gefolgt war? Hatte sie meine Botschaften gelesen und mich womöglich doch als den Richtigen erkoren? Würde sie ihre Haut an meine schmiegen, weil meine die richtige gewesen war? Kommt sie dort auf mich zu?

Emilia?

Aber was würde geschehen? Ob sie vielleicht doch schon einen anderen Mann hatte? Kommen sie zu zweit zu mir? Werden sie vor Glück trotzen und mich nur als kleines Häufchen Asche zurücklassen? Brenne ich zu intensiv, zu kurz? Brenne ich nur für sie und nicht für mich? Vielleicht ist dort noch etwas Glut unter dem, was mir doch so gut vertraut ist. Die Hoffnung lässt alles lodern, doch die Wirklichkeit erstickt die Flamme und zeugt doch gleichzeitig davon, dass unter dem, was erstickt werden soll, immer noch etwas brennt.

Entflamm mich wieder!

Viele andere wären es: der Richtige für Emilia. Ich war es nicht. Wir waren vielleicht viel zu verschieden. Unsere Gedanken und Träume waren vielleicht nicht dieselben. Vielleicht war es sogar so, dass wir uns nur etwas vorspielten; uns gegenseitig. Wir spielten mit dem anderen genauso, wie wir es mit uns selbst taten. Vielleicht war das gut. Vielleicht war es so, dass wir uns damit schützen konnten. Wir waren geliebt, weil, oder obwohl, wir so waren wie wir sind: unterschiedlich.

Ich hasse mich dafür.

Neben den kalten Felsen und dem sandigen Boden, der nur deshalb existiert, weil einst große Gesteinsbrocken zu kleinen Kieseln geschliffen wurden, ist dann doch niemand hier; niemand außer mir, meiner einsamen Seele und meinen hoffnungsvollen Gedanken. Ich genieße die Stille der Unendlichkeit, die mich umgibt, genieße, meine flammenden Erinnerungen erneut aufleben zu lassen, Emilia in meinen Vorstellungen noch einmal lächeln zu sehen; zu sehen, wie ihre roten Lippen sich zu einem freudigen Gesicht verwandeln und mir sagen: *» Wir werden uns wiedersehen. «*

Ich hätte ehrlich sein sollen.

Aber ist es wirklich so schön, wie man es immer hört? Sind diese Erinnerungen wirklich gut für mich? Ich habe das Gefühl, dass mich jede ihrer Bewegungen, der Rückblick, jedes Mal ein bisschen mehr tötet. Sie tötet mich von innen. Sanft streicht sie mit ihren Fingern über meine Träume und ich bekomme nicht genug. Der Schmerz ist wie eine Droge. Ich schließe meine Augen und gebe mich dem Leid der Herzenswärme hin.

Ich hätte mich verabschieden sollen.

Als ich mich entschied, hierherzukommen, war ich gerade mit meiner Lockheed Lodestar von Ljubljana in Richtung Westen geflogen. Ich reiste von meinen Forschungsreisen in Jugoslawien zurück ins Vereinigte Königreich. Nur knapp entkam ich auf meinem langen Heimweg einer wildgewordenen Artillerie, die ihre Patronen für mich vergeudete. Furchtbare, lachende Völker konnte ich unter mir erspähen. Voller Verachtung blickte ich auf Leute, die sich Menschen nannten. So fern sie mir waren, so fern waren sie auch allem, was sie erreichen wollten.

Ich hätte die Welt aus deinen Augen sehen sollen.

Ich brauchte etwas Neues, etwas gänzlich anderes. Ich musste weg von diesem Leid, von den Erinnerungen. Emilia musste aus meinem Kopf verschwinden. Es war fürchterlich. Es war ein Kampf, ein Krieg; und deshalb beschloss ich, in meine Maschine zu steigen, in den ewigen Winden der spätsommerlichen Jahreszeit zu verschwinden und erst dann wiederzukommen, wenn ich es als richtig empfand.

Vielleicht hast du mich gebraucht.

Es waren die Erinnerungen unserer gemeinsamen Momente, die mich niemals verlassen haben. Die Jahre schienen mir wie wenige Stunden. War es wirklich schon so spät? War wirklich schon so viel Zeit vergangen? Oh Emilia, hier ist dein Miles. Ich denke und warte auf dich. Hörst du mich? Niemand war hier.

Vielleicht habe ich dich gebraucht.

Es war kurz vor Sofia, als sich unsere Blicke verloren haben. Das war der letzte Moment, als wir uns sahen. Es war unsere letzte Begegnung. Sie stieg aus, vielleicht weil ich nicht ihren Idealen entsprach. Ich war nicht derjenige, den sie ihren Eltern vorstellen wollte. Ich vermutete, dass sie vermögender war als ich. Was wollte sie schon mit einem Physiker? Sie hatte sicher gute Gründe dafür, dass sie so handelte. Warum sollte ich es ihr verdenken? Sie kann schließlich anstreben, was sie will. Am meisten tut sie mir aber leid. Was für ein furchtbares Leben muss man führen, wenn man andere verlässt, weil sie eben nicht dem entsprechen, was man sich erwünscht.

Vielleicht ist meine Liebe zu ihr nur ein eingerahmtes Foto.

Wer träumte schon von jemandem wie mir? Wer träumte schon, wie ich es tat? Es war für mich verständlich gewesen. Meine Erwartungen verliere ich oft. Das ist meine Problematik, nicht die von Emilia. Wenn ich an sie denke, laufen mir tatsächlich wieder Tränen über mein Gesicht. Es wäre zu schön gewesen, ihre Hand in diesen Stunden halten zu dürfen. Vielleicht waren meine Träume aber auch zum Scheitern verdammt. Vielleicht musste es so sein, dass Emilia mich verließ. So ist das Leben. So ist das Schicksal. Emilia geht ihren Weg und ich den meinigen. Manchmal kommt eine Kreuzung und bei einigen die Sackgasse. Für einige gibt es keinen anderen Ausweg, außer zurückzugehen.

Vermisst du mich auch?

Ich sah Emilia zum zweiten Mal im Abteil Richtung Konstantinopel. Wir verließen gerade Budapest, als ihr Blick mich traf. Ich frischte mir meine Garderobe auf und befreite sie von den alten Kleidern, die ich mit mir herumtrug.

Ich hätte mich verneigen sollen.

Das war die Erzählung von Emilia und mir; eine kleine herzzerreißende Liebesgeschichte zwischen zwei Weltkriegen, der Inflation und zwei vollkommen unterschiedlichen Menschen.

Ich hätte mit dir sprechen sollen.

Während ich in meinen Gedanken schwelge und mich auf den Boden lege, die Sterne nach Namen und Himmelsbildern sortiere, atme ich den frischen Wind ein, und merke, wie ein kleines Licht meine Maske durchdringt.

Ich hätte in der Kabine bleiben sollen.

Manchmal ich dich höre

Ich steh' an der Straße
und gucke zu dir
Ich freudig dann spaße
und sage zu mir:

» Du interessierst mich gar nicht «
Und dennoch, ich weiß
bin ich doch erpicht
Ich fluche und beiß'

mir dann auf die Lippe
Wenn ich dich so seh'
nervös mit den Fingern ich tippe
verwurzelt dann steh'

Dann siehst du zu mir
Denkst du, dass ich störe?
Ich glaube an uns, stehe hier
Ich dich endlich höre

02. Juli 2017

Die Zeilen, die ich schrieb

Du drehst dich in dem Wind
von diesen, meinen Worten
Du fühlst dich wie ein Kind
an ganz besond'ren Orten

Du drehst dich zu den Zeilen
die ich für dich geschrieben
in deinem Kopfe weilen
Ich will, dass wir uns lieben!

Doch du dich nur so drehst
von Worten in den Winden
Ist dir bekannt, du flehst?
Du suchst nach mein'm Verschwinden

Ich verstehe es nicht

Ich versteh' es nicht:
Man ist stets erpicht
Man muss vom eig'nen Leben
stetig alles geben

Man soll sich verhalten
wie gestrigen Alten
Man darf sich zwar sehnen
doch nicht zu weit lehnen

Das ist unser Leben
was wir alles geben
Es ist gleiche Sicht
verstehe es nicht

04. Juli 2017

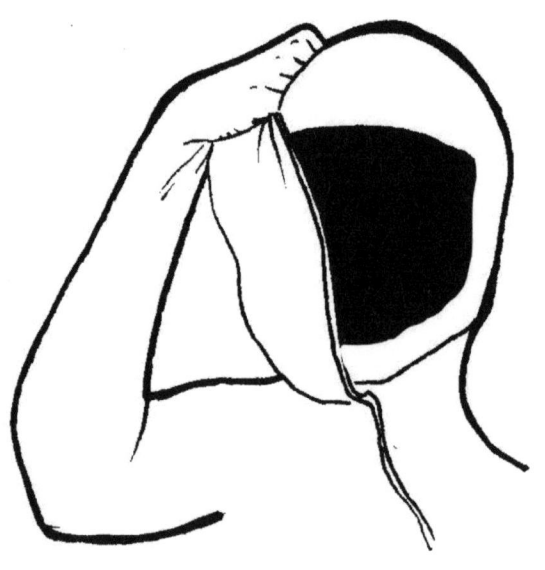

Marie Rousseau

Wollt ihr mal eine kleine Erzählung hören? Eine schöne? Dann setzt euch, es ist Platz für jeden! Seid ihr auch alle da? Ihr müsst ganz genau aufpassen; bis zum Ende, versprochen? Es geht hier um Marie Rousseau, dem Mädchen aus der kleinen Stadt hinter New Orleans! Kennt ihr sie nicht? Kann das sein? Marie Rousseau? Noch nie von ihr gehört? Das glaube ich nicht. Wirklich? Die Blumenbettwäsche und die Hummelfarm? Ich wette mit euch: in jedem von uns lebt eine Marie Rousseau! Oder sagen wir anders: das Streben nach der unbegrenzten Freiheit, der Liebe, der Lust und der Leidenschaft; dem Streben danach, endlich aus sich herauszukommen und das Leben in all seinen Facetten zu spüren, die es birgt! Diese Leidenschaft hat Marie Rousseau dazu veranlasst, ihr Leben komplett zu verändern. Und ich spreche hier von einer wirklichen Veränderung. Sie hat einfach alles hingeworfen, die gute Marie!

Aber lest selbst:

Marie Rousseau war ein Kind eingewanderter französischstämmiger US-Amerikaner, deshalb auch der Name ›Rousseau‹, versteht ihr? Der ist nämlich französischen Ursprungs. Ganz wie ihr Vorfahre Jean-Jaques, einer der berühmtesten und einflussreichsten Philosophen der Französischen Revolution und der Französischen Aufklärung, verstand sie es ebenso, das Bild eines Menschen danach zu beurteilen, dass er von Grund auf einen guten Kern hat. Menschen sind eigentlich immer gut, bis sie durch Umstände, besondere, verdorben werden. Dann wird die schöne Blüte plötzlich schwarz, angefressen und von Parasiten besiedelt. Aber dagegen kann man sich wehren! Man muss anfangen, das zu schätzen, was man hat. Man darf sich nicht dazu verleiten lassen,

247

etwas zu begehren, was man nicht hat, einem aber vorgaukelt, glücklicher zu werden.

Aber war es denn dann falsch, wenn man sein Glück versuchte?

Es gab etliche Parallelen zwischen Marie und Jean, aber letztendlich waren sie vielleicht doch nur in einer Erbschaftslinie; oder Jean hatte Marie mehr beeinflusst, als man sich vorstellen konnte. Marie setzte sich plötzlich, eines Nachmittags am zweiundzwanzigsten April, in ihr rotes Auto, fuhr mit roten Lippen und einem blühenden Herzen davon. Später schrieb sie mal ihren Eltern, das habe ich zumindest gehört. Sie verfasste wohl nur einen kurzen Brief, aber einen tiefen, einen Text mit Bedeutung, versteht ihr? Sie war eigentlich immer ein glückliches Kind gewesen, eins, das sich deutlich in der Mitte der Gesellschaft befand; zwischen Reichen und Armen, zwischen Beliebten und Unbeliebten. Sie entsprach dem Durchschnitt, der Norm. Sie war nun mal ein ganz normales Mädchen, ein schönes, liebes Mädchen. Aber genau das war es, was sie so sehr quälte: normal zu sein. Wie oft beneidete sie die, die so viele Facetten hatten. Sie ärgerte die Glücklichen nicht, nein, aber sie schritt auch nicht ein.

Warum war sie nicht irgendetwas Besonderes?

Marie fing schließlich an, nachdem sie ihre Schule beendet hatte, im Laden ihrer Eltern zu arbeiten; in einem kleinen Dörfchen auf dem Land, wo ihr Name wohl für immer unentdeckt geblieben wäre. Ja, richtig, alles bleibt beim Konjunktiv. Denn für Marie hat sich alles anders entwickelt. *Wirklich!*

Der Laden war wie Marie: langweilig, normal, aber der einzige in ihrer Umgebung. Da gab es nur einen Laden, der eben diese ganz bestimmte Wurst verkaufte, diesen besonderen Käse in seinen Regalen lagerte. Woanders gab es das alles nicht. Ihre Arbeit war gut, sie bekam gutes Geld, lebte ein Stockwerk über dem Laden ihrer Eltern und hatte auch täglich Kontakt zu ihren Freunden. Selbst frei nehmen konnte sie sich, einfach so, wenn sie es denn wollte. Aber dann kam ebenjener Tag, als sie im Schlafzimmer in ihrer Blumenbettwäsche ihre Augen öffnete und es ihr einfach nicht genug gewesen war. Sie konnte so viel mehr sein. Sie konnte so viel mehr aus sich machen. Am besten lässt sich das, glaube ich, beschreiben, wenn man sich ein Feuer vorstellt, das plötzlich anfängt zu brennen. Es entfacht und kann nicht mehr so schnell gestoppt werden. *Los Marie! Zeig deine Flamme! Zeig dein Leben und deinen Stolz!*

Ich frage mich, was wohl der Funke war, der diese Flamme entzündete?

Sie stand auf, nahm sich ihren Koffer und verließ das Zimmer um elf Uhr. Sie ging die knarrende Treppe hinunter und öffnete die schwere Eichentür, legte dann den Koffer ins Auto und setzte ihre Sonnenbrille auf.

Wollt ihr wissen, was sie dann machte?

Sie fuhr die Straße geradeaus, ja, einfach immer geradeaus. Sie bog nirgendwo ab, nein, sie fuhr nur immer die Straße hinunter. Hat das einer von euch schon mal gemacht? Sich einfach in sein Auto oder in einen Zug gesetzt, um nur geradeaus zu fahren, wenn das Leben Kurven machte? Marie tat es und ja, bis heute hat sie es wohl nicht bereut. Am Ende kam sie nämlich in New Orleans an, wusstet ihr das? Ach nein, das ist nur ein kleines Detail, wirklich, sowas ist eigentlich total uninteressant, ebenso wie das Tempo des Autos, mit dem sie die Straße entlangfuhr. Manchmal musste sie langsamer fahren, dann wieder schneller und an gewissen Tagen tat sie genau das Gegenteil von dem, was man ihr vorgeschrieben hatte. So war Marie: ein Freigeist. Sie entfaltete sich in einer Zeit, in der alles eingeschränkt wurde.

Ich möchte kurz ein Ständchen für Marie halten, nur ganz, ganz kurz:

Marie, mach weiter so. Lass die Flamme, die in dir brennt, niemals verlöschen. Lass sie uns spüren, diese Flamme der Hoffnung!

Marie, brenn weiter!

Im Nachhinein frage ich mich irgendwie, woher sie das ganze Geld für ihre unermüdlichen Reisen hatte. Ich meine, sie blieb ja nicht in New Orleans. Ich bin fest davon überzeugt, dass sie noch immer die Straßen geradeaus fährt, um irgendwann an ihr Ziel zu kommen. Was ihr Ziel ist? Ich glaube, das weiß nicht mal sie selbst. Marie hat ein Ziel, das keiner von uns kennen dürfte. Vielleicht hatte sie ihr Ziel aber auch schon längst erreicht: ›Marie zu sein‹, die Straße des Lebens geradeaus zu fahren und niemals anzuhalten, auch wenn der Motor manchmal holperte. Wer weiß schon, wohin uns die Straße des Lebens führt?

Einst bekam ich von Marie auch eine Postkarte. Sie saß an einem Fluss und ein Fotograph hatte sie abgelichtet, als sie picknickte. Sie picknickte alleine, nur mit ihrem Auto. Ich habe mich sehr über ihre Wörter gefreut. Ihr geht es blendend! Gerade sei sie wohl an der Westküste und wollte bald mal nach Übersee.

(Ich frage mich immer noch, woher sie das Geld hatte. Vielleicht überfiel sie eine Bank?. Zutrauen würde ich es ihr.)

Ihre Eltern haben den Laden übrigens geschlossen, nicht, weil sie mussten, sondern weil sie ihn wohl zu langweilig fanden. Sie betreiben jetzt im Norden eine

Hummelfarm. Ich wusste gar nicht, dass man sowas machen kann. Ihren Honig verschenken sie manchmal an Tramper, die ihnen über den Weg laufen. Ich wette, Marie hat denen von ihren Eltern erzählt.

Ich wette, ihre Eltern erzählen auch oft von Marie.

In den Gassen

In den Gassen steht ein Mann.
Er ist schwarz und groß.
Oft starrt er mich leblos an.
Manchmal kommt er zu mir her.

Dann frage ich:
» Was möchtest du? «
Ganz stumm er spricht
und zeigt mit seinem krummen Finger

zur Frau mit Gicht.
Er zeigt auf Menschen, Leben nicht.

Ohne ein ›Wir‹

Vor mir laufen sie
Rennen sie weg?
Ein letzter Blick
bevor sie treten

ins große Ungewisse
Ich hab' so viel zu sagen
und keiner hört zu
Ein Wort der Stille

durch die Straßen hallt
Jetzt stehe ich hier
ganz alleine
ohne ein ›Wir‹

17. Oktober 2016

Es war einmal im Dezember

Schneeflocken tanzen auf die Welt
Sie bedecken uns're Körper
Man die Hände eines and'ren hält
und Hoffnung füllt die Wörter

Wir betreten dann das Zimmer
und tanzen zu den Tönen
Draußen weht ein Glimmer
Schneeflocken die Zeiten krönen!

Immer schneller wird der Tanz
Ein Wind wie im September
Der Lüster strahlt im gülden Glanz
Es war einmal im Dezember

25. Juni 2017

Orléans' Uhrmacher

» Die Blätter fallen jeden Winter von den Bäumen. Fünf oder sechs bleiben am Baum hängen und werden zum Spielball der Winde. «

- Charles de Montesquieu

Der Winter in Orléans war immer ein ganz besonderer gewesen; nicht nur durch die langen Nächte, die man bei Zeiten erlebte, nein, vor allem waren es die besonderen Gegebenheiten, die sich gerade zu dieser Jahreszeit abspielten. Denn, ja, im Winter gab es immer die meisten Wunder; vor allem dann, wenn das Haus so lieblich geschmückt war wie sonst nie.

In Orléans feierte man schon immer gerne Weihnachten; nicht zuletzt, weil die Familie Chevalier zu diesem Anlass ein ganz besonderes Fest veranstaltete. Louis bekam immer kleine Häppchen zu hören, kleine Schokopralinen, die von der sagenumwobenen Feier der Chevaliers berichteten, ihn schwärmen ließen und schließlich dazu führten, dass er selbst irgendwann wusste, wie es sein musste. Louis träumte oft davon, auch nur ein einziges Mal eingeladen zu werden; eingeladen zu einer Feier, bei der man seine Sorgen vergaß, Träume sich erfüllten und zufrieden in die Zukunft sah. Das Glück war greifbar geworden; zumindest für die Familie Chevalier.

Schon bevor man das Grundstück mit seinem prächtigen Wintergarten und dem mannigfaltigen Vorplatz betrat oder die Kutsche vor dem großem Eisentore hielt, verspürte man das Gefühl, endlich angekommen zu sein; angekommen in seinem eigenen Elysium, dort, wo Glückseligkeit eine Heimat fand. Auch wenn Louis bis jetzt nie eingeladen worden war, er sich dann manchmal vor dem Haus platzierte und seinen Kopf auf die gebeugten Arme stützte, bekam er dann doch immer ein wenig Herzrasen. Ein kleines Lächeln zog ihm dann immer über das Gesicht, weil er für einen Moment seiner unperfekten Welt entfliehen konnte. Er träumte, er wäre woanders geboren. Er war ein Prinz und die Villa der Chevaliers sein Schloss. Es gäbe gar keinen passenderen Ort, als seine Zeit an diesem Abend in diesem Hause zu verbringen.

Ganz Orléans wusste, wie es gewesen war, wenn die Gastgeber lächelnd, Hand in Hand, mit ihren vier Töchtern die Treppe hinunterstiegen und jeden Besucher feierlich empfingen. Die Gläser klirrten, man trank einen Schluck und begab sich in das Foyer, um zu Klaviermusik und Geigen zu tanzen. Man tanzte, bis die Schuhe drückten, es wurde gegessen, bis die Teller leer waren und es wurde gelacht, bis die Sonne wieder den Horizont umschlang.

Auch Louis de Calan wurde irgendwann zu einem, der das Glück gehabt hatte, eine Einladung erhalten zu haben; Louis, der französische Uhrmacher mit dem langen schwarzen Mantel und den Handschuhen aus Leder. Er war es auch, der damals ein leeres Paket an seine Louise schickte, an seine Louise Chevalier. Er nahm sich einen Karton, füllte ihn mit Wärme wie Küssen, umwickelte ihn mit schwarzem Papier und mit einem silbernen Band, ehe er es am Weihnachtsmorgen vor die Türe legte.

Louis hatte die Zeit in seiner Hand gehabt und spielte oft mit ihr herum. Er verdrehte einige Zeiger seines Lebens und ließ es mal schneller, mal langsamer vonstatten gehen. Er suchte oft den richtigen Rhythmus und die perfekte Stelle, an der er wieder beginnen konnte, wenn er die Zeit kurz pausieren musste. Aber er wusste nicht, was richtig gewesen war. Manchmal passte es, manchmal war er zu früh; aber so oft, so oft war er zu spät.

Als er mal wieder in seinen Gedanken war, er eine Taschenuhr reparieren sollte, da dachte er daran, wie es gewesen wäre, hätte er damals nur das Mädchen bis nach Hause gebracht. Die kleine Louise verirrte sich zusammen mit dem kleinen Louis in einem Wald, als sie verstecken spielten und ein Sturm aufzog. Sie liefen zu ihm nach Hause, ganz schnell und dann; dann sagte sie einfach, sie würde ihren Weg schon wieder wissen und ging. Sie ging und er folgte ihr nicht. Es war so dunkel und kalt.

Sie sprachen nie wieder miteinander.

Doch dann bekam er diese Einladung und zog sich seine Schuhe an, legte einen schwarzen Schal um seine blasse Haut, hüllte sich in seinen Mantel und streifte sich Handschuhe über die Finger. Er nahm sich sein Geschenk, natürlich umwickelt in schwarzem Papier mit silberner Schleife, und lief durch den weißen Schnee. Es schneite schon seit mehreren Tagen und der Wind pfiff, beinahe wäre er über einen kleinen Stein gestolpert. Er irrte durch die Straßen und lief wirklich sehr lange; er hatte es von damals noch ganz anders in Erinnerung. Doch dann spürte er plötzlich das, was er suchte, hörte Gelächter, das nur noch wenige Schritte von ihm entfernt zu sein schien.

Und da stand es nun: das Haus aus seinen Träumen mit dem Mädchen aus seinen Gedanken.

Er klopfte kurz und dann öffnete man ihm die Tür. Man unterhielt sich ausgelassen und bemerkte ihn kaum. Wie ein Geist schlich er durch ihre Menge. Der Duft von Zimt und Muskatnuss stieg ihm in die Nase und vermischte sich mit dem Geruch der abgebrannten Kerzen. Seine Ohren waren ganz betäubt vom Gelächter, das friedvolle Zeiten verkündete. Er versank in einer glücklichen Atmosphäre, bevor er dann, bei einem neuen Stück des Quartetts, sein Geschenk auf den Tisch legte und nach Louise suchte.

Wie sehr hatte er sie vermisst?

Er ging durch einen blauen Flur, betrachtete die verschneiten Wipfel der Tannen und die kahlen Bäume, ehe er durch eine schwarze Tür in das Zimmer von ihr trat. Sie saß auf dem Bett und hatte bereits ihr schwarzes Kleid an. Als er hinein kam, war sie gerade imstande, ihre Perlen um den Hals zu legen. Sie drehte sich ganz langsam um, sah ihn erst verwundert an, bevor sie dann die Kette in ihre Hände nahm und mit einem Blick der Sehnsucht Louis in ihr Herz schloss. Sie standen sich mehrere Minuten wortlos gegenüber, bevor der eine der anderen dann etwas sagte. Sie setzten sich schließlich auf ihr Bett und redeten so viel, dass sie ganz vergaßen, wieder hinunterzugehen und die Leute zu begrüßen. Sie hatten sich so viele Geschichten zu erzählen, aber auch so viele Fragen mussten beantwortet werden. Sie philosophierten über ihre Welt, über ein ganzes Leben und über das leere Paket, das Louis damals vor ihre Tür gelegt hatte. Louis spielte in diesem Moment mit seiner Uhr und ließ die Zeit ganz langsam ablaufen. Er sprach nicht so schnell wie sonst, ließ sich Zeit bei seinen Antworten und lauschte der Ruhe außerhalb des Hauses. Louise sprach so schön zu ihm und er fühlte sich geborgen. Wie gerne wäre er für immer bei ihr geblieben.

» Wie hast du es nur so lange ausgehalten? «, fragte sie ihn dann.

» Weißt du, es tut so gut zu wissen, dass man manchmal bestimmte Dinge nicht erwarten darf und bestimmte Situationen niemals eintreten werden. «

Es war der Moment, in dem er wieder seine Maske aufsetzte, alles über ihm zusammenbrach und er nur daran dachte, was alles geschehen war, was er von sich selbst hielt und wie die Welt ihn wohl wahrnehmen würde. Er wollte sie gerne in den Arm nehmen und ihr einen Kuss schenken, doch er traute sich nicht. Er verließ das Zimmer und guckte noch einmal zurück zu seiner Liebe, zu seinen Wünschen und zu seinen Träumen.

Und so lag er, Louis de Calan, auf dem kalten Winterboden; vor ihm ein schwarzes Paket mit einer silbernen Schleife, leicht eingerissen. Seine Augen waren weit geöffnet. Auf seinem Mantel lag schon etwas Schnee. Als man ihn fand, glitzerten gefrorene Tränen auf seinen Wangen. Es war Louise, die als erste zu ihm gelangte. Er lag nicht weit von ihrem Haus entfernt. Es war im selben Wald, in dem sie sich damals begegnet waren und wo sie seitdem immer gerne einen Spaziergang machte. Sie wusste, dass etwas geschehen war. Sie hätte ihn nicht einladen dürfen. Sie hatte den vergangenen Tag nur am Fenster gesessen und darauf gewartet, dass er wieder durch die Türe treten würde; mit seiner Unsicherheit, mit seinen Fehlern. Darauf hatte sie gewartet: auf sein Gesicht und auf seine Lippen.

Dieses Jahr geschah kein Wunder.

Stattdessen fand sie seine blauen Augen und die roten Lippen im Schnee. Er hatte es nicht bis zu ihr nach Hause geschafft. Er war in den Schnee gestürzt. Er kämpfte, aber verlor.

Und als sie das Paket nahm, sie schrecklich um ihre Liebe weinte, es dann öffnete, fand sie eine Taschenuhr. Sie ging nicht mehr, die Zeiger waren stehen geblieben. Sie kniete sich, umfasste seinen Handschuh, näherte sich seiner Stirn, spitzte ihre Lippen und gab ihm sein Geschenk, auf das er so lange gewartet hatte.

Für einen Moment blieb die Zeit der ganzen Erde stehen; für eine Sekunde, für einen Herzschlag, für einen Traum.

Erste kleine Strahlen

Erste kleine Strahlen
kommen durch die Kronen
Sie erleuchten Gras
Alles wird sich lohnen

Ganze Welt wird sprießen
Blüten wie ein Meer!
Endlich alle fühlen
diesen Schimmer, der

alle nun befreit
Glück in ihren Sinnen
Nun ist Frühling da
Leben kann beginnen

In der Einsamkeit

In der Einsamkeit der Stille
sitz' nur ich mit einem Wille
Ich will nicht mehr einsam sein
jemand nennen ewig mein

Er soll nur für mich da sein
warten dort im Haus und Heim
Dieser liebt mich wie ich bin
Das steht stets in meinem Sinn!

In der Einsamkeit ich sitze
Sprech' von Wünschen als wär'n's Witze
Doch mein Herz, entzwei gebrochen
hat den Traum für mich verschlossen

In den fernen Sternen
Gewidmet Tamy F. Tiede

Die Seele, sie bebt
wenn ich daran denke
Gedanke, er lebt
Den Kopf ich verrenke

Will verstehen, wer ich bin
sehen meine Welt
Ich will finden meinen Sinn
und was mich am Leben hält

Denn in den fernen Sternen
wo Mutter um das Kinde weint
da muss ich atmen lernen
weil Sauerstoff wie Gift erscheint

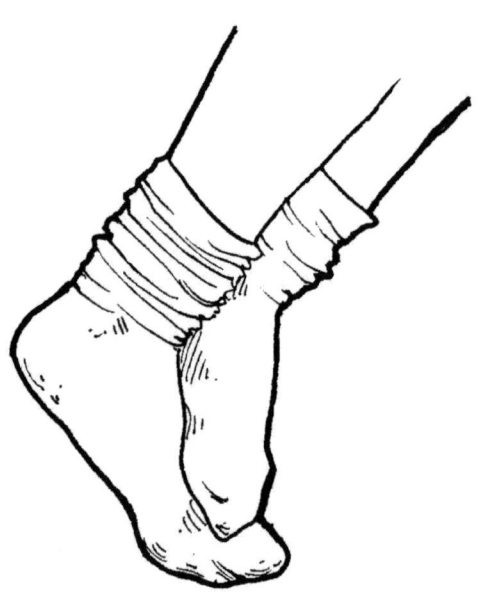

Über gute Wünsche

Von » Gute Nacht « und » Guten Tag «
Gewidmet Nana

Der kleine Junge liegt in seinem Bett. Er weint. Er weint, seine Großmama war gestorben; die Frau, die ihn über seine kurzen Lebensjahre so entscheidend geprägt hatte. Sie hatte ihm so viel beigebracht, zu so viel ermutigt und ihn so sehr geliebt. Aber jetzt war sie in einer anderen Welt; in einer, die er nicht betreten konnte. Windend liegt er zwischen Kissen, drückt die Decke ganz fest an sich und versucht zu denken, dass es diesen Tag nicht gibt. Es ist eine Illusion, ein Schreckensgespenst, wie er es immer geträumt hatte.

Die Sonne schien durch sein Fenster, als er wieder aus seinem Kummer erwachte. Die alte Tür seines Kleiderschranks stand offen. Er blickte geradewegs hinein und stellte sich vor, wie in seine Hemden und Hosen der Geist seiner verstorben Großmutter einzog. Sie würde ihn beschützen, hatte sie ihm zuletzt gesagt. Sie hatte es gesagt, als sie ihm so vieles wünschte; als sie mit der Bitte, sich gegen alle anderen zu stellen, einen monologischen Dialog entfachte, als sie die Bitte formulierte, so unbeschreiblich anders zu sein. Er solle Kleider tragen, wünschte sie sich. Er solle die Freiheit aller Menschen akzeptieren. Sie sollten gehen dürfen, wann immer sie wollen. Sie sollten ihre Freiheit genießen, solange sie die Freiheit der anderen nicht einschränkten. Und sie wünschte ihm Mut, sie wünschte ihm für diese Welt so viel Tapferkeit. Sie wusste, wie seine Eltern waren, wie sie in die Masse passten, sie in die Masse passen mussten. Sie wusste es, sie hatte es selbst erlebt. Manchmal musste sie es ihnen sogar gleichtun, aber dieses Schicksal sollte ihrem Enkel verwehrt bleiben. Sie hatte ihn davor zu schützen.

Ihr Leben mit dem Jungen begann mit einem » Gute Nacht « und endete mit einem » Guten Tag «. Sie trafen sich in der Dunkelheit, aber nicht, wenn es hell gewesen war. Sie philosophierten gemeinsam über die Menschen der Welt, die Aufgabe der Persönlichkeiten und den Stolz jeder einzelnen Figur, über die Erde zu laufen. Sie verabschiedeten sich mit einem » Guten Tag «, als die Sonne am Horizont aufging, die Welt in hoffnungsvolle Farben hüllte und somit jeden Tag vollkommen machte. Doch jetzt war sie nicht mehr bei ihm. Sie konnte ihn nicht mehr beschützen; nicht mehr beschützen vor den Ungeheuern dieser Welt, vor den Monstern, die sie beherbergte. Aber sie wünschte sich, sie wünschte es ihm, dass er es schaffen würde. Und der kleine Junge gab sein Bestes. Er änderte so vieles in seiner Umgebung, wünschte sich jeden Abend einen » Gute Nacht « - Kuss, wollte die Erzählungen von seiner Mutter hören, nachdem sie seinen Kleiderschrank, ganz ordentlich, Hemd für Hemd, Jacke für Jacke und Hose für Hose, nach kleinen Monstern durchsucht hatte.

Sie tat es, weil sie ihn liebte. Sie hatte zugehört, wenn er nachts mit sich selbst über die Themen sprach, die er seiner Großmutter erzählen wollte. Sie fand es gut. Sie wünschte es ihm so sehr, dass er anders werden würde als sie; dass er anders als all die Menschen werden würde, die sie so sehr verabscheute. Doch sie sah auch alles, was negativ gewesen war. Als sie es ihm gleichtat, als sie sich den Gepflogenheiten der Welt nicht mehr hingab und ihr Leben lebte, wie sie es wollte, hatte sie unendlich viele Rückschläge erfahren. Freunde wendeten sich von ihr ab und Familie war nur noch ein Begriff geworden. Sie hatte ihn davor zu beschützen. Er war doch ihr Kind gewesen! Er hatte es nicht verdient, diesen Schmerz zu erleben. Er hatte es nicht verdient, Gefühle von Ablehnung, Hass und Eifersucht kennenzulernen. Daher stand sie vor einem Scheideweg, die gute Mutter. Wollte sie ihren Jungen opfern, damit er die Welt verbesserte? Wollte sie, dass man ihm wehtat und aus der Gesellschaft verbannte, nur weil sie dachten, dass er ›anders‹ gewesen war? Oder wollte sie ihren Jungen davor bewahren, dass man ihn für weniger wert hielt? Wollte sie mit ihm weiterhin in Theateraufführungen gehen, ohne dass man sie beide komisch ansah? Die Mutter hatte keine Wahl. Und ohne dass sie es merkte, wurde sie dadurch zum größten Feind des kleinen Jungen, der mit seinem Verstand ihre Argumentationen in die Nichtigkeit verbannen wollte.

Er war so klug, der kleine Junge; und sie war so herzlich, die gute Mutter. Schloss es sich aus, dass beide in Harmonie zusammenleben konnten?

Aber gerade weil die Mutter so sehr versuchte, ihn von seinen Gedanken abzuhalten, ihn seiner Freiheit zu berauben, um in dieser Welt glücklich zu sein, hing er doch umso mehr an seinen Wünschen, die ihm versprachen, für eine gute Sache einzustehen. Er hing mehr und mehr an den Worten seiner Großmutter, die für ihn zu einer Vorreiterin der Freiheit geworden war.

Das alles begann, als er gerade einmal acht Jahre alt gewesen war. Seine Großmutter war in ihrem Bett gestorben und es sollte eine Zeit für Mutter und Sohn beginnen, in der sie über die verschiedensten Themen immer unterschiedlichster Ansicht waren. Als dann auch noch der Vater verschwand, fühlte sich die Mutter einsam. Ihr Sohn, ein unaufhörlich großer Denker, der nicht die Risiken seines Handelns sah, lebte vor ihr in Gefahr. Sie hatte versagt. Sie hatte versagt, ihn zu beschützen, den kleinen Jungen. Doch er sah nur, dass sie ihn nicht verstehen wollte. Er dachte, dass sie ihn und seine Gedankengänge als minderwertig betrachtete, als kindisch, als dumm. Doch er wollte, dass sie mit ihm die Welt veränderte. Sie sollten später zusammen vor den Nachrichten sitzen und ihren Erfolg bestaunen, sie und er. Das hatte er sich gewünscht. Das hatte er sich so sehr erhofft. Doch seine Wünsche, die sich dann in geheime Erwartungen verwandelten, wurden nicht erfüllt. Er fühlte sich hintergangen von seiner Mutter, seiner so lieben, die ihn wohl anscheinend nicht verstanden hatte und ihn in die Ecke stellte, aus der er verzweifelt zu entkommen versuchte. Hatte er überhaupt alles probiert, um sie davon zu überzeugen? Hatte er jeden einzelnen Gesichtspunkt seiner Gedanken für sie verständlich erklärt? War er vielleicht für seine Aufgabe, die Welt zu verbessern, doch noch zu klein? Hatte er vielleicht gar keine Chance, seine Mutter zu überzeugen, weil sie Erfahrungen gemacht hatte, die sie nicht mehr losließen und die er vielleicht nicht verstand? Es gab so viele Möglichkeiten und er hatte keine Ahnung, welche davon die richtige gewesen war. Er erinnerte sich nur an seine Großmutter, die ihm gute Wünsche mit auf den Weg gab und ihn nie alleine ließ. Sie machte aus ihm einen großen Träumer, einen Denker, einen Aufklärer seiner Zeit. Dabei war er doch noch so jung und erhielt des Öfteren das Gefühl, dass niemand ihm zuhörte, egal, was er machte, egal, was er sagte: Es war unbedeutend geblieben. Er war mit seinen Wünschen unbedeutend geblieben, obwohl doch gerade er in einem Land wohnte, das sich so sehr nach Fortschritt sehnte. Er hatte Marco und sie sprachen beide über seine Gedanken, über seine Oma und die Torheit seiner Mutter. Sie sprachen über das Verschwinden seines Vaters, über sein Vertrauen und sein Denken. Wie gern hatte er Marco. Sie sprachen auch davon, dass sich ihre Welt veränderte. Sie merkten es beide. Doch während Marco eine Familie in Übersee hatte, zu der er, wann immer er wollte, fliehen konnte, egal, was geschah, war der kleine Junge verbannt auf dieser großen, aber doch einsamen Insel. Er hatte keine Wahl. Er war dazu verdammt, seine Welt zu verändern, auch wenn er es nicht schaffen würde. Er musste damit rechnen, dass er nie Erfolg haben würde. Er würde vielleicht nie in die Reihe von Personen treten, die er als seine Vorbilder betitelte. Alles, was er wollte, war überleben.

Für Marco war es richtig, was sein Freund tat. Aber Marco verstand nicht, dass es für den kleinen Jungen die einzige Möglichkeit gewesen war, etwas zu verändern. Im Gegensatz zu ihm hatte er keinen Ausweg gehabt. Er hatte keinen Ort, zu dem er fliehen konnte, wenn sich die Zeiten ändern würden. Er hatte nur Haptikos, die kleine Insel im großen Meer. Er hatte seine Mutter, die ihn nicht verstand, einen Vater, der verschwunden war und eine Großmutter, die ihn bereits mit acht verließ. Er hatte so wenig und doch so viel. Marco bewunderte ihn dafür. Er bewunderte ihn für das Talent, tapfer, mutig und ehrfürchtig vor dem Leben zu sein.

Marco fand es wunderbar, dass sein Freund so ehrlich gewesen war, dass er die Welt mit guten Wünschen beeinflusste und sie nie vergessen würde.

Mascha Kaléko

Die Mascha, sie steht
auf goldenen Stufen
dass jeder sie sieht
Doch hört sie mein Rufen?

Sie steht, sieht zu mir
will so vieles sagen
Die Verse von ihr
sind schlau, lauter Fragen

Dann steht sie vor mir
so groß und so schön

So trau' ich mich doch nichts zu sagen

Sie gehen vorbei

Ich guck' aus dem Fenster
und sehe die Leute
Sie sind eine Meute
und gehen vorbei

Sie sind vor dem Fenster
und gucken nicht rein
Es soll wohl so sein
Sie gehen vorbei

Ich bin gar nicht hier
vielleicht denken sie das
Ich spüre den Hass
Sie gehen vorbei

Ich guck' aus dem Fenster
dann sagt man zu mir
dass sie zu sei, die Tür
Sie liefen vorbei

21. Juni 2017

Weißt du noch?

Ja, weißt du es noch
als du mir geschrieben:
» Wir werden uns lieben « ?

Erinnerst du dich
als wir uns dort trafen
und Bücher bestraften?

Erinnere dich!
Das war alles hier!
Ich träumte vom ›Wir‹ !

Ja, weißt du es noch
wie wir uns dann setzten
uns wirklich sehr schätzten?

Erinnerst du dich
als ich dir dann sagte:
Das geht schon für mich?

Hast du dann gesagt
du willst mich nicht seh'n
die Liebe beklagt?

Ja, Weißt du es noch?

Mein Scheinen
Gewidmet meiner kleinen Cousine, Rike

Bin ich so wenig wert
wie ich mich immer fühle?
Um mich sich keiner schert!
Ich spüre diese kühle

Meinung in den Köpfen
vor allem in dem meinen
Gedanken, sie sich schöpfen
aus Trauer, meinen Reimen

Denn ich es doch nicht sehe
mein vielleicht schönes Scheinen

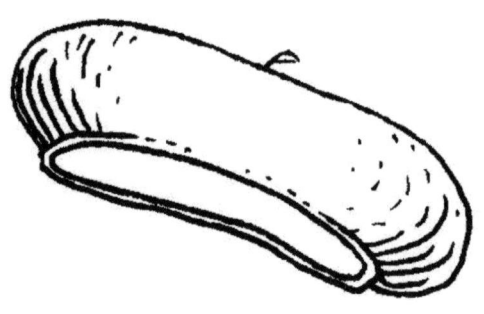

Der Junge vom Schiff

Gewidmet Désirée Garke

Da saß er nun, plötzlich, ganz ohne Ankündigung. Er saß in dem kleinen französischen Café an der Ecke der großen Straße, das ich so mochte; in einem Café, in dessen Schaufenster eine rote Dahlie in weißer Vase nach draußen sah. Er bestellte eine Tasse Tee und las in seiner Zeitung. Dieser Junge, er ist mir sofort aufgefallen. Er kam wohl aus einem anderen Land. Er sprach nicht unsere Sprache, aber er bemühte sich. Das habe ich gemerkt, als er in den Laden ging und nach einem Kuchen gefragt hat. Dieser Junge, er hat es einfach getan: in einem fremden Land nach Kuchen gefragt; in der Sprache, die er selbst nicht sprechen konnte. Vielleicht wollte er sie auch gar nicht sprechen. Er konnte es nicht, weil er nicht wollte.

Ich beobachtete ihn eine ganze Weile. Er überschlug die Beine und blickte durch seine dunkle Sonnenbrille, obwohl es gar nicht nötig war. Der Himmel war bedeckt. Er war ein bisschen komisch, dieser Junge. Er las seine Zeitung mit einer schwarzen Brille und einer schwarzen Baskenmütze. Er hatte sie bestimmt als Souvenir gekauft, irgendwo hier, ganz sicher, in einer Chapellerie; in einer Chapellerie in einer dieser kleinen Gassen. Vielleicht war er nur durch Zufall hier. Vielleicht wollte er allein gelassen werden.

Als ich ihn ansah, da habe ich mich gefragt, was ihn wohl in diese Stadt verschlagen hatte; in diese kleine Stadt mit großer Straße und gerade in dieses unscheinbare Café mit der roten Blume hinter den sauberen Fensterscheiben. Vielleicht kam er aus demselben Grund wie ich: Er wollte vielleicht jemanden finden, der ihn bemerkte, den einen Menschen finden, der vielleicht seine Sprache verstand. Vielleicht sehnte er sich danach, in einem fremden Land verstanden zu werden, während er seinen Tee trank und den Kuchen aß, den er sich bestellt hatte; in einer Sprache, die er nicht sprechen wollte, dieser Junge. Vielleicht fühlte er sich so missverstanden, wie ich es tat; in einer Gesellschaft, in der er nicht dazugehörte.

Ich denke, bei einigen Menschen spürt man das; man spürt es einfach: Sie sind gut, sie sind gute Menschen. Er war es bestimmt auch. Er war sicherlich ein guter Mensch.

Vielleicht saß er dort, um sich mit niemandem unterhalten zu müssen. Er verstand die Sprache ja sowieso nicht. Aber sicher wünschte er sich, dass man ihn verstehen würde. Dieser Junge faszinierte mich ungemein. Er hatte gewusst, was im Leben wichtig gewesen war.

Er trug einen schwarz-weißen Pulli, dieser Junge. Er sah tatsächlich aus wie ein echter Franzose; mit dem Pulli, der Baskenmütze und dem Schnurrbart, den er sich nur in meiner Fantasie wachsen ließ. Es fehlte nur noch die Sprache. Es fehlte das entscheidende Merkmal, aber er ließ es aus. Er ließ es einfach aus, dieser Junge. Was wohl die anderen von ihm gehalten haben? Vielleicht haben sie ihn einfach übersehen. Man übersieht ja so einiges, wenn man über eine große Straße läuft; in einer nur allzu kleinen Stadt. Ob da nun ein Junge oder ein Mädchen sitzt, spielt doch keine Rolle.

Ich frage mich, wohin er noch reisen wird.

Vielleicht fährt er ja nach Italien, nach Rom und besucht den Vatikan. Oder er durchstreift Venedig. Vielleicht reist er aber auch nur nach Spanien. Oder er reist gar nicht? Vielleicht besucht er nur seine Familie. Was ist, wenn er gar keine hat? Vielleicht hat er sie letztens erst bei einem Autounfall verloren und unternimmt von seinem Erbe eine Rundreise. Vielleicht ist es aber auch wirklich ganz, ganz anders.

Ein bisschen neidisch bin ich ja schon auf ihn, wie er

dort mit seiner Baskenmütze sitzt und den Kuchen isst. Ich weiß nicht warum, aber etwas liegt in der Luft; irgendwas umgibt ihn, etwas Warmes, etwas Zufriedenes. Als er aufsteht, gehe ich ihm hinterher. Er beachtet mich nicht. Vielleicht denkt er, dass es hier so üblich wäre. Vielleicht denkt er, er wäre etwas Besonderes. Aber eigentlich will ich nur sehen, wohin er läuft. Vielleicht kann ich ihn ja auf seiner Reise begleiten; auf seiner Reise in andere Galaxien, in andere Universen und in andere Denkweisen.

Als er durch die Straßen geht, träumerisch, bleibt er oft an einigen Ecken stehen und macht Fotos von Menschen. Sie sind ganz verschieden: oft lachen sie oder tragen interessante Kleidungsstücke. Ich glaube, das mag er; wenn etwas anders ist, wenn Menschen glücklich sind;

bestimmt.

Ich würde gerne hören, was seine Erzählung ist, denke ich mir. Ich würde gerne wissen, warum er gerade hier ist; zu dieser Zeit, an diesem Tag. Ich frage mich, ob er die Vögel auch so hört, wie ich es tue, ob er die Menschen sieht wie ich. Ich frage mich, ob er wie all die anderen Jungen in seinem Alter ist. Wenn er wie sie wäre, würde er keine Baskenmütze tragen. Vermutlich ist er ein kleiner Träumer, ein kleiner Denker vielleicht. Vielleicht ist er auch nur ein Fotograph oder ein ganz normaler Junge. Vielleicht ist er so normal wie die meisten.

Er bleibt bei einer Blumenhändlerin stehen und ich beobachte ihn heimlich. Er kauft sich eine kleine Rose, dieser Junge. Dann geht er weiter. Er zieht durch diese Stadt, als hätte er schon immer in ihren Straßen gewohnt; als sei diese Stadt schon immer sein Zuhause gewesen.

Ich frage mich, was er von mir denkt. Ob er interessiert an mir ist? Vielleicht hat er mich ja gesehen und läuft nur für mich diesen Umweg? Vielleicht denkt er, dass auch ich etwas ganz Besonderes bin. Vielleicht sind wir beide etwas ganz Besonderes. Vielleicht ist dieser Junge zu Fuß unterwegs und durchquert Europa von Russland bis nach Spanien. Vielleicht ist er auch ein Hexer und kann fliegen. Sicher hat er ganz, ganz viele Tiere.

Als er plötzlich auf einem großen Dampfer ist, sehe ich mich nur noch unten am Hafen stehen. Er hat mich zurückgelassen; einfach so, dieser Junge. Er hat mich verlassen, wie man vielleicht ihn verlassen hat, diesen Zauberer. Ich stehe noch eine Weile dort und sehe, wie das Schiff ablegt. Ich sehe, wie es sich in Bewegung setzt und ich ihm wohl nie wieder begegnen werde. Vielleicht sollte es so sein. Vielleicht sollte ich diese Erfahrung machen. Vielleicht musste er verschwinden, vielleicht muss seine Reise weitergehen. Er hätte hier nicht bleiben können. Er gehörte hier nicht hin, auch wenn ich es mir gewünscht habe.

Er gehörte wohl nirgends hin, weder in diese kleine Stadt mit dem kleinen Café an der großen Straße, noch woanders auf diese Welt; vielleicht ja auch gar nicht auf dieses Schiff. Dieser Junge mit der Baskenmütze, dem schwarz-weißen Pulli und dem schwarzen Mantel, er gehörte hier nicht hin. Ich denke, er gehörte in seine eigene Welt, in seine eigene Welt mit niemandem. Nur er und er selbst gehörten in seine Realität, seine Wirklichkeit. Insgeheim wünschte ich ihm eine schöne Reise und dachte, dass er wohl irgendwann an den Klippen der Bretagne stehen würde. Dort würde er stehen und philosophieren, den Wind einatmen und die Freiheit spüren, seine Freiheit,

seine so grenzenlose Freiheit.

Als ich den Hafen verlasse, es war schon mitten in der Nacht gewesen, und mir die kleinen Gaslaternen Licht spenden, denke ich immer noch an ihn, an seinen Mut, in dieser Welt weiterzuleben; in dieser Realität, in der man eigentlich nicht leben möchte, nicht, wenn sie so einfältig ist. Aber er hatte ihn, diesen Mut; diesen Mut, den ich bewundere. Er verstand es, das Leben; er, ganz alleine er.

Vielleicht nannte man ihn nie mutig. Vielleicht rannte er immer vor allem davon. Vielleicht war es an diesem Tag genauso gewesen. Aber für mich wird er immer mein kleiner Held bleiben; ein kleiner, mutiger Held. Er tat nichts Besonderes, dieser Junge mit der Baskenmütze. Er aß Kuchen, trank seinen Tee, kaufte eine Blume und fotografierte Menschen auf der Straße. Er fotografierte alte Häuser, alte Ruinen und Häuser von vergangenen Tagen. Dann ging er auf ein großes Schiff, tauchte in der Masse unter und dennoch bemerkte ich ihn. Ich sah ihn immer. Ich sah, wie er auf der Terrasse stand und mich erblickte, wie er ganz kurz, für nur einen Augenblick, die Haltung verlor und seine Maske ablegte. Er tat es nur für mich, bestimmt. Ich war bestimmt etwas ganz Besonderes für ihn. Ich sah, dass aus seinen schwarzen Händen eine rote Rose fiel. Sie wurde vom Wind auf den Pier getragen und ich sah, dass ich sie an mich nahm.

Vielleicht war es ein Zufall.
Vielleicht war unsere Begegnung ein Zufall.
Vielleicht war unser Leben ein Zufall.

Vielleicht war er viel, viel mehr als dieser Passagier.

Aber ganz sicher war er der Junge vom Schiff.

07. Februar 2017

Bevor wir gehen
Gewidmet Seminargruppe 18

Da rollen sie, die Tränen
Man sagt sich ›Wiedersehen‹
Die Herzen, sie uns brechen
Ein letztes Mal wir sprechen

Seht uns're Münder zittern
als Taschentücher knittern
Die Finger sich noch fassen
bevor wir gehen lassen

Das weise Kind

Wie läuft das weise Kind
Es rennt und läuft geschwind
Es hält in seinen Armen
die ausgewählten Namen

Von denen, die sei'n richtig
Für ihn ist es ganz nichtig
das äußerliche Scheinen
Es ist dabei zu meinen:

» Wozu brauch' ich Gesicht?
Charakter seh' ich nicht! «

16. März 2016

Septembertage

An regn'ischen Septembertagen
da denke ich ganz oft an dich
da trau' ich mich zu wagen
zu lieben dich und mich

Ich träume von der Glücklichkeit
von uns'rem Glück auf Lebenszeit
Doch mein Verstand, er hat gesagt
dass Liebe mich ja doch nur plagt

Älter werden

Die Sonne scheint hell und dort läuft diese Frau:
ihr Rücken gekrümmt und die Haare sind grau
Sie geht nicht sehr schnell und ihr Körper ist klein
Da guck' ich auf mich und dort unten ist mein

erworbenes Buch in den Händen
Man wolle ›*Signale versenden*‹
an ganz viele andere Sterne
die nah sind in weitester Ferne

So laufe ich hinter ihr her
und frage mich: Gibt es nicht mehr?
Kann ich noch ganz glücklich verweilen
Wird mich dieses Schicksal ereilen?

Nur die Zeit

Der helle Mondschein legt sich wie ein kalter Schleier über meine sehnsüchtigen Blicke. Der Platz neben mir ist leer und scheint wohl auch für immer unbesetzt zu bleiben. Die Bank, die wir teilten, ist auf der einen Seite schon mit Efeu bedeckt, der sich windend um die Holzbalken schlingt, welche wir aus den Bäumen geschnitten haben, die wir fällten. Dort, wo du gesessen hast, bleibt es leer.

Manchmal wünsche ich mir, dass ich meinen Arm wieder um deinen Hals legen könnte. Ich möchte meine Wange wieder an deinem Körper spüren und merken, wie mein Herz sich mit deinem verbindet. Ich will dieses Gefühl wieder erleben, erfüllt zu sein. Ich will bei dir sein. Ich will deinen Atem auf meiner Haut spüren, deine Blicke sehen, dich. Ja, ich will. Ich will dich. Aber ich weiß, dass es nicht wieder so sein wird und das ist okay. Jeder hat seine Zeit und deine war gekommen. Sie war gekommen, weil sie kommen musste. Ich hätte nicht gewollt, dass du noch weiter leidest. Ich hätte alles für dich getan. Dennoch werden nie die Tage verschwinden, an denen ich hier sitze, auf die weite See blicke und mir vorstelle, wie wir gemeinsam in einem kleinen Boot sitzen und auf die Insel dort drüben rudern. Dann küsst du mich und lachst wieder so lieblich, so, wie es damals gewesen war. Es sind die schönen Erinnerungen.

Weißt du noch, als wir uns zum ersten Mal gesehen haben? Ich war ganz schüchtern. Das war doch alles noch in der Schule, oder? In der Pause warst du immer mit deinen Freundinnen auf dem Schulhof und ich stand etwas abseits.

Ich habe dich immer beobachtet. Du warst einfach so wunderschön, meine Liebe.

Gott, ich werde schon wieder sentimental. Ist es nicht unglaublich, wie du mich verzaubert hast? Dreizehn

Jahre waren wir verheiratet, dreiundzwanzig kannten wir uns, dreiundzwanzig Jahre. Prost! Prost auf dich, auf mich und auf uns. Diese Zeit war wirklich unbeschreiblich.

Weißt du noch, wie sie uns alle damals ausgelacht haben, nur weil du größer warst als ich? Für sie warst du körperlich überragend, doch für mich hast du immer mit deinem Charakter übertroffen. Schade, dass sie das alle nicht gesehen haben. Ist es nicht wunderschön, was aus uns geworden ist, wie wir Menschen so berühren können? Ich glaube, das mit uns war wirklich etwas Besonderes, weißt du, sowas, was einem nur einmal im Leben geschieht. Diese innere Verbundenheit ist ein Segen für mich. Ich dachte nämlich immer, dass man mich nicht verstehen würde. Doch dann, dann kamst du und hast mich vom Gegenteil überzeugt. Verstehst du das? Ich meine, du kamst einfach auf mich zu und du hast mich gefragt, ob wir ausgehen wollen. Ich glaube, das war der schönste Tag in meinem Leben. Es war der schönste Tag, bevor ich dich zu meiner Frau nehmen durfte.

Unsere Hochzeit! Sarah sah so schön und glücklich aus. Hast du sie gesehen? Erinnerst du dich? Ich weiß gar nicht, was ich ohne sie machen würde; damals wie heute. Ich gebe zu, sie und ich haben eine besondere Bindung. Ich weiß nicht, ob du mich verstehst, aber Sarah und ich sind einfach ein perfektes Team. Das waren wir schon immer. Nach deinem Tod war sie mir immer die Stütze, die ich gebraucht habe. Und als ich an deinem Bett saß, hat sie mich nie alleine gelassen.

Die letzten Tage, als du mich nicht mehr gehört hast, waren am schlimmsten für mich. Das erzähle ich dir, glaube ich, immer wieder. Aber es geht mir einfach nicht aus dem Kopf. Ich habe immer deine Hand gehalten. Ich habe immer gehofft. Ich habe nie damit aufgehört.

Ich glaube, Sarah hat dich sehr gemocht. Oh

ja, das weißt du ja sicher. Und weißt du, wie schön es ist, dass es ihr so gut geht? Sie hat einen wundervollen Mann, Freunde und ein bezauberndes Leben. Ich habe heute erfahren, dass sie bald Zwillinge bekommen wird und eines deinen Namen tragen soll. Was meinst du? Ist das gut? Ich finde ja. Das Kind ersetzt dich nicht, aber es erhält deine Erinnerung. Du wirst für immer in den Köpfen von uns bleiben. Kann ich dir noch einmal sagen, wie sehr ich dich liebe und vermisse? Du sitzt bestimmt dort oben und weinst kleine, goldene Tränen, wenn du mich hier siehst. Ich spüre das. Ich spüre, wie du bei mir bist und auf mich siehst. Ja, nenn' mich einfach verrückt.

Ich glaube, das erste Mal, als ich dir meine Liebe gestanden habe, war das im Heißluftballon. Du mochtest die Fahrt nicht, oder? Das habe ich gemerkt, weil dein Mund sich gekräuselt hat. Das machst du immer, wenn du dich ärgerst und dir etwas nicht gefällt. Das war auch so, als wir in diesem französischem Restaurant saßen und wir Muscheln essen mussten. Du hättest bei diesem Wettbewerb nicht teilnehmen sollen, das habe ich dir gleich gesagt. Du hattest den Sieg verdient und niemand war besser als du. Aber auf einen Abend in einem schnöseligen Restaurant hätte ich verzichten können. Ich hätte dich lieber wie damals auf ein Schnitzel mit Pommes eingeladen.

Oft vermisse ich deine Wärme, wirklich. Es ist kühl, wenn ich im Bett liege und die andere Seite leer bleibt. Keine Heizung, kein Feuer kann mir das geben, was mir genommen wurde. Da hilft auch kein Gedanke, da helfen nicht mal mehr Träume. Ich träume so oft von dir. Wir fliegen zusammen über den Himalaya und essen Eis in Maine. Weißt du, warum wir Eis in Maine essen?

Ich auch nicht.

Ich war schon immer etwas komisch, aber du hast mich

glücklich gemacht. Maggie und Simon sind zwei wundervolle Kinder, die eine wundervolle Mutter hatten. Und mit jedem Jahr, mit dem sich dein Tod ein Stück entfernt, klebe ich ein Bild unserer Familie in das schwarze Fotobuch ein, das ich dir geschenkt habe. Ich lächle immer, obwohl der Platz neben mir ein weiteres Mal leer geblieben ist. Vor mir sind unsere Kinder. Bei unserem letzten Bild sind sogar unsere Freunde dabei, Sarah und ihr Mann, Nils und Anette. Wir alle wissen, dass du wohl nicht zurückkommen wirst, aber wir haben dich nicht vergessen. Das werden wir nie. Wir werden dich immer in unseren Herzen behalten, wirklich. Das verspreche ich dir. Ich liebe dich.

Weißt du, letztens hat mich Oliver gefragt, wie es mir geht. Und weißt du was? Ich habe zum ersten Mal gesagt, dass es mir gut geht. Es sind jetzt sechs Jahre vergangen, seitdem dein Lachen nicht mehr unser Haus durchschallt, wenn wieder eine Rolle im Fernsehen gestorben ist, die du nicht leiden konntest. Ich muss jetzt immer alleine Tatort sehen. Danach bringe ich die Kinder ins Bett. Sie sind schon so groß geworden! Sie ähneln dir sehr, wusstest du das? Simon hat deine Augen und Maggie deine Herzlichkeit. Ich bin sehr stolz auf die beiden und denke, das wärst du auch. Wir waren eine glückliche Familie.

Manchmal frage ich mich, warum gerade du gehen musstest. Warum hat es nicht mich getroffen? Diese unheilbare Krankheit hätte jedem widerfahren können. Aber warum dich? Warum hat das Schicksal dich ausgewählt? Es gibt wohl Sachen, die ich nicht verstehe. Vielleicht war es einfach Zufall. Ein Pfarrer hat mir gesagt, dass Gott immer die schönsten Blumen zu sich holt, so, wie wir beide das immer gemacht haben, wenn wir auf die Wiesen gegangen sind. Wir haben einfach die schönsten gepflückt.

Ach, meine Liebe

Es ist schon wieder so spät. Heute ist das Wasser sehr still. Ich könnte mit dem Boot auf unsere Insel fahren. Erinnerst du dich noch? Das war ein wunderbarer Ausflug. Es war ein ganz besonderer Tag mit einem ganz besonderen Menschen.

Du bist wirklich ein ganz besonderer Mensch,

wirklich.

Manchmal wünschte ich mir, dass ich einfach bei dir sein könnte. Ich halte das nicht mehr aus. Ich schaffe das einfach nicht. Das ist wie eine überfüllte Kiste, die nicht aufspringen kann. Sie ist so zugeschnürt, aber alle Erinnerungen quetschen sich an den Seiten heraus. Du bist überall.

Es tut mir so leid.

Aber ich bin stark, ich schaffe das. Wir schaffen das. Ich muss es schaffen. In meinem Herzen lebst du weiter. Auch Nils fängt wieder an, von dir zu sprechen. Langsam kommt etwas Normalität in den tristen Alltag, den du uns hinterlassen hast. Alles, was ich so liebe, meine Bücher, meine Bilder und das Geschirr, das alles scheint so nichtig, seitdem du nicht mehr bist. Es ist nur noch diese Leere in mir. Sie ist so oft da und ich weiß nicht, was ich machen soll. Ich komme mir hilflos vor und dann frage ich mich, warum ich damals ›Ja‹ gesagt habe. Doch dann sehe ich das Bild von dir und deine Art, wie du mit den Menschen und mit mir umgegangen bist und weiß, dass wir bei allem die richtige Entscheidung getroffen haben.

Du bist so ein guter Mensch.
Du bist so schön.
Du wirst so sehr geliebt.

Ich frage mich, wann diese Nächte enden. Ich frage mich, wann sich unsere langen Wege wieder treffen und dieser Schmerz vorbei sein wird. Wann kann ich dich wieder in meine Arme schließen? Ich würde dich nie wieder gehen lassen. Ich würde dich vor allem Bösen bewahren, das es auf dieser Welt gibt.

Zum Schluss bleibt nur noch dein schwarzer Schatten, der mich bei allem, was ich versuche zu vollenden, unterstützt und beschützt. Ich merke, wie du deine Hand auf meine Schulter legst und mir meine innere Ruhe schenkst.

Ich liebe dich so sehr.

22. Juli 2016

Er ist ein Held

Er ist ein Held
ein Träumer und Denker
Die Gedanken er hält
selbst beim dunkelsten Henker

Er steht dort im Licht
doch erkennt er es nicht
Er reist und er will
dann unglaublich still

erzählen vom Träumen
in den endlosen Weiten
Er will nichts versäumen
und doch so viel streiten;

über Liebe und Blicke
über Wünsche und Herzen
Ich höre und nicke
und seh' so viele Schmerzen

Das Schiff auf dem Meer

Ich rede zu viel
zu viel über mich
Probleme, Gefühle
» Es ist ja so schrecklich! «

Ich bin ein Gespenst
ein Schrecken der Nacht
der mit seinem Wesen
den Schatten entfacht

Ich bin dieser Schatten
und fühle ihn sehr
Ich muss damit leben
wie's Schiff auf dem Meer

Das rote Tuch

Den Boden ziert ein rotes Tuch.
Es stehen Tränen in den Augen.
Es scheint ihm wie ein großer Fluch
denn seine Taten ihm nichts taugen.

Markantes Tuch liegt prahlend unten
ist einsam auf dem Laminat.
Es wirkt ganz frei und ungebunden
als wär's ein simples Unikat.

Er sieht hinab und lächelt dann.
Sie denken nichts und schweigen
denn er ist stets ihr starker Mann.
Er muss es ihnen würdig zeigen.

An der Klippe

Er steht an der Klippe
und sieht dann hinab
Ihm hinter die Sippe
die bleckt sich die Lippe

Er sieht dann hinunter
in tosende Wellen
und sagt dann ganz munter:
» Das gibt ein paar Dellen «

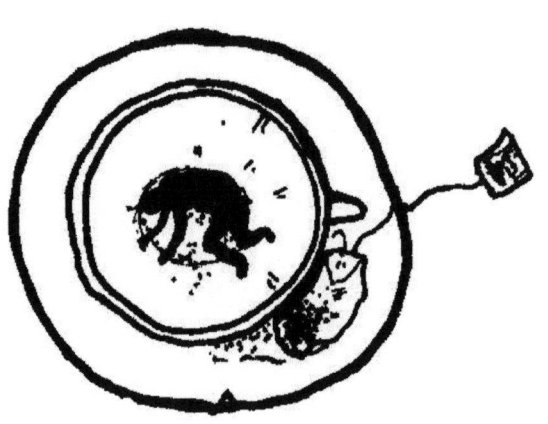

La fin de Monsieur Jiminy

Es ist ein heller Dezembermorgen. Eisige Schneeflocken rieseln in beständiger Ruhe auf die Köpfe der Anwesenden herab. Das Alte ist vergangen und das Neue imstande zu erblühen. Eine Ära, eine ganze Epoche scheint vorbei zu sein. Endlich? Das Leben ist es, aber auch die Erfüllung? Ist die Erfüllung endlich oder geht sie weit über den Tode hinaus?

Es ist kalt und die Menschen frieren. Langsam begeben sie sich alle in das kleine Gotteshaus, wo schon viele von ihnen beerdigt worden sind; zuletzt seine Urgroßmutter. In der Kirche heizt ein großer metallener Ofen das Gebäude. Auf den grauen Bänken liegen violette Kissen. Weißes Papier mit alten Liedtexten wird durch die Reihen gegeben. Es wirkt etwas mechanisch, abgestumpft, alltäglich. Dort sitzen sie, seine Verwandten, seine Lieben. Viele haben sich nicht versammelt, aber genug, um die kleine Kirche auszufüllen.

Ein Sarg ist aufgebahrt, keine Urne. Er ist komplett schwarz und lackiert, genau wie Monsieur Jiminy es wollte, es veranlasst hat. Goldene Ornamente befinden sich an den Seiten des Sargs. Der sich in ihm befindende Körper liegt mit einem Lächeln in seidigen Tüchern; in den Tüchern, die er sich selbst gewebt hat. Sie sind beige und weich wie Samt. Seine Hände halten einen Blumenstrauß. Es sind rote Dahlien, die schwarze Pigmente im Zentrum zieren. Es sind jene Blumen, die für ihn eine Fülle bedeutet haben; die für ihn die Güte der Welt symbolisierten.

Der Saal wurde seit sieben Uhr eingeheizt. In der Kapelle ist es ganz warm. Als sich die Menschen auf die Bänke setzen, knarren und quietschen sie, wie es schon immer gewesen ist.

Ob die Gäste wussten, dass es geschehen würde? Hatten sie die Texte verstanden, die er sein Leben lang schrieb? Er verstand sich immer mehr wie ein Code, ein Rätsel, das jeder einzelne zu lösen hatte; jeder für sich, nicht als Gruppe. Er war die Formel eines Lebens gewesen. Jeder hatte eine andere Seite von ihm kennenzulernen. Er wünschte sich, ein kompaktes Rätsel zu sein, das nur zu knacken war, wenn man alles wusste; wenn jedes Teil zusammengesetzt wurde. Es gab signifikante Informationen, nie geahnte Tiefgründigkeit und versteckte Bedeutungen in den Schriften, die nur für eine bestimmte Zeit verweilen würden. Lasen sie aus den kahlen Tritten, die er in die Welt setzte? Konnten sie Jeremy verstehen und sehen, welchen Pyjama er sein Leben lang trug? Hatten sie die Bedeutung der Opernsängerin in Budapest verstanden? Es sollte sich heute zeigen; mit jedem Wort und mit jeder Verhaltensweise.

Natürlich war der, der im Sarg lag, komplett in schwarz gekleidet. Er trug einen schwarzen Anzug, ein schwarzes Hemd bedeckte seinen Körper. Er trug sogar eine schwarze Fliege. Für den ein oder anderen schien es, als würde der Verstorbene eher zu einer Abendveranstaltung gehen, als in wenigen Minuten in die Erde gelassen zu werden, tot zu sein. Wussten sie überhaupt, wer dort lag? Kannten sie ihn oder waren sie geblendet von ihren eigenen Vorurteilen? Wer war dieser Jim Jiminy? War er der kleine Junge, der damals im Kindergarten Prinzessinenkleider trug? Oder der, der bei Dunkelheit Angst hatte, den Hang hinunterzulaufen? War Jim der, der nie mehr baden gehen wollte oder war er der, der immer ein Lächeln auf seinen Lippen trug? Vielleicht würde man ihn endlich als einen starken Jungen ansehen, der eher die Kraft seines Geistes als die seiner Muskeln benutzte. Aber er hatte ja auch keine andere Wahl. Er hatte keine andere Wahl gehabt.

In der Stille der Unendlichkeit vergeht jedes kleine Wort von dem Mädchen, das zuerst sprach. Tränen laufen über ihr Gesicht. Sie streift ihre Haare zurück. Es geht ihr schlecht, sie denkt, niemand würde es verstehen.

Er hatte es ihr doch versprochen. Wie konnte er ihr nur sowas antun?

Aus der Orgel erklingt eine schöne Musik. Sie ist fröhlich und keineswegs in Moll gehalten. Es war eine gute Entscheidung des Organisten gewesen. Was werden sie jetzt ohne Jim machen? Werden sie weiterleben oder im Grau der Tage verschwinden? Wird alles so bleiben, wie es war oder wird er nur eine austauschbare Rolle für sie gespielt haben? Wird er sie endlich so sehr interessieren, dass sie über ihn sprechen werden, seine Werke schätzen und seine Gedanken respektieren?

Ich glaube, die Lösung besteht alleine darin, dass sie sich darüber klar werden müssen, was er ihnen bedeutet hat. Wer war Jim Jiminy? Was war er für sie? Ein unbeachtetes Blatt auf dem Boden der Fülle? Er war nur einer von hundert, sagte er. Er sagte es, weil er dachte, sie würden es so meinen. Er dachte, es würde stimmen, was man ihm sein Leben lang erzählte.

Einige Menschen weinen, einige nicht. Jim hätte nicht geweint. Er wäre starr gewesen, seine Hände lägen auf seinem Schoß. Er hätte sie gefaltet und nach unten gesehen.

» Auf Wiedersehen, Jim «, ertönt es, als einer der Anwesenden plötzlich aufspringt und den Saal verlässt. Er geht wie kein anderer. Er geht, wie Jim vielleicht selbst gegangen wäre.

Er hat es gut gemacht.

» Ist das die Erfüllung unseres Seins? «, fängt nun ein anderer an und die Menge versteht. Seine Worte hallen durch die Kirche, die vom Schnee fast gänzlich bedeckt ist.

» Und wir bekamen nur ein leeres Paket «, spricht der dritte, als er es einsah. Die vierte flüstert vor sich hin: » Es kommt darauf an, was wir in dieses Paket legen, nicht, wie wir es bekommen. « Zuvor hatte sie noch ganz wütend zu denen geschaut, die die Kapelle verließen.

Es war nicht die Kapelle in Camaret-sur-Mer gewesen. Es war nicht die Kapelle von Schenkenberg, in der sich dieses Dezemberwunder abspielte. Es gab kein Gestern und kein Morgen mehr. Es zählte nur der Moment, der sie alle für immer miteinander verbinden sollte. Er teilte sein Leben mit ihnen und führte sie mit seinem so grandiosen Abgang alle zusammen.

Die Menschen verließen das gottesfürchtige Haus und schenkten sich ein Lächeln. Sie zogen die schwarzen Kleider aus und entwanden sich von den Tüchern, in die sie sich gehüllt hatten und mit denen sie ihrer Trauer Ausdruck verleihen wollten. Er hatte sie zusammengeführt, er wollte es so, und so war es vollkommen. Sie lernten voneinander.

Jeder kannte eine andere Seite von Jim. Sie kannten fast jede kleinste Facette. Doch nur durch die Zusammenführung erkannten sie das gesamte Konstrukt; das gesamte Monument desjenigen, der vor ihren Augen verstarb. Er verstarb wie das letzte Blatt am Baum im Herbst.

Jim hatte sich gestürzt; aus einem Haus. Er ließ die Tasse auf dem Fensterbrett stehen, wie er es schon einmal schrieb. Es war nur ein Sprung gewesen, eine einzige Handlung. War es ein Sprung in sein so unendliches Glück? Er wusste es nicht. Er begab sich in komplett neue Gebiete. Er hatte den Mut, seine Welt zu verlassen. Er hatte die Wahl.

Bleiben oder gehen?

Oh, Jim

War es die richtige Entscheidung gewesen? War es in Ordnung, dass er in diesem einen Moment nur an sich selbst dachte? Er musste an sich denken, wenn er ›er selbst‹ sein wollte. Manchmal fragte er sich, wer es ihm verbot, sein Glück zu suchen. Jeder hatte sein Glück zu finden, jeder einzelne von ihnen. Und vielleicht waren sie schon allesamt glücklich. Doch er war es nicht. Er verstand das Leben als etwas, das so viel mehr gewesen war. Das Leben ist mehr. Das Leben ist mehr als Tod und Glück, als Arbeit und Freude. Das Leben ist so viel mehr, als dass es einer beschreiben könnte.

Er hätte niemals glücklich werden können.

Er hat sich doch nur selbst Vorwürfe gemacht. Er konnte gar nicht begreifen, was ›die Welt‹ eigentlich gewesen war. Er hatte nicht einmal das Recht, Spaß zu haben und empfinden zu dürfen. Letzteres war aber nur seine Sicht. Es waren Jim und sein Schatten, die diese Welt verließen. Vielleicht blieb der Schatten auch. Vielleicht nahm der Schatten jeden ein, dessen Herz er einst berührte. Vielleicht verließ aber auch nur der Schatten den Körper von Jim. Vielleicht hatte Jim es jetzt einfacher.

Und alle gingen zusammen Hand in Hand. Sie verabschiedeten sich nicht von ihm. Es hätte ihm nichts gebracht. Sie hatten lange Zeit, ›Adieu‹ zu sagen, lange Zeit, als er noch unter ihnen weilte. Sie haben die Chance nicht genutzt. Schließlich waren sie glücklich: nicht, weil er ging, sondern weil sie ihr Glück nun mehr als sonst zu schätzen wussten. Sie waren glücklich, weil sie sich gefunden hatten. Sie waren glücklich, weil sie ihn verstanden.

Der Sarg wurde in die Erde gelassen und man warf nur Rosen hinterher; schwarze Rosen auf den schwarzen Sarg, in dem schwarze Kleider einen von Licht durchfluteten Menschen umhüllten.

Es waren so viele schwarze und vor allem schwere Schichten, die ihn beschützen. Nur leider gab es keine, die ihn rettete.

Es war schwierig für ihn zu verstehen, dass er nichts dafür konnte, dass er wohl immer etwas anderes bleiben würde und er nie mit einer Frau in der Liebe schwelgen durfte, wie er es sich erhoffte.

Aber so ist Jim. So war er, bis er letztendlich doch für immer verschwand.

Der schwarze Mann

Der schwarze, große Mann
kommt schleichend, still heran
und fasst dich mit den Händen
die dich gar wollen schänden

erbarmungslos, grob an!
Nimmt alles, was er kann!
Nun will er deine Seele
und greift nach deiner Kehle!

Der Schreck, er sitzt so stark
zieht durch dein ganzes Mark
Er kommt gar immer wieder
wenn du senkst deine Lider

Wie das Leben spielt

Wie das Leben spielt!
Unser Schicksal zielt
gegen Wünsche, Denken
Träume will es schenken!

Unser Leben ist verrückt
dadurch es uns stets beglückt
uns're Welt zu überraschen
Leben webt gar schöne Maschen!

Unser Leben Wünsche pflückt
dadurch unser Schicksal schmückt
Dieses Leben ist famos
manchmal toll, mal rigoros

21. Juli 2017

Was man sieht

Ich trage einen schwarzen Mantel
Schwarze Schuhe bedecken meine Füße
Meine Hände sind gehüllt
in schwarzes Leder

Und meine Haut
sie ist so weiß
so rein
so empfindlich

Manchmal wünschte ich
ich würde es sehen:
mein flammendes Herz
und nicht mein einsames Flehen

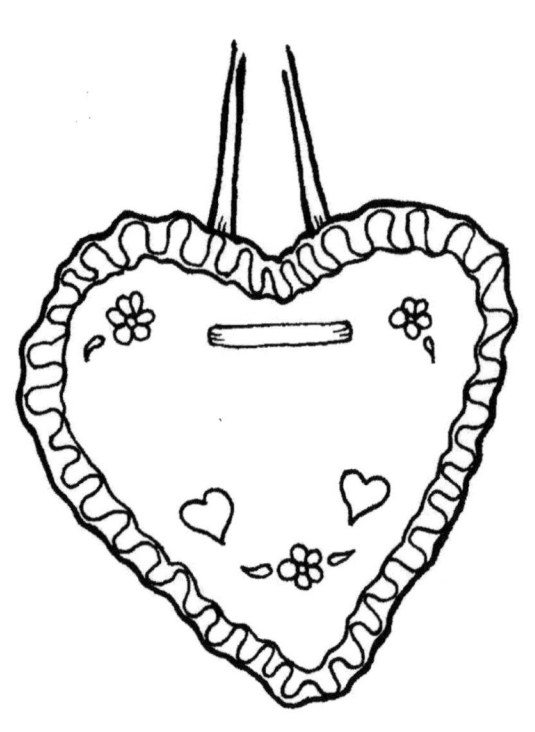

Winters Glanz

Eisige Kälte umgibt die Menschen auf dem Weihnachtsmarkt in der fernen Stadt; hinten am Ufer des zugefrorenen Flusses. Früher haben sie in seinem Wasser gespielt; früher, als es noch warm war, die Kinder am Strand ihre Kleider ablegten und sich in den Augen der anderen verloren. Dann sagten sie, es sei keine Liebe, doch dabei war es die ehrlichste, die schönste, die wärmste und die, an die man sich immer erinnern würde.

Die Kälte schleicht durch die kleinen Gassen der hölzernen Hütten, die mit ihren kleinen Heizungen versuchen, die eisigen Temperaturen aufzuhalten und die Welt ein wenig wärmer zu machen. Es sind die grimmigen Verkäufer, die den Markt zuerst besuchen werden. Sie kommen, bauen ihre Hütten auf und fragen sich, wann sie endlich wieder zu Hause sind. Und doch eint sich bei allen die Hoffnung auf bessere Tage; auf Tage, an denen sich ihre Liebe erfüllen wird. Dieser Gedanke macht die mürrischen Verkäufer so herzlich und menschlich. Manchmal setzen sie dann ein falsches Lächeln auf und man könnte denken, sie meinen es ehrlich.

Es ist eine ganz besondere Atmosphäre auf diesem Weihnachtsmarkt diesseits des kleinen Flusses, der sich nicht nur durch die Stadt, sondern auch durch die Herzen der einzelnen Besucher und Verkäufer schlängelt.

Erste Blicke und neugierige Finger erreichen die ausgestellten Exemplare. Herzen aus Lebkuchen, Süßigkeiten, werden an die Stelle einer zerbrochenen Erinnerung gesetzt. Die Besucher lachen, dann beißen sie hinein, lächeln und teilen einen Moment, als wäre er ihr erster und letzter auf diesem ganz besonderen Weihnachtsmarkt mit den Tannen und dem Kunstschnee, der überall an den Seiten liegt.

Der Boden ist manchmal ganz rutschig, doch keiner fällt hin. Er ist so rutschig, dass alle plötzlich mit Schlittschuhen heraneilen und der ganze Markt einer großen Eishalle ähnelt. Es ist beinahe eine ganz eigene Welt voller Herzen aus Lebkuchen, warmen Gedanken und einer Prise an Kälte; einem Laster, das sie alle verbindet.

Bevor der Markt aber beginnt, wird nachgesehen, ob auch jeder seinen eigenen, kleinen Stand eröffnet hat. Eine Gruppe von Menschen, vielleicht Freunden, überprüft die Ketten des Hauses und die, die die Verkäufer mit sich tragen. Sie interessieren sich für die Erzählungen, die die Menschen verkaufen, lachen und laufen weiter. Sie sind ganz fürsorglich. Behutsam helfen sie einem, die Geschichten zu verpacken. Sie sollen nicht frieren. Sie nennen sie ›Schätze‹, die kleinen Truhen, die man im Grund eines großen Sees finden wird, wenn man stark genug ist zu suchen.

Inmitten dieses Gewühls gibt es dann auch noch kandierte Äpfel, die sich lieblich auf die Stimmen der Menschen legen. Die Zuckermasse macht sie ganz weich; das, was sie sagen, ganz süß und herzlich. Es ist *Winters Glanz*, der nur wenigen Menschen offenbart wird und sich in diesem Moment abspielt. Es ist für jeden ein kleiner Traum, der sich vollführt. Die meisten werden es Illusion, Fantasie oder Wunsch nennen. Doch in Wahrheit war es für jeden einzelnen die Vorstellung eines schönen Tages, die Vorstellung eines perfekten Traums.

Hinten, neben den geflochtenen Körben, steht zum Beispiel eine Frau im roten Kleid; mitten auf diesem Markt. Sie atmet die kalte Luft ein, als sei es ihre Droge, ihr Elixier. Sie tanzt ihren ganz eigenen Tanz, streift über ihre Handschuhe mit dem diamantenbesetzten Armband. Ihre hohen Schuhe drehen sich über den Platz, als hätte sie gar keine Angst, hinzufallen. Manchmal befürchtet man, dass sie sich verliert. Doch niemand sagt etwas. Man liebt es hier, wenn man seine Träume ausleben kann. Später wird diese Tänzerin dann ihre Brillen mit den ganz besonderen Gläsern verkaufen.

Aber so sehr man sich auch in ihrem Tanz verliert, sie von so vielen Erzählungen berichtet und ihr Traum an einem seidenen Faden hängt, fragt sich keiner, wo sie später einmal hingehen wird. Es brauchte erst jemanden, der immer zu spät kam, seine Hütte zu spät öffnete und immer ganz böse angesehen wurde. Erst dieser betrachtete die Tänzerin, lauschte ihrer Erzählung und fragte sich, ob sie sich irgendwann von ihren Wünschen lösen könnte.

Der Markt in der Stadt mit dem kleinen Fluss war schon immer etwas Besonderes; etwas Besonderes für die Frau mit dem roten Kleid, den mürrischen Verkäufern, den Besuchern und für den, der immer zu spät kam. Als er sie tanzen sah, versuchte er, an den Grund ihrer Gedanken zu gelangen. Und als sich ihre Blicke trafen, da war es, als würde er eine ganz neue Welt betreten; es wäre ein ganz anderer Ort; es wäre eine Wohnung mit Schallplatten von den Rolling Stones, mit Blick auf eine große Straße unweit der Stadt. Er fragte sich, wohin sie ihn mitnahm. Was geschah nachts mit ihr, wenn sie nicht so schön tanzte und ihr eigenes Leben lebte? Was passierte, wenn sich niemand mehr für sie interessierte?
　　Er sieht sich um und erblickt das gestohlene Bild von Klimt, die zerbrochenen Scherben auf dem Boden im Badezimmer. Er wandelt durch den Raum mit dem weichen Teppich, in dem die Zehen versinken. Er sieht die Blumen, die auf dem schwarzen Tisch mit der Glasplatte stehen, rosa Amaryllen zieren einen weißen Blumentopf. Er läuft ein wenig umher, sieht aus dem Fenster und erblickt die lachenden Kinder, die er sonst nur vom Weihnachtsmarkt kennt. Die langen grauen Vorhänge streifen seine blanke Haut, als er sich wieder von der Scheibe wegbewegt und die ordentlich drapierten Früchte in der Etagere betrachtet. Im Badezimmer erblickt er noch einmal die liebevoll bestickten Handtücher mit ihrem Namen und ihrer Erzählung. Es ist Claire. Sie ist nicht für jeden sichtbar, der die Woh-

nung betritt. Die Erzählung zeigt sich nur denen, die danach suchen und sie finden wollen; die ihre eigene dafür aufgeben würden, die andere nur einmal berühren, hören, gar nachempfinden zu können.

Und plötzlich steht sie vor ihm, Claire, lächelnd, mit einer Zigarette im Mund. Sie hat sich so wunderschön geschminkt und spricht kaum ein Wort, fasst seine Hand und tritt aus der Wohnung. Sie tritt aus einem Ort, der sie fesselte, aus einem Ort, an den sie sich wohl immer erinnern wird. Für Claire war die Erzählung ihres Herzens diese Wohnung in der Rue Saint Michelle; in der Wohnung mit den Amaryllen und dem zerbrochenen Spiegel. Es ist das Zimmer mit dem Kleiderschrank, in dem sie sich versteckt hatte, bevor er sie fand. Es ist das Schlafzimmer, in dem sie ihren letzten Atemzug tat und immer noch lag.

Der Junge und die Frau stehen im Türrahmen und der Junge ist sich bewusst, dass er jetzt gehen muss; zurück zu seiner eigenen Erzählung, zurück in seine Hütte auf dem Weihnachtsmarkt mit den Besuchern, die das alles sehen und dennoch nicht begreifen können. Es ist dieser Zauber, der alle miteinander verbindet; der Zauber, der Fluss, die Stadt mit den zwei Kirchturmspitzen. Und als er wieder in seiner kleinen Hütte mit den dürftig angebrachten Papierleinwänden sitzt, seine kleinen Erzählungen für die großen Menschen schreibt, da tanzt Claire wieder für ihn. Und auf einmal ist er nicht mehr so traurig, als er sie tanzen sieht. Er muss lächeln, so sehr, dass das Feuer in den Herzen der Besucher plötzlich, nur für einen Moment, wieder zu flackern beginnt.

Es ist ein Zauber.

Ganz still steht das Heim

Im Wald steht ein Heim
Es steht so allein
Es steht dort ganz stumm
Sein Dach ist ganz krumm

Das Heim ist im Wald
schon sehr lange alt
Ganz stumm steht es dort
doch dann ist es fort

So ist es dann fort
am anderen Ort
Ganz still steht das Heim
denn so will es sein

14. Juni 2017

Herbstgedicht

Bunte Farben plötzlich tanzen
Bunte Träumer Wege pflanzen
Jene Wege sind erstrahlt
durch das ganze Laub bemalt

Bunte Bäume säumen Wände
Menschen fassen ihre Hände
Kälte rückt uns nah beisammen
und der Wind zieht schnell von dannen

Zauber ist's, ein echtes Wunder
Der Gedanke wirkt als Zunder
dass im Herbst der kleine Glimmer
strahlt in Zaubers buntem Schimmer

Allein
Gewidmet Gedicht № 139

Ich hab' dich gefragt:
» *Was ist es für dich?* «
und in meinen Träumen
da hast du gesagt:

Die Liebe bin *ich*
Ich steh' neben dir
bin dort und seh' zu
bestaune nur dich

Wie kann es nur sein
dass man sich verschätzt?
Man mit den Gefühlen
dann dort steht, *allein*

Die Schönheit des Geistes

Die Schönheit frisst den Geist
Ist's der eigene Gedanke meist!
Die Gesellschaft ist es, die ihn prägt
und jedem an der Seele sägt

Die Schönheit nimmt uns jede Sicht
Sie verdeckt ein jedes Lebenslicht
Sie verdeckt die Schönheit vom Gemüt
Die Schönheit führt ihr Spieldebüt!

Aber ich muss noch etwas sagen:
(für die Schönheit ist es etwas Dreistes)

Das Denken ist die Schönheit des Geistes

Valerie
Gewidmet den turbulenten Menschen in unseren Leben

›Nein‹ war wohl das erste Wort, das Valerie Delune in ihrer Kindheit sagen konnte; ›Nein‹ zu alldem, was ihr nicht gefiel, ›Nein‹ zu alldem, was ihr nicht in den Kragen passte. Auf das Wort ›Nein‹ folgte schließlich ›Ich‹ und dann das Wort ›Bitte‹. Letzteres schien ihr zweifelsfrei die Mutter beigebracht zu haben. Und so war es nicht verwunderlich, dass als erster Satz dieser turbulenten Dame: » Nein, ich bitte! « zwischen den Wänden des Hauses dreiundvierzig in der Route de Nice widerhallte. Sie wuchs in einem überschaubaren Dörfchen unweit wichtiger und überragender Metropolen Südfrankreichs auf. Das zierliche Kind, hauptsächlich Valerie genannt, denn jeder wusste, wer sich hinter diesem Namen verbarg, besuchte zuerst eine Schule und arbeitete später als mysteriöse Gestalt, die sämtliche Wünsche und Erinnerungen verkörperte. Von Valerie hörte man nur, welche Wunder sie jeden Tag aufs Neue vollbrachte. Das schönste Kleid trug sie immer, sobald sie aufstand. Ihr Lächeln zu sehen, war das Ziel eines jeden. Schwärmen tat man von Valerie natürlich, sobald die Sonne aufging. Man schwärmte von dem Mädchen aus dem Dorf von nebenan.

Ich malte mir immer eine kleine Frau mit braunen Haaren aus, die ihr ganzes Leben singend durch die Straßen sprang und dabei gar nicht wusste, was für einen Schaden sie eigentlich verursachte. Seien es die verwirrten Köpfe, der Kaffee auf meiner Jacke oder die Vorladung, die ich danach erhielt.
Es war faszinierend, dass sich jeder jemand anderes unter Valerie vorstellte. Die einen sprachen von roten Haaren, die anderen von blauen Augen. Aber ich behielt mein kleines Bildchen der Fantasie, so, wie die anderen die Vorstellung einer typischen Frau. Ich würde erst später erfahren, dass Valerie eine süße Schoko-

ladenpraline war, in deren Mitte sich eine kleine Himbeere befand, die von einer noch köstlicheren Schokoladenschicht ummantelt wurde.

Das erste Mal hörte ich von dem Mädchen mit den rosaroten Lippen, als ich gerade im Laden von Madame Remie stand und mich nach einem neuen Hut für meine Garderobe umsah. Ich war leidenschaftlicher Hutsammler gewesen. Meiner Kollektion gehörten bereits dreiundzwanzig Exemplare an und es schien mir nicht ersichtlich, dass ich irgendwann damit aufhören würde. Die Tür platzte auf und knallte gegen die Wand. Ein verrückter Mann stürmte in den Laden und riss fast die halbe Kleidung samt Kleiderständern um. War er denn des Wahnsinns? Er hinterließ einen kleinen Fleck auf meinem Mantel. Anscheinend hatte er mit Farbe gespielt.

» Sie trug heute ein langes Kleid von Dior! In rot! Ich habe es gesehen! «, sprach er keuchend und war fast der Ohnmacht nahe. Er setzte sich in den Sessel mit dem Blumenmuster, der in der hinteren Ecke des überschaubaren Ladens stand.

» Wer trug was? «, fragte ich etwas verunsichert. Musste man das kennen? Dior war mir kein fremder Begriff, aber deshalb so geistesabwesend einen halben Laden in Trümmern zu hinterlassen, schien mir doch etwas übertrieben. Ich versuchte immer noch, meinen Mantel vom Fleck zu befreien, sodass ich der Unruhe nur begrenzt Aufmerksamkeit schenkte.

» Valerie Delune? Sagt Ihnen dieser Name nichts? Mein Herr, woher kommen Sie denn? « Eine dickbäuchige Frau, wohl Madame Remie, stürzte zu mir und drückte mich leicht gegen die Wand. » Sie kennen Valerie Delune nicht? «, erkundigte sie sich dann genauer. Es versammelte sich eine Menschenmenge und beäugte unglaubwürdig meine Gestalt. Waren denn alle verrückt geworden?

» Nein «, erwiderte ich diesmal etwas unsicherer. Es schien mir, als würde man mir vorhalten, ich wüsste nicht, wer de Gaulle oder Jeanne d'Arc gewesen war. In meinem Kopf durchforstete ich sämtliche Möglichkeiten für Valerie, aber ich konnte mich an keine nennenswerte Person erinnern.

» Valerie ist das schönste Mädchen, das auf dieser Welt umherstolziert. Und ich untertreibe maßlos «, sprach der Mann, der sich langsam wieder erholte und sich im Sessel aufstützte. Unglaubwürdig hob ich eine meiner Augenbrauen und legte meine Stirn in Falten. » Valerie läuft mit einem Lachen durch die Gegend, das bezaubernder nicht sein könnte! Sie kommt hier vom Dorf und entzückt jeden, hach «, er seufzte. » Sie sieht in jedem Kleid fantastisch aus. Und sie ist so, so zurückhaltend, aufrichtig, freundlich, zuvorkommend, oh … «, schwärmte er von Valerie und sank zurück.

» Und woher kennen Sie sie? «, wollte ich wissen. » Es kann ja nicht sein, dass man hier von einem Menschen spricht, den man noch nie gesehen oder überhaupt erlebt hat. « Schließlich befreite ich mich von der Wucht der Madame Remie und ging in Richtung Tür. War das hier ein Kasperletheater? Entrüstet blickte ich zurück in einen Laden, der scheinbar von einem Sturm getroffen worden war. Kleidungsfetzen lagen zerstreut auf dem Boden, ein Mann mit zerzaustem Haar saß vollkommen abwesend in einem Ledersessel und die kräftige Verkäuferin band sich ihre lockigen Haare zu einem Dutt, den sie mit einem Halstuch fixierte. Geschah das täglich? Vielleicht lag es auch nur an der Mentalität der Menschen aus Monaco. Vollkommen überfordert verließ ich den Laden und verschwendete nicht mal mehr einen Gedanken an diese ominöse Valerie.

In Nizza saß ich in einem Café und dachte an Charlotte Salomon. Mein Lieblingsmaler Yves Klein erblickte hier das Licht der Welt und Matisse würde seine letzten Werke mit Schere an diesem Ort vollenden. Hier saß ich also wenige Tage nach meinem verwunderlichen Besuch in dieser Boutique in Monaco Ville in einem Lokal am Place Masséna. Ich saß in einem Café, dessen Namen ich, im Gegensatz zu diesem Tag, vergaß. Ich saß mit einer Zeitung und trank einen kleinen Cappuccino, als das Getränk plötzlich anfing, unnatürliche Schwingungen aufzunehmen und beinahe über den Rand meiner Tasse trat. War es ein Erdbeben? Hier? Meine anfängliche Verunsicherung verflog jedoch schnell, als ich eine Menschenmenge erblickte, die auch an diesem Ort in einen Laden stürzte und sich kaum beruhigen ließ. Jemand stieß mir anschließend den Cappuccino über meine Jacke und natürlich, wie auch sonst, wartete ich vergebens auf eine Entschuldigung. Weswegen gab es denn diesen Tumult?

Valerie!

Es war Valerie.

Es war doch nicht wirklich, wie ich dachte. Hatte ich mich verhört?

» Valerie Delune, Prada, Hut «, erklang es häppchenweise aus der Menschenmenge und ich konnte mit Leichtigkeit die Bruchstücke in meinen Kopf zusammensetzen. Valerie hatte sich wohl einen Hut von Prada gekauft oder sich schenken lassen oder was auch immer. Es war mir eigentlich vollkommen egal, würde sie mich nur wenigstens in Ruhe lassen! Diese Valerie war mir ein Dorn im Auge. Sie machte mich fuchsteufelswild. Es waren also nicht nur die Menschen in Monaco verrückt, nein, auch in Nizza! Wahrscheinlich war es ganz Südfrankreich! Wutentbrannt schmiss ich meine inzwischen zerknitterte Zeitung auf den marmornen Tisch und verließ das Geschäft, ohne zu bezahlen. Als man mir hinterherschrie, zeigte ich nur auf meine Jacke und verließ den Ort des Geschehens mit einem erzürnten Gesicht.

Die zweite Begegnung mit dieser merkwürdigen Gestalt war etwas aufdringlicher als die erste. Valerie war hartnäckig. Sie war wie ein Tomatenfleck auf weißem T-Shirt. Egal, wie gut du ihn herauswaschen würdest, es bliebe immer eine kleine dunkle Stelle, die man nur selbst sehen konnte, einem aber jedes Mal hämisch entgegenlächelte. In meinem Falle waren es der Mantel und die Jacke. Applaus, Applaus, Valerie! Das schaffte nicht mal der Verlust von Hut Nummer vierzehn.

Eigentlich reiste ich nach Südfrankreich, um mich von den anstrengenden Tagen in Paris zu erholen. Ich arbeitete viel im Kaufhaus Bon Marché, war sogar kurz davor, Leiter der Abteilung für Damenbekleidung zu werden. Ich schuftete so viel, dass mir das Kaufhaus diese Reise schenkte: zwei Wochen in zwei Städten Südfrankreichs plus Monaco.

Als ich in meinem Hotel ankam und mich auf mein Zimmer begab, war meine Reise schon fast wieder vorbei gewesen. Mehrere Wochen war ich nun in Südfrankreich unterwegs und lernte wirklich interessante Menschen kennen. Aber eine, jemand, der mich wirklich nicht verlassen wollte, war Valerie Delune gewesen. Wie ein Gespenst suchte sie mich in meinen Träumen und auf meiner Reise heim, als sei ich ihr kleiner Spielball.

Oh, Valerie! Ich verschwende schon wieder einen Gedanken an dich!

Ich fasste mir an meinen Kopf und riss mir beinahe die Haare aus. Konnte das die Möglichkeit sein? So habe ich mir meine Reise nicht vorgestellt! » Valerie! «, schrie ich. Es klopfte an der Tür, doch ich öffnete sie nicht. Aber es hörte nicht auf.

Ich ergab mich schließlich und sah, was man von mir wollte. Es waren die Menschen aus den Nebenzimmern, die unbedingt Valerie sehen wollten. Kurzerhand schlug ich die Tür mit einem kräftigen Hieb zu. » Verdammt seist du, Mademoiselle Delune! « Meine Hand war zu einer ebenso großen Faust geballt wie mein Zorn. Ich packte meine Sachen, räumte den Kleiderschrank leer und warf einen letzten Blick in das weiß gefliese Badezimmer des Hôtel Martinez: » Nie wieder will ich deinen Vornamen benutzen, elendiger Albtraum! « Den goldenen Schlüssel drehte ich im Schloss um, setzte mir einen Hut auf und säuberte die Schultern meines Mantels. Ich atmete tief ein und ging den Flur meiner Unterkunft entlang. Ich sah an mir hinunter, erblickte den Fleck und wurde nur noch wütender.

» Ich bin mehr als enttäuscht von meinem Aufenthalt «, gab ich der Rezeptzionistin zu verstehen und legte den Schlüssel auf die Theke. Mit einem schweren Atemzug verließ ich den roten Teppich des Hotels und stieg in das erste Taxi, das mich zum Flughafen bringen konnte. Wer sie wohl war, diese Valerie? War sie die Frau, die dort hinter dem Schaufenster arbeitete? Oder die, die davor stand und das neue Sortiment beäugte? Aber sie konnte nicht in einer Metropole wohnen. Alle meinten, sie käme von einem kleinen Dorf von nebenan. Sie war die Valerie aus Südfrankreich!

Valerie, verschwinde!

Geistesabwesend bestieg ich den Flieger, der mich zurück nach Hause brachte. Ich hätte es nicht für möglich gehalten, dass wir doch tatsächlich eine Stunde zu spät abhoben, weil ein Gewitter mit Namen ›*Valerie*‹ unseren Abflug verhinderte.

Valerie!

Es vergingen einige Monate, in denen ich nichts mehr von ihr hörte. Ich erhielt einen Bonus und wurde zum Leiter der Damenboutique befördert. Meine Wohnung am Montmartre konnte ich verkaufen und eine bessere in der Rue Chevert, im Herzen Paris', beziehen. Mein Leben hatte endlich wieder die ruhige Gelassenheit mit einer Prise an Hektik bekommen, die ich nicht missen wollte.

Am dritten August 1954 stand ich schließlich am Tresen der Damenabteilung im Bon Marché in der Rue de Sèvres. Es war fünfzehn Uhr und neununddreißig Minuten, als eine Frau mit großer Sonnenbrille, weißem Hut und einem Kleid von Coco Chanel den Laden betrat. Ich bediente gerade eine Kundin und wollte das Kleingeld meiner Kasse überprüfen, als ein Mitarbeiter mich plötzlich aufsuchte. Es gäbe schwerwiegende Probleme bei der Rückgabe eines Paares schwarz lackierter Pumps, sagte er. Die Kundin hätte wohl den ganzen Laden zusammengetrommelt, um eine Nummer größer zu bekommen, doch sie hätten wohl nicht helfen können. Daraufhin bahnte sich mein Weg durch zahlreiche Verpackungen verschiedenster Schuhe, ich setzte ein Lächeln auf, bis ich eine von verschiedenfarbigen Kartons umhüllte Frau in schwarzem Kleid antraf. Darauf hatte ich hingearbeitet. Nun war mein Moment gekommen. Ich hatte die Verantwortung über das Geschehen. Sie reichte mir ihre Hand, aber sah mich nicht an. Der Mitarbeiter sprach: » Mademoiselle Valerie möchte eine Num- «

Und vor mir stand Valerie Delune; ohne eine Entschuldigung und ohne Geld für die Reinigung. Vor mir stand Valerie Delune, die die schönsten Lippen hatte, die ich jemals in meinem Leben erblickte. Sie sah mich an und lächelte.

» Denken ist die Schönheit des Geistes «, sagte sie schmunzelnd und sah zu mir hinauf.

Heimatgefühle

An der Straße steht ein Haus
Es sieht stur geradeaus
Es steht dort nicht ganz allein
Es will doch nur glücklich sein

Den Menschen darin
steht es nur im Sinn
zusammenzuleben
doch darf es keinen *anderen* geben

Das Haus, es steht dort
am ganz schönen Ort
Es birgt ein Geheimnis:
Den ganz tiefen Riss

18. Juni 2017

Wir lassen es zu

Die Pole, sie schmelzen
und wir sehen zu
Sie jagen nach Pelzen
und wir sehen zu

Die Meere, sie steigen
und wir sehen zu
Zig Autos in Reigen
und wir sehen zu

Atomkraft, sie wirkt!
und wir sehen zu
Die Erde verstirbt
Wir lassen es zu

Hoffnung

Es scheint mir doch ein kleiner Trost
zu spüren dieses Glück
der weißen Lilien, die ich pflück'

Mein Denken ist vergebens
Mein Ziel ist mir vor Augen
Es ist mehr als bloßes Glauben!

Je mehr ich hoffe und ich gebe
ja, desto stärker ist Begehr
nach einem Boot auf stillem Meer

Ruhe in Venedig

Ein kleines Blatt weht vom Baum, als sich der Junge unter ihn stellt. Nebel hüllt die Stadt der endlosen Kanäle in eine unangenehme Kälte. Frost durchzieht die Seitenarme der kleinen Gassen, die von großen Häusern umgeben sind. Der Junge sieht auf die gepflasterte Gegend und erkennt die Umrisse der kleinen Motive der Mosaiksteinchen. Wie oft lief er über den Platz. Wie oft standen die Menschen früher dort und betrachteten die Gebäude. Wie oft vertrödelten sie ihre Zeit auf dem Wochenmarkt. Wie oft hörten sie die Glocken der Kirchturmuhr. Es ist Vergangenheit. Alles hatte sich verändert: die Zeiten, die Gebäude, die Menschen.

Venedig hatte sich verfälscht, unweigerlich. Die Menschen in Venedig, die Menschen der ganzen Welt waren andere geworden. Sie waren nicht mehr die fröhlichen, die netten, die, die man gerne besuchte und fortschrittlich nannte. Er hatte es kommen sehen. Er wusste, was geschehen würde. Er hatte es gesagt. Er hatte es gesagt und er hatte alles versucht, damit man dieses Schicksal umging, aber er konnte nichts machen. Er konnte gegen diese einnehmende Kälte nichts tun, weil er alleine gewesen war.

Er war alleine in Venedig.

Und mit dieser Einsamkeit folgte auch die Stille. Es folgten Zeiten, in denen man nicht mehr fröhliche Gespräche der Marktverkäufer hörte. Es folgten Zeiten, in denen man nicht mehr Scharen von Kindern über den Markusplatz rennen sah. Es war Ruhe in Venedig und etwas Erstaunliches geschah: Die Einsamkeit, die Ruhe, sie stagnierte. Es wurde nicht mehr schlimmer. Und obwohl der Junge die Hoffnung schon beinahe aufgegeben hatte, er keine bessere Welt mehr vor seinen Augen sah, da merkte er eine Veränderung: die Veränderung des Stillstands.

Der Junge läuft über die Straße und fragt sich, wann er wieder mit seinen Freunden spielen kann. Wo sind sie eigentlich, seine Freunde? Wo sind die schönen Kindheitserinnerungen? Wo waren die glücklichen Tage seines Lebens geblieben? Anstelle von spielenden Kindern steht er nun neben kalten Fassaden großer Gebäude. Sterile Scheiben blicken auf saubere Kanäle. Stein steht auf Stein und der Nebel zieht durch die kleinen Gassen.

Der Junge wird angerempelt, läuft aber weiter. So ist das diesmal, diesmal ist er der Schuldige. Er hatte alle davor gewarnt; gewarnt vor der Veränderung: » Wir können auch die Angeklagten sein! «, schrie er seine Eltern an, aber sie hörten nicht. Jetzt sind sie es. Sie sind allesamt die Opfer ihrer eigenen Ideologie geworden, selbst die, die davor gewarnt hatten, was alles geschehen konnte.

In den Straßen, am Rand der Bürgersteine, liegen sie. Sie liegen mitten unter uns, unsere Opfer. Sie sehen uns an. Mit ihren kalten Augen durchdringen sie uns und fragen: ›Warum?‹. Einige haben die Antwort, einige akzeptieren sie, andere laufen weg und wieder andere stürzen sich in dasselbe Schicksal; in das Schicksal der Verfolgten, der ›nicht-akzeptierten‹, die, die sich nicht mit dem Schicksal abgeben möchten. Es sind jene, die so vieles mehr vom Leben erwartet haben als diese bloße Kälte, diese Sterilität.

Es hatte sich so vieles verändert. Die Lichter gingen aus. » Oh, du mein Venedig «, sagt der Junge dann. Kein Licht, keine Wärme, keine offenen Türen begegnen ihm. Es war alles verschlossen, so, wie man es gesagt hatte. So, wie er es prophezeit hatte, trat es auch ein.

» Aber es formiert sich etwas. Das merke ich. Vielleicht auch nur, weil ich es mir wünsche. Es geschieht etwas; entweder etwas Gutes oder etwas so viel Schlechteres.

Wir stehen vor einem Scheideweg. Es muss jetzt etwas passieren. So wird es nicht weitergehen. « In seine Gedanken versunken, sieht er auf den Brunnen mit der einstigen Fontäne. » Dort hinten war mal der Hafen «, erinnert er sich und murmelt verträumt in der Gegend herum; Taten, die man in dieser Zeit lieber verstecken sollte.

Träume und Erinnerungen waren nicht gerne gesehen in dieser Zeit; in einer Zeit, in der Träume und Erinnerungen wie pures Gift für das jetzige System erschienen.

Viele Menschen haben ihn verlassen, junge, alte. Sie sind gestorben oder gleich weggegangen, weil sie die Kälte nicht ertragen haben. Sie sind ausgereist in wärmere Länder, in denen man sie mit offenen Armen empfing. Manchmal wünschte sich der kleine Junge, dass ihn dasselbe Schicksal irgendwann ereilen würde. Er wünschte sich diesen Mut, den die anderen hatten, den Mut, nach vorne zu blicken; den Mut zu besitzen, zu handeln, jetzt etwas tun zu können, nicht zu warten; aber er hatte nicht die Kraft. Er hatte nicht die Tapferkeit, sich gegen den Willen der meisten zu stellen. Zu stark schienen sie, zu stark, weil sie allen etwas vormachen konnten.

Venedig war einsam geworden. So viele Menschen, so viele schöne, befanden sich jetzt außerhalb der Stadt und hinter ihren großen Mauern, die die Bürger eigentlich beschützen sollten. Die Mauern sollten sie beschützen und vor den Gefahren der großen weiten Welt bewahren, vor einer Vermischung fremder Werte, vor der Vermischung von Menschen mit anderen Hautfarben. Sie waren Menschen, keine Objekte, keine Waffen, die man verbieten musste, um Morde vorzubeugen.

Man wollte so viel mehr, so viel mehr von den eigenen Idealen, dass man gar nicht sah, dass Erkenntnis erst hinter den Mauern liegt. Man konnte sie erst erkennen, als sie sich von anderen Vorstellungen abspaltete.

Man wollte so viel mehr, doch hatte im Endeffekt viel weniger: viel weniger Menschen, die zusammenleben konnten, viel weniger, die die Kunst vergangener Jahre betrachteten und bewunderten. Weniger Leute versuchten, sich auf Straßen zu versammeln, Tische aneinander zu stellen, zusammen zu essen und eine offene Gesellschaft zu symbolisierten. Sie waren weniger geworden. Und das alles nur, weil eine Kälte kam, die keiner verstand. Es war eine Kälte, die von so vielen Menschen ausgelöst und ausgenutzt wurde, ohne, dass sie überhaupt verstanden, was sie eigentlich taten. Sie hatten nämlich genau das Gegenteil dessen bewirkt, wonach sie allesamt strebten: nach einer friedlichen Gemeinschaft, nach einem Zusammenleben in Harmonie und der Erfassung des wirklichen Glücks auf Erden. Sie wollten das; alle. Aber sie ließen sich leiten, verblenden. Sie haben die einfachere Möglichkeit gewählt: eine einfache Lösung bei schweren Problemen. Die Konsequenz durften sie anschließend gemeinsam ertragen. So durften sie sehen, wenn die Menschen vor ihnen umkippten und nicht mehr weiterkamen, da sie die Kälte in die Knie zwang. Sie konnten sie riechen. Denn nachdem jegliche Freude verschwunden war, verschwanden auch die himmlischen Gerüche, die einst aus den Fenstern der Wohnungen kamen und uns an frische Zutaten erinnerten. Sie konnten die Konsequenz fühlen, denn irgendwann waren auch die, die sich so sicher glaubten, nicht mehr geschützt vor den Strafen derjenigen, die als ursprüngliche, sich selbst so genannte, *Mitte der Gesellschaft* nun die Stadt regierten.

Die Menschen sind verdammt, ihre Fehler zu wiederholen, wenn sie nicht aus ihrer Vergangenheit lernen. So war es auch diesmal. Es geschah wieder und wieder würde man von einem schrecklichen Verhalten sprechen, was nicht hätte passieren dürfen. Es ist zweimal geschehen und zweimal war es zu viel. Zweimal mussten Menschen ihr Leben nehmen und hinter große Berge ziehen, um ein Gefühl der Sicherheit bekommen zu können. Das alles geschah nur, weil eine Horde Menschen der Meinung war, dass alle anderen nicht zu uns gehören würden. Ruhe kam über Venedig.

Es ist schon lange her, seitdem Viola die Stadt besuchte. Nach der Karte, die sie ihm geschrieben hatte, hörte er nie wieder etwas von ihr; nicht von Viola, nicht von ihren Auftritten oder ihrem Leben. Es war so still geworden: Ruhe um Viola, Ruhe um ihn, Ruhe in Venedig.

Venedig lag in einer einsamen Stille da.

Venedig verstummte an der Adria, an einer Lagune, aber im Zentrum der Welt. Eine Stadt verstummte, während andere immer lauter wurden und so viel Kritik daran übten. Sie übten ihre Meinung an der Unmenschlichkeit, daran, ob man es vielleicht doch rechtfertigen konnte, geschweige denn mitmachen, oder eben, warum es falsch gewesen war. Warum war es falsch, dass Venedig nun in einer Ruhe versank wie das Dornröschen im Schlaf? Eine Stadt, die eigentlich durch das Wasser, nicht durch die Menschen, untergehen sollte.

Aber der Junge wusste, es würde etwas geschehen; bald, es würde nicht mehr lange dauern. Da war er sich sicher. Er war sich sehr sicher. Der Junge war der einzige, der nun dort auf den Pflastersteinen stand und sich umguckte. Kein Mensch stolperte über die Straße, kein Tier lief ihm über den Weg. Er war ganz alleine, ganz alleine in Venedig. Er war vielleicht nur einsam in der Stadt gewesen, fühlte sich aber einsame auf der ganzen Welt. Das war nicht das Venedig, das er sich gewünscht hatte; die Stadt, über die er schrieb, von der er schwärmte und schließlich auch enttäuscht am Boden lag.

Und so kam die Ruhe nach Venedig. Während die letzten Wasserspeier sich in Eis verwandelten und kein Blatt mehr an den Bäumen hing, sich die Menschen um sich selbst kümmerten, die Achtsamkeit verloren, bemerkten sie doch alle nicht, wie laut ihre Gedanken wurden; wie langsam die Zeit verstrich, wie furchtbar ihr Fehler war, welche Opfer sie sahen und welche sie noch zu bringen hatten.

My Sarah
Gewidmet meiner besten Freundin

Some friends come
Some friends leave
But I've got my Sarah
until my eve

28. August 2016

Inhaltsverzeichnis der Erzählungen

Inhaltsverzeichnis der Gedichte

Danksagung

Am Anfang möchte ich sagen, dass sich ein Buch nie von selbst schreibt. Gedanken und Wünsche müssen zu Papier gebracht, die Worte sorgfältig ausgewählt werden. Man muss auf den Sinn achten, auf die Handlung und zu allem Überdruss auch noch die Regeln der Orthographie beherrschen; zumindest so, dass es andere überhaupt verstehen. Dahingehend danke ich meiner lieben besten Freundin, *Sarah Schulze*, die mich nun seit acht Jahren begleitet und immer ein wachsames Auge auf mich und meine produzierten Texte wirft.

Ebenfalls möchte ich *Hannah Molkenthin* danken, die die wunderschönen Illustrationen zu den Erzählungen kreiert hat. Sie sollen einen Einstieg in die Geschichten geben, Gefühle und Gedanken, die selbst Worte nicht beschreiben können. Meiner langjährigen Freundin *Sabina Pawlowska* danke ich für das Coverdesign.

Selbstverständlich danke ich auch meinen Leserinnen und Lesern, *Ihnen*, die meine Werke unterstützen und vor allem diesem eine ganz besondere Bedeutung zukommen lassen. Sie zeigen, dass Worte etwas verändern können.

Das Leben geht weiter

Mein Leben geht weiter
›*Doch wie?*‹ ist die Frage
Bin traurig, bin heiter
Es bleibt selbe Lage

Ich seh' auf meinen bleichen Armen
die Schnitte; zieren meine Haut.
Seh' ich sie, spür' ich einen warmen
Gedanken, der mir Träume baut!

Ich zeig' es nie, mein großes Leid
Sie würden es nicht wissen wollen
So bleib' ich in der Einsamkeit
Ich hätte es beenden sollen

02. Oktober 2017

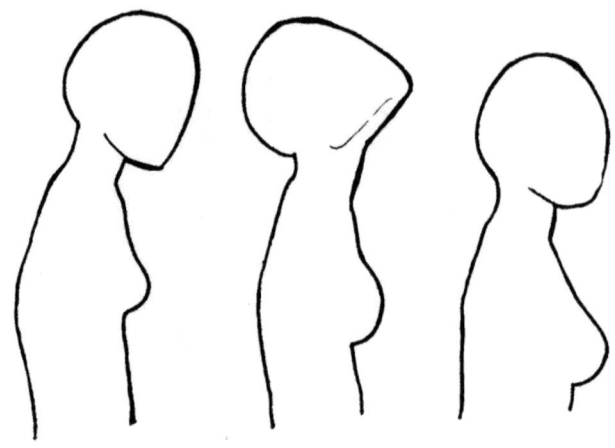

In der Hoffnung, die Welt zu verändern

05. November 2017

Die Manifestation des Glücks ist in uns allen. Sie besteht aus unserem Denken, aus unseren Handlungen. Die Protagonisten der Erzählungen und Gedichte sind wir: Sie durchleben Schicksale, die wir *teilen*. Wir sind der Titel und verleihen somit den Erzählungen ihre Namen. Wir sind Menschen mit Herz, Menschen, die das Glück suchen und es an sich binden wollen. Wir sind Menschen, die wie *Kinder* sind, die das Glück fangen und behalten möchten. Wir sind nicht *starr*, wir sind nicht *stumpf* und laufen auch nicht verblendet durch die Welt. Wir denken sehr viel, fühlen noch mehr und stehen manchmal vor scheinbar unlösbaren Herausforderungen. So sind Herzenskinder und so sind *wir*. Wir kämpfen mit unserer ganzen Seele. Wir treten mit Schwert und Schild ans Tageslicht. Wir leben für unser Glück und für das Glück der anderen. Wir lieben, gehen und sterben dafür, Sie und ich, in diesem Punkt sind wir gleich. Wir sind Herzenskinder, alle gemeinsam, *Herzenskinder*, die ihr Glück suchen.